CB067721

MY TAKE ON ME

Morten Harket

Com a colaboração de Tom Bromley

My Take On Me

Memórias sobre a formação do A-ha e suas 3 décadas

Tradução: Carlos Szlak

Faro Editorial

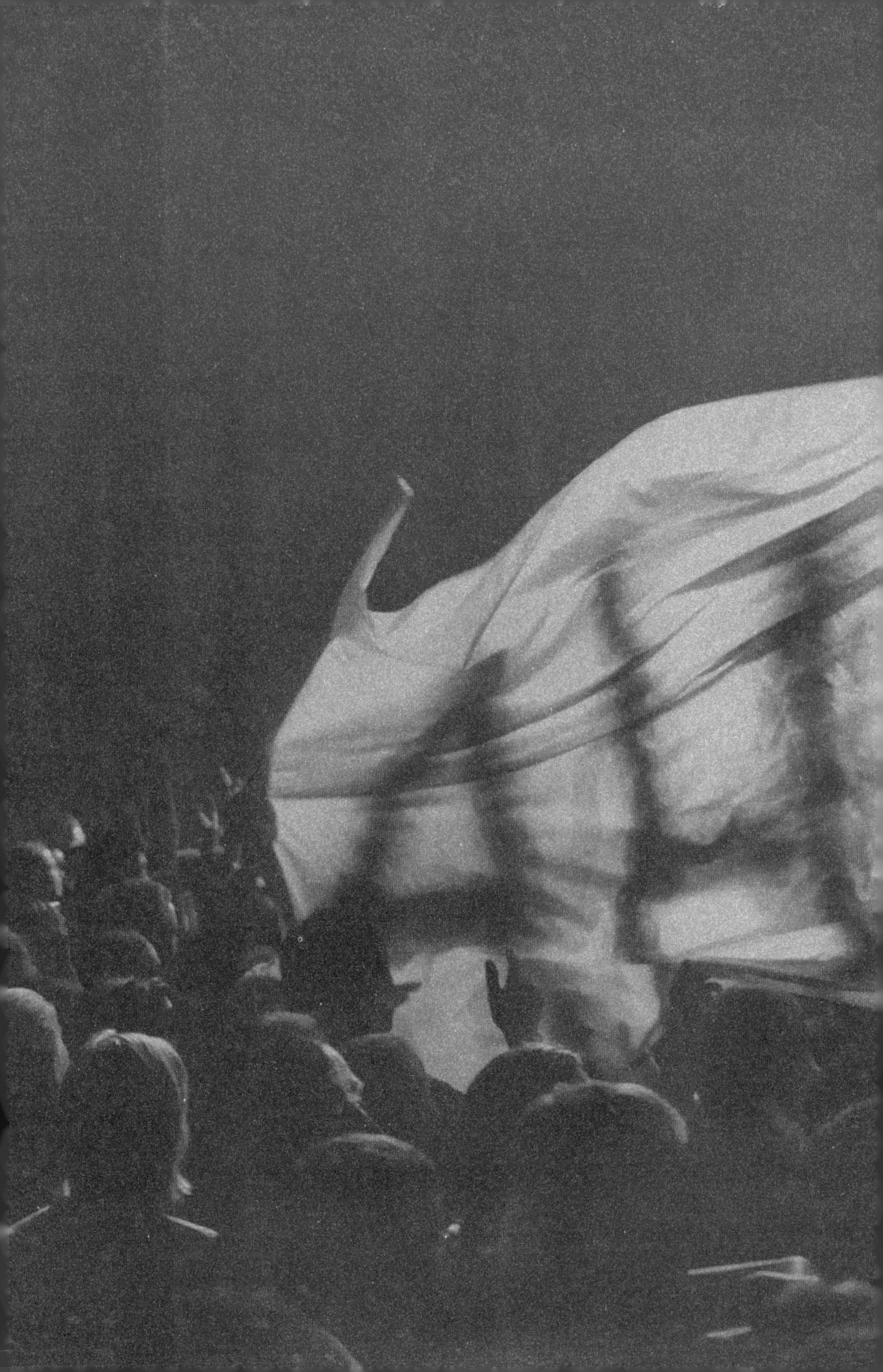

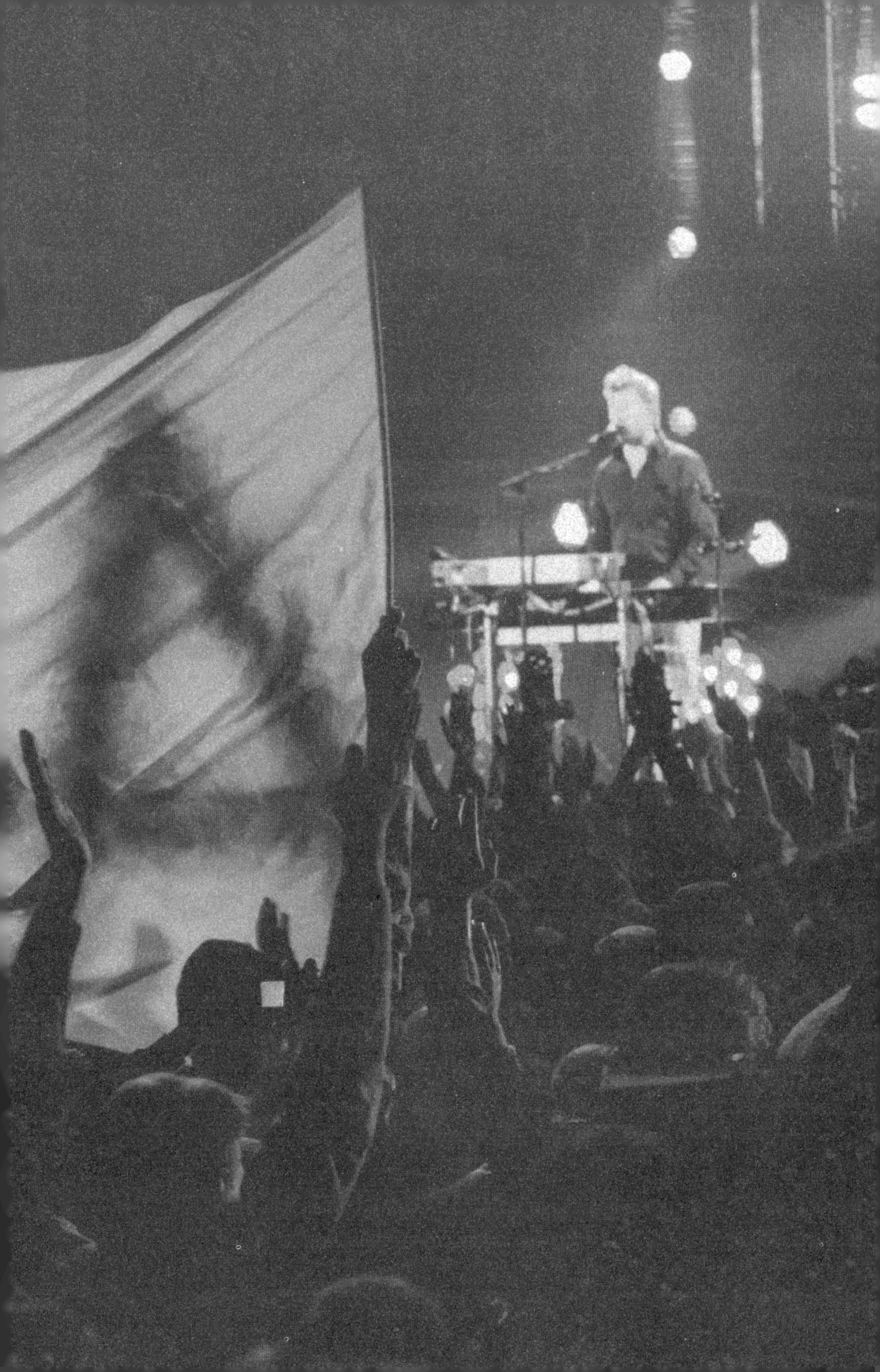

COPYRIGHT © 2016 MORTEN HARKET
COPYRIGHT © FARO EDITORIAL, 2017

Todos os direitos reservados.
Nenhuma parte deste livro pode ser reproduzida sob quaisquer meios existentes sem autorização por escrito do editor.

Diretor editorial PEDRO ALMEIDA
Preparação TUCA FARIA
Revisão GABRIELA AVILA e CÍNTHIA ZAGATTO
Capa e projeto gráfico OSMANE GARCIA FILHO
Imagens de capa e guardas REPRODUÇÃO DOS STORYBOARDS DO CLIPE TAKE ON ME – KLEBER RIBEIRO

Dados Internacionais de Catalogação na Publicação (CIP)
(Câmara Brasileira do Livro, SP, Brasil)

Harket, Morten
    My take on me : memórias sobre a formação do A-ha e suas três décadas / Morten Harket ; [tradução Carlos Szlak]. — Barueri : Faro Editorial, 2017.

    Título original: My take on me
    ISBN: 978-85-62409-93-6

    1. A-Ha (Banda de pop rock) – História 2. Discografia 3. Músicos de pop rock – Noruega - Biografia I. Título.

17-02381   CDD-782.42166092

Índice para catálogo sistemático:
1. A-Ha : Banda de pop rock : Biografia 782.42166092

FARO EDITORIAL

1ª edição brasileira: 2017
Direitos de edição em língua portuguesa, para o Brasil, adquiridos por FARO EDITORIAL

Alameda Madeira, 162 – Sala 1702
Alphaville – Barueri – SP – Brasil
CEP: 06454-010 – Tel.: +55 11 4196-6699
www.faroeditorial.com.br

Aos meus filhos: Jakob, Jonathan, Karmen, Tomine e Henny.

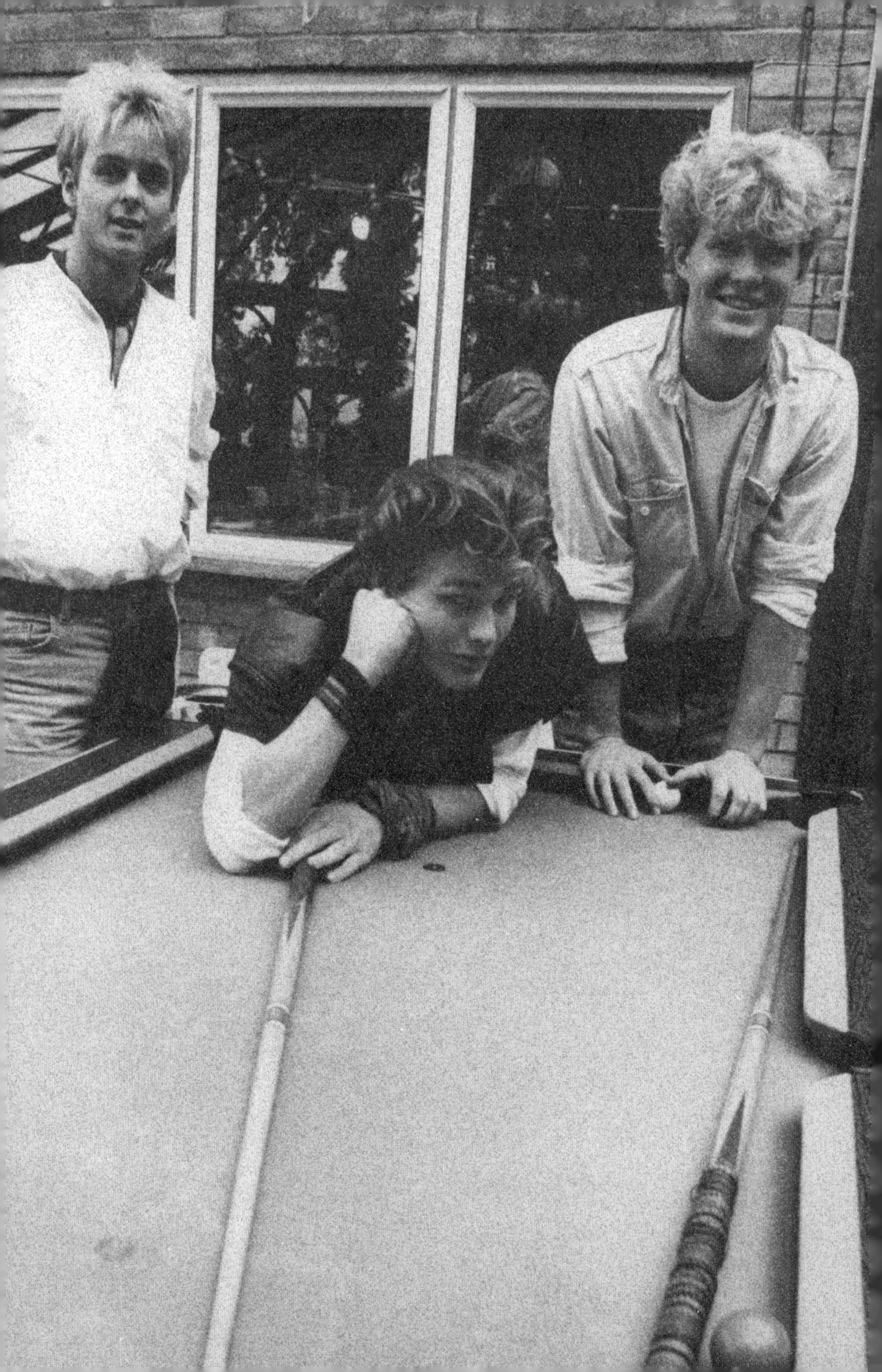

SUMÁRIO

11	AGRADECIMENTOS	
13	CAPÍTULO 1	RIO (PARTE 1)
23	CAPÍTULO 2	BORBOLETA, BORBOLETA
33	CAPÍTULO 3	LAR
40	CAPÍTULO 4	ESCOLA
48	CAPÍTULO 5	HEY, JOE
56	CAPÍTULO 6	COMEÇANDO A CANTAR
65	CAPÍTULO 7	BRIDGES
72	CAPÍTULO 8	SERVINDO AO EXÉRCITO
78	CAPÍTULO 9	INGRESSANDO NA BANDA
86	CAPÍTULO 10	NÆRSNES
94	CAPÍTULO 11	VIVENDO EM CONDIÇÕES DIFÍCEIS
100	CAPÍTULO 12	NA CIDADE
108	CAPÍTULO 13	A&R
115	CAPÍTULO 14	ASSINANDO O CONTRATO
122	CAPÍTULO 15	TAKE ON ME
128	CAPÍTULO 16	QUERO A MINHA MTV
136	CAPÍTULO 17	ESTADOS UNIDOS
145	CAPÍTULO 18	HUNTING HIGH AND LOW
152	CAPÍTULO 19	FÃS
160	CAPÍTULO 20	GRANDES NO JAPÃO
167	CAPÍTULO 21	NA ESTRADA
174	CAPÍTULO 22	SCOUNDREL DAYS
179	CAPÍTULO 23	ENCONTRO COM A IMPRENSA
185	CAPÍTULO 24	DE VOLTA À NATUREZA
194	CAPÍTULO 25	TESTE CINEMATOGRÁFICO – JAMES BOND
197	CAPÍTULO 26	STAY ON THESE ROADS
205	CAPÍTULO 27	A TODA VELOCIDADE
211	CAPÍTULO 28	CONSTITUINDO FAMÍLIA
217	CAPÍTULO 29	*EAST OF THE SUN, WEST OF THE MOON*
225	CAPÍTULO 30	RIO (PARTE 2)
233	DISCOGRAFIA	

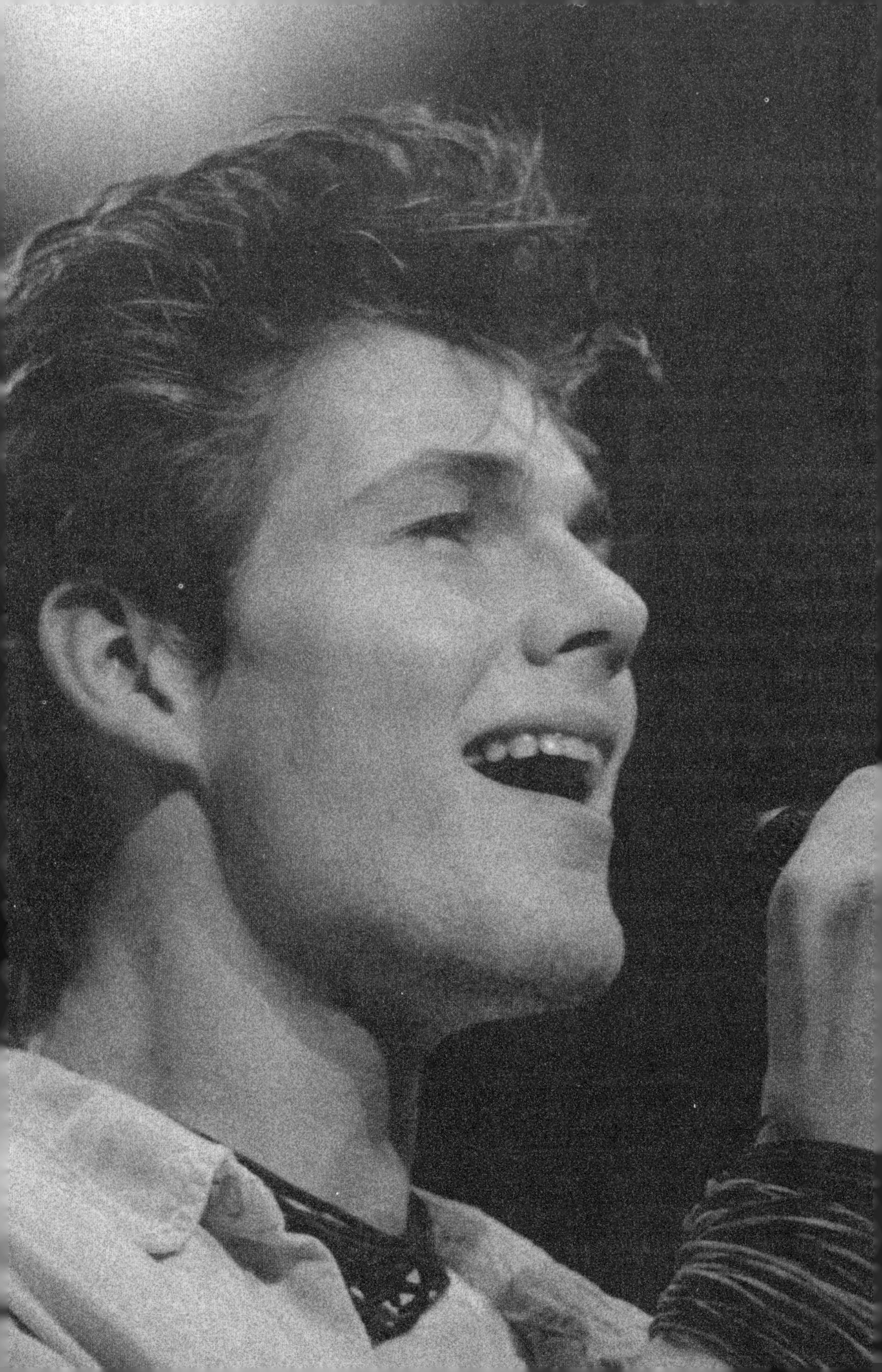

AGRADECIMENTOS

NESTE LIVRO me propus a fazer um registro sobre os primeiros tempos do A-ha, aqueles dias da formação, no início dos anos 1980, em que nós três estávamos criando uma banda de sucesso. É também um relato sobre sonhos pessoais que se tornavam de domínio público e a maneira como isso afetou a minha vida pessoal. Abordo mais detalhadamente nossos primeiros anos com o A-ha até a apresentação no Rock in Rio, no Estádio do Maracanã, em janeiro de 1991.

Não se trata aqui de um diário de *rock and roll*, mas de um conjunto de memórias daquele período — as mais relevantes. Eu me interesso muito mais por aquilo que está por trás das coisas, pois, no fim das contas, é o que nos faz ser o que somos. Este livro é sobre minha autoaceitação — *my take on me*.

♪

Morten e Tom gostariam de agradecer em especial a Håkon Harket, Harald Wiik, Terry Slater, Ingunn Harket, Inez Andersson, Ben Mason, Ed Wilson, Sheila Hayler e Greg Lansdowne por todo apoio, ajuda e contribuição durante a criação deste livro.

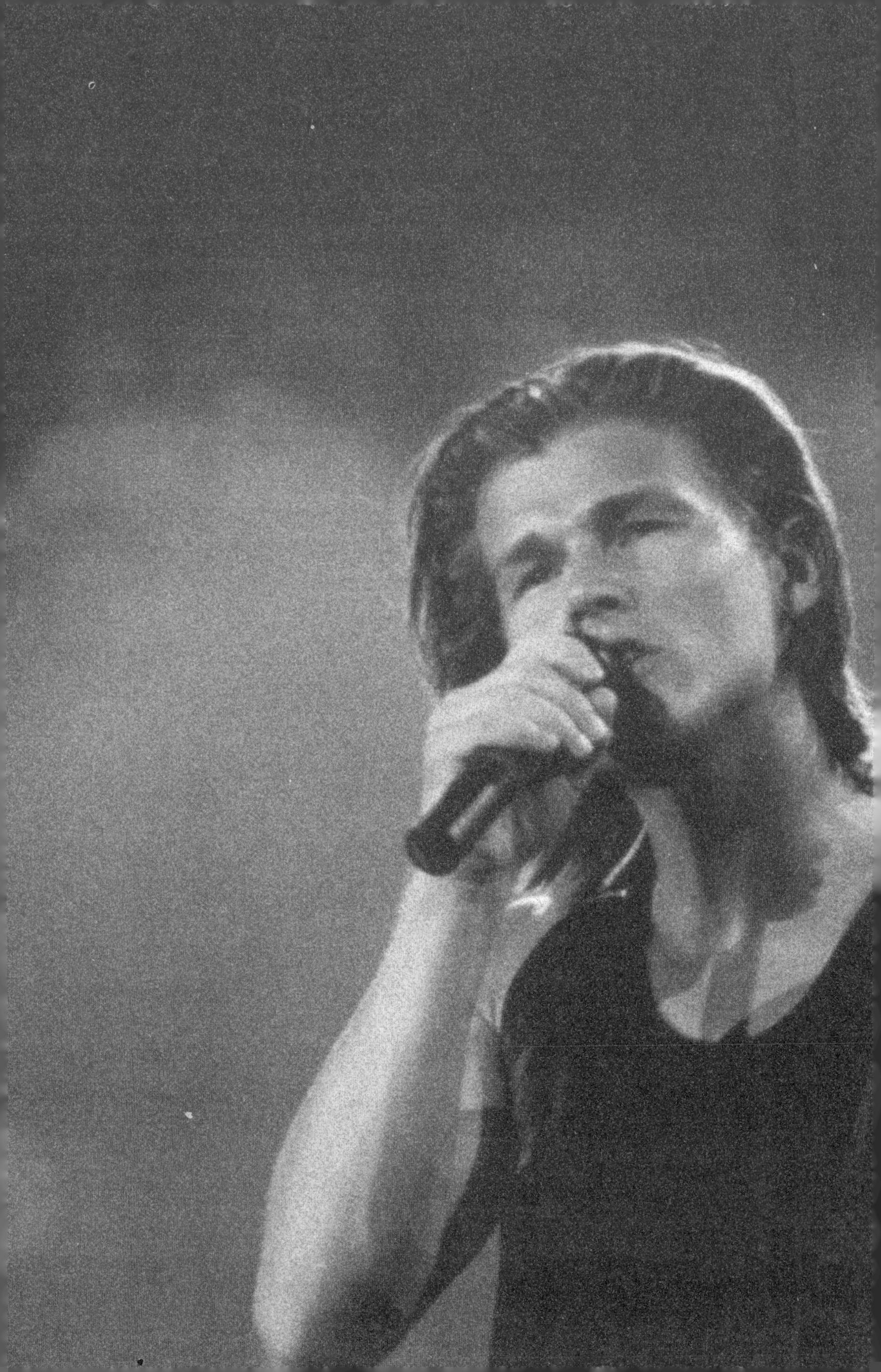

CAPÍTULO 1
RIO (PARTE 1)

NA VIDA, há certas ocasiões em que a Terra não sai do lugar e, ao mesmo tempo, você sente que ela continua girando em torno de seu próprio eixo. Passei por um momento assim durante minha apresentação no maior festival de rock do mundo.

Em janeiro de 1991, o A-ha estava no Brasil, no mundialmente famoso Estádio do Maracanã. Em 1985, o primeiro Rock in Rio fora realizado com shows do Queen, do AC/DC, de Rod Stewart e do Yes. A versão de 1991 transcorreu durante nove noites e incluiu os nomes de maior destaque da música pop do final dos anos 1980 e do início dos anos 1990. Além do A-ha, entre as atrações principais destacaram-se Guns N' Roses, Prince, George Michael, New Kids on the Block e INXS. Entre aqueles que abriram os shows desses artistas incluíram-se desde Billy Idol até Carlos Santana. Na penúltima noite, antes de nós, apresentaram-se nomes tão ecléticos quanto Debbie Gibson e Happy Mondays.

Sempre me impressionou, e continua a me impressionar, a repercussão alcançada pelo A-ha no Brasil. Nosso êxito ali começou após nossa onda inicial de sucesso, quando *Take on Me* [aceite-me] alcançou o primeiro lugar nas paradas dos Estados Unidos e da Europa.

Em nossa primeira turnê mundial, que incluiu cento e cinquenta shows, não estivemos na América do Sul. Então, em 1989, exatamente quando essa primeira onda começava a arrefecer, fomos ao Brasil, onde fizemos diversas apresentações e voltamos a surfar no topo das paradas. Foi a primeira vez que tocamos ali, e depois realizamos uma série de grandes shows no Rio e em São Paulo, para plateias de até noventa mil pessoas.

A quantidade e o calor dos fãs brasileiros nos pegaram de surpresa. O que os latinos viam no A-ha? Afinal, os brasileiros são gente cheia de alegria, que tem o samba, um ritmo com muito movimento. Não fazia sentido. Um amigo de Magne tinha uma teoria e sugeriu:

— É que o A-ha faz dance music para a alma.

Lembro-me de ter rido quando ele disse isso.

— Sim, certamente não fazemos dance music para o corpo! — respondi.

No entanto, talvez haja algo por trás do que ele disse. Quem sabe toda aquela distância tornasse mais fácil transmitir a mensagem da música. No começo dos anos 1980, quando partimos da Noruega para Londres, para assinar nosso primeiro contrato com uma gravadora, buscávamos uma identidade para nos inserir na cena musical, mas, ao mesmo tempo, nos diferenciar nela. Estávamos todos tentando descobrir aquela pequena distinção que nos faz sobressair. Porém, quando se vai para um lugar distante como o Brasil, os fãs não prestam tanta atenção à embalagem. Há algo acerca da distância que torna mais fácil olhar através disso e perceber o espírito por trás da música.

Ao chegarmos ao Brasil para o Rock in Rio, soubemos que aquele seria um grande evento. Ainda assim, a dimensão de tudo nos deixou apreensivos. Durante a semana, fui ao estádio e, ao lado do palco, consegui assistir ao show do Guns N' Roses para cento e sessenta mil pessoas. Fui influenciado por esse tipo de música e sempre gostei de gente como Hendrix e grupos como Led Zeppelin; para meu gosto, o Guns N' Roses exagerava nos truques, mas foi um grande espetáculo e meu primeiro vislumbre do tamanho da plateia. Dentro de poucos dias, estaríamos tocando para aquelas pessoas e essa era uma perspectiva impressionante.

♪

Dois anos antes, eu, meu amigo jornalista Jan e um turista inglês chamado Martin observávamos a decolagem de um avião Cessna com capacidade para cinco passageiros, que nos levara até uma pequena clareira no coração da floresta amazônica. Vimos o pequeno avião desaparecer no céu avermelhado pelo sol do entardecer, com o ruído de seus dois motores perdendo força e sendo substituído pelo zumbido dos insetos. Em seguida, o silêncio. Apenas nós, nossa bagagem e nenhum sinal de nosso guia. Com o anoitecer chegando, nos entreolhamos. Tudo bem, a ausência do guia era um problema. Mas a ausência total de pessoas era algo ainda mais preocupante.

A viagem fora uma decisão tomada por impulso. O A-ha terminara uma série de grandes shows na América do Sul e eu precisava de um tempo. Queria fugir daquilo tudo, escapar da pressão e do estresse de ser propriedade pública, fugir de ser perseguido por toda parte por fãs bem-intencionados e pelos paparazzi. Jan e eu viajáramos pelo Brasil, avião após avião, tentando nos livrar da mídia. As distâncias que percorríamos eram enormes — é fácil esquecermos que o Brasil só é um pouco menor que os Estados Unidos ou a Europa —, e toda vez que pousávamos, sabíamos que, cerca de uma hora depois, a imprensa chegaria ao local.

Só quando fretei o Cessna soube que finalmente escaparia das lentes das câmeras. Não tive muito tempo para achar um avião, mas, por não ter sentido cheiro de álcool na boca do piloto, considerei aquilo um bom sinal. Durante horas, sobrevoamos a floresta tropical, densa e verde-escura, até o nosso destino: um local próximo a Rio Branco, quase na fronteira com a Bolívia. Deveríamos ser recebidos na minúscula pista de pouso por um agricultor, que seria o nosso guia. Orientados por ele, penetraríamos a mata a pé, de canoa e carro. Este era o plano.

Desde cedo na vida, a natureza sempre fora um santuário para mim. Durante minha adolescência e juventude, colecionei orquídeas selvagens e meu caso de amor com o meio ambiente jamais desapareceu. No auge da popularidade do A-ha, o mundo natural era onde eu podia desaparecer e me reencontrar.

Jan, Martin e eu formávamos um trio curioso. Sob vários aspectos, um grupo tão improvável quanto Paul, Magne e eu no A-ha. Jan havia acabado de terminar com a namorada e, assim, por motivos distintos, também quis fugir de tudo. Ele não viajara muito para fora da Europa e estava, em suas próprias palavras, morrendo de medo daquela viagem. Jan ficava lendo em voz alta trechos dos livros que comprara sobre a Amazônia. "Você sabe que a chamam de 'inferno verde'?!"

Além dos perigos relativos à natureza, Jan também não parava de nos lembrar a todo instante dos perigos criados pelos homens. Poucos meses antes de nossa visita, o ativista e ambientalista Chico Mendes fora assassinado em Xapuri, uma pequena cidade próxima de onde se encontravam. Por muitos anos, Mendes militara a favor da proteção da Amazônia, contra as ameaças do desmatamento e da pecuária extensiva. Em dezembro de 1988, ele foi morto por um fazendeiro; o décimo nono ativista assassinado naquele ano.

Claro que Jan, depois de receber de mim toda essa informação, ficou ainda mais preocupado. Ali estávamos nós, avançando na direção do coração de um território selvagem, desarmados e desprotegidos. Martin, nosso companheiro de viagem, era um pouco mais audacioso. Após concluir um trabalho, ele decidiu viajar pela América do Sul por algum tempo. Além de ser um cara legal, tinha conhecimentos linguísticos muito necessários. No lugar para onde estávamos indo, ninguém falava outra língua além do português. Embora Martin — como Jan e eu — não falasse uma palavra desse idioma, era fluente em italiano. Parecia haver suficiente semelhança entre as duas línguas, pois ele conseguia se fazer entender. Assim, fizemos o convite para Martin se juntar a nós.

Com o sol desaparecendo atrás da copa das árvores, só nos restou sentar na clareira e esperar. Cerca de meia hora depois da partida do avião, finalmente escutamos o ruído da aproximação de um carro. O motor tossia e ofegava, parecendo à beira da exaustão. Quando o carro enfim chegou, o condutor não era o nosso guia, mas sim um motorista de táxi local. Sua mulher escutara o barulho do avião e o chutara para fora da cama, para que ele viesse ver se alguém precisava de uma condução. Graças a Deus ela fez isso. O motorista de táxi era um negro imenso, tão grande que mal sobrava espaço para nos acomodarmos. Mas ficamos satisfeitos com sua presença e demos um jeito de nos espremer no interior do veículo.

A viagem pela Amazônia continuou a se desenrolar de modo surreal. No dia seguinte, Jefferson, um amigo do guia, apareceu no hotel e se ofereceu para assumir seu lugar. Ele explicou que nosso guia original conhecera uma garota e dera uma escapada com ela. Jefferson ligou para nosso quarto do hotel para dar essa explicação, mas o seu desconhecimento do inglês e o meu desconhecimento do português eram de tal ordem que ele precisou de quase uma hora para me fazer entender que estava me esperando na recepção, a não mais de três metros de nosso quarto. Jefferson convidou nós três — Jan, Martin e eu — para uma refeição em sua casa, para discutir a nossa visita. Assim que terminamos de comer, Jefferson quis ampliar sua generosidade como anfitrião: debruçando-se sobre a mesa, perguntou se eu gostaria de ficar com sua mulher à noite. Ela, que estava sentada à mesa conosco, sorriu sem jeito, enquanto eu, educadamente, procurava declinar da oferta. Jefferson, acho, não entendia minha recusa. "Ela é muito boa", ele insistia, oferecendo de novo toda vez que eu recusava.

No dia seguinte, enfim, partimos para ver aquilo pelo que eu tanto viajara: os infinitos encantos da floresta tropical. Embarcamos com Jefferson numa canoa e começamos a remar, navegando ao longo de um rio esplendoroso. Após algum tempo, consegui relaxar. Até que enfim... uma pausa. Fui capaz de me desligar do meu habitual estado de prontidão máxima, desacelerar e experimentar a tranquilidade do ambiente.

No entanto, esse relaxamento durou apenas algumas horas. Pouco antes de terminarmos aquela nossa jornada exploratória, notei um alvoroço à nossa frente, na margem do rio. Quando a canoa parou, desembarquei na rampa de terra e escutei um som demasiado familiar. Senti um calafrio percorrer minha espinha. Não entendi o que diziam, mas, entre as palavras em português, reconheci meu nome e o da minha banda. Então, escutei ruídos surdos de passos e gritos histéricos e vi um grupo de trinta, quarenta, cinquenta mulheres correndo em nossa direção.

Paralisei na hora. Como até aquele momento me sentia relaxado, minha guarda estava baixa. Tudo o que havia atrás de mim era o rio; assim, não tinha como escapar das mulheres que corriam em minha direção. Elas estavam tão histéricas que nem mesmo reduziam a marcha à medida que se aproximavam. Lembro-me da adolescente que liderava o pelotão, uma garota enorme que se atirou sobre mim. Ergui o cotovelo para amortecer o impacto e ela o atingiu em cheio. Foi um pandemônio. Um contraste cruel com a paz que eu desfrutara apenas alguns minutos antes.

Em minha mente, sempre guardei aqueles santuários para onde eu podia escapar, onde podia recarregar as energias e ser apenas eu mesmo. Naquele momento, porém, me pareceu que não restara mais nenhum lugar para ir.

♪

Como músico, meu objetivo jamais foi virar celebridade. Além disso, o A-ha não era uma banda que criava factóides ou dava declarações bombásticas para ganhar manchetes. Nunca saímos em busca do circo da música pop, mas, com o sucesso, o circo veio naturalmente em nosso encalço. E, como líder da banda, sua pressão implacável pesou sobretudo em meus ombros. Dei o melhor de mim para lidar com isso; contudo, após o episódio às margens do rio amazônico, pude sentir seu insidioso efeito insinuando-se em cada aspecto de minha vida.

Quando estava em público, eu era uma pessoa diferente. Comportava-me como um animal, recorrendo aos instintos para ler os sinais. Aprendi sozinho a caminhar num ritmo alucinante, cinquenta por cento mais rápido do que o normal. A primeira coisa que fazia ao entrar num recinto era descobrir como poderia escapar dele. Aprendi a captar o astral de uma situação de modo incrivelmente rápido, observando as pessoas através de seus reflexos, dos muito óbvios aos muito sutis. Era capaz de perceber o instante em que alguém me reconhecia e eu tirava vantagem dos preciosos segundos em que a mente da pessoa elaborava quem eu era. Esses pequenos incidentes ou detalhes podiam não parecer importantes, mas eu notava muitas vezes como esses gatilhos se desenvolviam dentro de mim quando eu menos esperava. Num primeiro momento, era parado por um indivíduo; no seguinte, tinha de encarar toda uma multidão.

Grande parte do tempo, havia seguranças ao meu lado, mas muitas vezes a presença deles era autodestrutiva. Quando eu tinha aquele arsenal de pessoas por perto, atraía a atenção e ficava muito menos ágil. Entretanto, alguns lugares, como no caso do Brasil, exigiam que eu tivesse um grupo ao meu lado. Não tanto para me proteger, mas para proteger as pessoas e os fãs, para assegurar que os acontecimentos não fugiriam do controle, para garantir que ninguém se machucaria na confusão.

Meu segurança principal era um cara chamado Jerry Judge, um irlandês engraçado e de língua afiada, que eu amava e ao mesmo tempo odiava. Amava-o porque ele era muito divertido, uma figura para se ter por perto; odiava-o porque sua presença era a personificação de minha falta de liberdade. Jerry era um dos melhores em seu trabalho. "Ele tomaria um tiro para te proteger", o produtor do Rock in Rio me disse certa vez.

Em meu caso, essa situação nunca ocorreu. Mas, alguns anos mais tarde, Jerry provou sua coragem enquanto cuidava de Iman, a mulher de David Bowie. Numa visita à África, ele e Iman foram vítimas de uma emboscada quando viajavam num jipe. Quando o motorista deles saiu correndo e uma chuva de balas os atingiu, Jerry jogou Iman no chão e a protegeu com o próprio corpo.

Jerry se enfureceu quando descobriu que eu viajara para a Amazônia sem lhe dizer para onde iria. Ao retornarmos ao Brasil para participar do Rock in Rio, ele não me perdeu de vista em momento algum. Todo lugar aonde eu ia, ou queria ir, lá estava Jerry, de braços cruzados, dando ordens sobre o que eu podia ou não podia fazer. Na maior parte dos dias que antecederam o show, virei quase um prisioneiro em nosso hotel. Eu teria adorado ver mais dos outros shows e bandas, mas logo me dei conta do quão difícil era a tarefa de simplesmente chegar ao estádio.

Certa noite, "escapamos" para jantar em um restaurante. Estávamos prontos para deixar o lugar quando nos deparamos com uma multidão — centenas de pessoas. Tivemos de forçar nossa passagem até alcançar o carro. Quando o motorista tentou partir, ainda havia dezenas de fãs agarrados ao veículo, impedindo seu movimento (mais tarde, as maçanetas das portas de nossos carros passaram a ser equipadas para dar choque, para impedir que essas cenas se repetissem). Depois disso, realmente não tornei a sair.

A semana que antecedeu o show foi estranha. Finalmente, porém, o sábado chegou. O deslocamento do hotel ao estádio envolveu escolta policial: acho que eles se divertiram com isso tanto quanto nós. Parece engraçado, mas participar de um desses desfiles, com capacetes e equipamentos para reprimir manifestações, também gera um certo constrangimento. Lembro-me da atmosfera e do barulho quando nos aproximamos do Maracanã. Trata-se de um dos maiores estádios do mundo e a adrenalina tomou conta de mim quando ele se tornou visível. Tudo era extremo: o calor e a umidade da noite, o frio de gelar do ar-condicionado. A gente entrava e saía dos carros e dos espaços fechados e era como se alguém estivesse girando rapidamente um botão de controle da temperatura.

Não vi muito das outras bandas. Não queria que aquilo virasse assunto — se eu saísse do camarim, imediatamente haveria um bando ao meu redor, me seguindo, cuidando de mim. As pessoas simplesmente precisavam prosseguir com seus trabalhos e eu também precisava de espaço. Assim, permaneci em meu camarim, enquanto Debbie Gibson e Happy Mondays faziam o show de abertura da noite. Àquela altura de nossa carreira, Paul, Magne e eu tínhamos camarins individuais. Gostávamos que fosse assim. Haveria muita espera e não queríamos nenhum problema sério ali, silêncios incômodos ou irritações mútuas.

Quando me preparava para me dirigir ao palco, tive uma conversa com Mel Bush, o produtor:

— Ainda estamos contando, mas provavelmente vamos superar o recorde mundial de plateia pagante — ele disse. — São cerca de duzentas mil pessoas. É um grande momento, Morten.

— Ok — respondi, tentando receber a notícia com calma.

Ao me dirigir para o palco, enfrentando o calor úmido de uma noite carioca, rumo à barreira de ruído da multidão, as palavras do produtor ecoavam em minha mente: "É um grande momento, Morten." A previsão de Mel se confirmou, mas não da maneira como ele imaginara. O show do Rio foi o maior de minha vida, mas ele se tornou inesquecível por outros motivos. Não foi apenas o Rio que balançou naquela noite; meu mundo também.

Há uma música no primeiro álbum do A-ha que de certa forma resume minha vida até o show do Maracanã: *Living A Boy's Adventure Tale* [vivendo o conto de aventuras de um menino]. Eis o que a jornada com o A-ha tinha sido: uma aventura estonteante, uma história acidentada. Mas eis o que eu também tinha sido: um garoto. Naquela noite incrível no Rio, as coisas mudaram para mim. Dei-me conta de muitas verdades profundas: cresci, virei homem.

Quase um quarto de século depois, Paul, Magne e eu mais uma vez tocávamos juntos no Rock in Rio. E tudo aconteceu exatamente trinta anos depois do nosso single de estreia ter alcançado o primeiro lugar nas paradas de sucessos mundiais e também do lançamento do primeiro Rock in Rio. Não sou do tipo nostálgico, costumo olhar sempre para frente, mas tudo isso me trouxe muitas lembranças. Eis do que se trata este texto autobiográfico: dar a vocês a verdadeira história desse conto de aventuras de um menino e oferecer-lhes a minha autoaceitação. É uma história que alcança seu clímax no estádio mais famoso do planeta, mas que começa a meio mundo de distância, três décadas antes, no coração do sul da Noruega.

CAPÍTULO 2

BORBOLETA, BORBOLETA

EM UMA de minhas lembranças mais antigas — eu devia ter dois ou três anos —, encontro-me imerso num mundo radiante de relva, sobre a encosta íngreme atrás de nossa casa semigeminada em Kongsberg, na Noruega. Estou delicadamente envolvido pela relva, maravilhosamente sonolento, mas plenamente presente. Ao meu redor, há uma vitalidade serena e as borboletas estão brincando na minha visão periférica. Sou um explorador, pronto para agir como uma corda tensionada. Sinto-me fascinado com os insetos à minha volta, impressionado com o quão diferentes eles podem ser uns dos outros e ainda assim manter uma clara relação entre si. O mundo deles, totalmente diferente do meu, mas parte do mesmo mundo que habito!

Eu me impressionava muito com tudo isso, tanto que me enchia de orgulho e alegria.

E então, subitamente tudo desaguou num ponto: jamais fui capaz de recordar o exato momento em que descobri uma flor: o amor-perfeito. Só me lembro de estar ali, mergulhado no esplendor avassalador e resplandecente que envolvia todas as coisas e que me levava a uma exaltação intensa e duradoura. Para mim, com o tempo, aquele instante de expansão se tornou a referência da experiência sensorial. Marcou o início do profundo respeito que tenho pelas forças da natureza.

A experiência também daria origem a uma atitude mental que nunca mais me abandonou: nada vai se interpor na maneira como faço descobertas por mim mesmo. Não quero aprender através dos outros — quero descobrir as coisas.

Os bons professores sabem disso. Orientam os alunos e, aí, deixam que eles façam as descobertas sozinhos.

A única maneira de realmente entender matemática é deixar que ela se revele para você. Porém, talvez você precise de alguém para apoiá-lo durante o processo.

O amor-perfeito se revelou para mim por si só, por meio de uma autoridade insuperável.

♪♪

Durante minha primeira infância, explorei a natureza e aprendi a amá-la, e uma flor em particular. As orquídeas se tornaram minha obsessão. Essa fascinação começou com um livro que eu lia na ocasião e envolvia uma ilustradora idosa que morava no Nepal. Ela fazia aquarelas de plantas para publicações, desenhava e pintava plantas nativas e flores silvestres de uma encosta nepalesa. Como estava presa a uma cadeira de rodas, enviava um garoto para achar as plantas. Certo dia, ele voltou com a flor que ela mais queria pintar: a orquídea. Assim que li isso, algo se ativou em mim. Tive o desejo de ver aquela orquídea.

No entanto, meu interesse pelas orquídeas ampliou meus horizontes, da natureza que estava ao meu redor na Noruega para aquela dos trópicos. Fiquei fascinado com suas variedades mais exuberantes — a rica natureza das florestas tropicais, bem como suas parentes abaixo do nível do mar, no oceano: os recifes de corais. Li acerca desses lugares e experimentei uma intensa sensação de pertencimento. Assim, embora houvesse orquídeas norueguesas, foi pelas tropicais que realmente me apaixonei — como a falenopse, uma orquídea asiática, que hoje em dia pode ser encontrada com facilidade, mas era uma raridade nos anos 1970. Ou a catleia, que cresce naturalmente na América Central e na América do Sul. Essas plantas possuíam uma aura especial que me maravilhava.

Desse modo, obtive amostras, comprei orquídeas, importei-as quando necessário e passei muitas horas cuidando delas em meu tempo livre. Fiz os ajustes necessários em um espaço no porão de nossa casa e passei a cultivá-las. Procurei transformar esse lugar numa espécie de floresta tropical em recinto fechado. Transportei terra e pedras em carrinho de mão para criar um clima similar a uma mata, para que minhas flores se sentissem em seu próprio lar. Também tinha musgos e samambaias ali, mantidos com iluminação artificial e um vaporizador para ajudar com a umidade. Pensando em tudo agora, percebo que meus pais foram incrivelmente compreensivos. Não disseram coisas do tipo: "Ei, Morten, que diabo você está fazendo?". Eles foram sensíveis o suficiente para perceber minha paixão e bastante gentis por me deixar expressá-la.

A primeira orquídea que tive foi uma eulófia da África. Quando a consegui, deixei de lado todas as lições de casa da escola. Ficava sentado diante da orquídea, observando-a crescer. Aprendi com essa flor a importância de deixá-la em paz. Havia aquela tentação de manipulá-la, mas, de fato, o melhor que se podia fazer era não interferir.

Dessa primeira orquídea, criei toda uma coleção. Porém, como não possuía uma estufa apropriada, só muito tempo depois consegui imitar condições climáticas distintas. Com o progresso do meu conhecimento e amadurecimento, passei da fase de querer e ter orquídeas para a de simplesmente amá-las pelo que são e de desejar o melhor para elas em seu próprio habitat.

Minha fascinação pelas orquídeas era apenas parte de meu amor pela natureza. Além de plantas, eu também gostava de animais e insetos, em especial as borboletas. Eu amava sua fragilidade e complexidade, e, claro, a leveza.

Aos treze ou catorze anos, viajei com meus pais, meu irmão mais velho, Gunvald, e meu irmão mais novo, Håkon, pela Europa. Era a primeira vez que viajava para o exterior e fiquei muito empolgado. Meus pais tinham planos de nos mostrar alguns dos destaques culturais que o continente tinha a oferecer, mas meu interesse era outro. Enquanto eles organizavam mapas, guias e a barraca de *camping* tamanho família no porta-malas do carro, eu coloquei o único objeto que sintetizava o objetivo da viagem para mim: minha rede para pegar borboletas. As borboletas eram tudo o que eu queria ver, e minha expectativa era enorme.

Começamos a viagem pela Suécia e me lembro de ter ficado muito decepcionado, pois aquele país não parecia nada diferente da Noruega aos meus olhos de adolescente. Sem dúvida, não era o tipo de cenário tropical em que eu iria capturar os tipos de borboletas que procurava. Naquela viagem, devo ter sido um estorvo contínuo para minha família.

Mas então chegamos à França e, de repente, lá estava eu, em Versalhes, caminhando pelo palácio com a rede de apanhar borboletas na mão. O palácio era como o interior de um bolo de casamento recheado de história, mas eu mal conseguia observar os quadros, os ornamentos e os aposentos; queria chegar aos jardins o mais rápido possível. Só Deus sabe o que os seguranças pensaram daquele garoto estranho. Ao chegar aos jardins — alguns dos mais lindamente projetados da Europa — me peguei pensando: "É isso?". Não era capaz de apreciar a história ou o desenho, as célebres fileiras de caixas com laranjeiras e as espirais ornadas dos gramados. Tudo o que tinha na cabeça era: "Onde estão as plantas floríferas que vão atrair as borboletas que quero encontrar? Que tipo de paisagismo é esse?".

Naquelas três semanas, visitamos diversos países europeus: Suécia, Alemanha, Áustria, Suíça, Bélgica, Holanda e França. No entanto, de todas as atrações que vimos, a borboleta papilionídea foi a que mais chamou a minha atenção. É uma criatura linda, amarela e preta com uma cauda do tipo bandeirola. É rara e, naquele tempo, só podia ser encontrada no sul da Europa. Fiquei muito entusiasmado quando capturei uma. Eu era bastante competente no uso da rede para pegar borboletas. Dominara aquela manobra de modo espetacular, em que a rede é virada com um movimento brusco para capturar e fechar-se logo em seguida. Assim, fui capaz de capturá-la e esperei para ver se ela se acalmaria. Uma borboleta se tranquiliza rapidamente na rede ou fica muito aflita. Se ela não quisesse ficar ali, eu a deixaria partir. Aquela papilionídea se tranquilizou logo e, então, fui capaz de passar alguns minutos mágicos observando sua beleza a curta distância. Aqueles momentos preciosos foram o destaque de toda a viagem.

Ao voltar para a Noruega, passei a encomendar borboletas de outros países, que vinham em diferentes estágios: ovos, crisálidas ou casulos. A alfândega era sempre o maior problema, pois demorava tanto para examiná-los que eles acabavam morrendo antes de chegarem a mim. Eu os mantinha no banheiro, pois era o melhor espaço em termos de temperatura e clima. Certa vez, comprei uma mariposa-atlas, uma das maiores mariposas do mundo. Tinha uma inconfundível coloração laranja-avermelhada e branca e uma envergadura incrível, que podia alcançar até trinta centímetros. Minha mãe estava no banho quando a mariposa saiu do ovo e levou um tremendo susto quando ela abriu as asas.

Essa não foi a única criatura que minha mãe teve de me pedir para manter longe dela. Por um tempo, tive alguns lagartos de estimação, que se alimentavam de grilos vivos. O que não teria sido um problema se eles permanecessem no tanque, mas alguns escaparam e começaram a se reproduzir. A certa altura, toda a casa estava tomada por grilos. Aonde quer que se fosse, havia aquele ruído familiar. E, se não bastasse, os grilos pulavam. Minha mãe ficava histérica quando encontrava um deles e, no exato momento em que eu partia para capturá-lo, o grilo saltava para o outro lado do recinto.

Os lagartos eram interessantes. Lembro-me muito bem do dia em que segurei um pela cauda e ele a soltou para fugir de mim. Foi uma experiência muito estranha: o lagarto correndo e a cauda em minha mão ainda viva, quente e se mexendo. Depois disso, meu pai me permitiu ter algumas tartarugas — jabutis —, cuja vantagem era se moverem com maior lentidão que os grilos e não se livrarem de partes importantes do corpo para escapar. Consegui que uma delas botasse ovos, o que foi um momento empolgante. No entanto, fiquei ainda mais empolgado quando, cerca de seis meses depois, vi uma reportagem na TV que celebrava o fato de uma tartaruga ter botado ovos pela primeira vez em cativeiro, na Noruega. "Até parece!", pensei, rindo da reportagem comigo mesmo.

Um colega da escola possuía uma coleção de animais muito mais interessante do que a minha. Era inacreditável o que existia no porão de sua casa. Ele, o irmão e seus pais eram um tanto excêntricos. Eram todos vegetarianos, numa época em que praticamente não se ouvia falar disso na Noruega. Possuíam uma coleção de borboletas (mariposas-esfingídeas) que superava bastante a minha: um ciclo contínuo de crisálidas e casulos, com novas borboletas saindo dos ovos todo o tempo. O mais incrível eram os sete jacarés, que também viviam no porão. Possuíam um guaxinim de estimação, que vivia no jardim, junto com tarântulas, escorpiões e diversas cobras venenosas. Para alguém como eu, interessado pela natureza, era um paraíso. Certa vez, eu conversava com a mãe de meu amigo e fomos ao porão para ela tirar um pão do freezer. Durante a conversa, surgiu uma sucuri no caminho, que ela simplesmente moveu para o lado sem reduzir o ritmo de seus passos.

Em uma ocasião — eu havia saído da casa de meus pais e estava morando num apartamento com meu irmão Gunvald —, recebi um telefonema desse amigo. Ele tinha comprado um caimão — uma espécie de jacaré —, e os sete jacarés que já viviam na casa não estavam se dando bem com ele. Como eram maiores, passaram a importunar e intimidar o novo hóspede. Meu amigo quis saber se eu gostaria de ficar com ele. "Sem dúvida!", respondi, sem realmente pensar a respeito. Achei que poderia mantê-lo no banheiro.

E foi onde ele viveu por um tempo: no chão do banheiro ou na banheira. Talvez não fosse tão grande quanto um crocodilo, mas era um animal perigoso quando se zangava. Havia uma expressão em seus olhos que me fazia crer que ele cravaria seus dentes em mim na primeira oportunidade. Quando eu o trouxe para casa, brinquei um pouco com ele com um cabo de vassoura para ver sua reação. Não o cutuquei ou algo assim, apenas aproximei o cabo para ver o que aconteceria. Então, ele se lançou para a frente, mordeu o cabo e o quebrou ao meio. A madeira estalou alto. O caimão era um bicho agressivo e orgulhoso. Eu adorava a maneira como ele se retesava e vinha em minha direção num ritmo lento e constante, cheio de personalidade. O tipo de presença que me fazia pensar duas vezes antes de ir ao banheiro à noite!

♪

De todos os animais da casa, o mais importante era Sheba, uma fêmea da raça saluki. Ela era mais como um membro da família do que um cão de estimação.

Eu tinha livros e enciclopédias sobre diferentes raças e sabia os nomes e detalhes de mais de cem. Um tipo específico de cão se destacava para mim: o galgo. Embora gostasse da ideia de um galgo afegão ou galgo inglês, era o saluki que realmente excitava minha imaginação. Há um encanto nele; suas linhas são de uma natureza muito refinada. Ao mesmo tempo, os salukis são uma das raças mais antigas, intacta durante milhares de anos, que remonta à Pérsia e ao Egito antigo: um pedigree notável. O fato de que, na época, era um cão bastante raro na Noruega o tornava ainda mais atraente.

Lembro-me da noite em que trouxemos Sheba para casa. Era um cachorrinho pequeno e sedoso, com seis ou sete semanas de vida. Os salukis ficam bastante grandes quando se tornam adultos, mas, ainda assim, é incrível o quão pequenos podem parecer quando se enrolam para dormir. Naquela primeira noite, não fui para o meu quarto. Fiquei com Sheba no andar de baixo e acabei por adormecer com ela enroscada nos meus pés.

Não foi necessário muito tempo para Sheba se tornar a favorita de todos da família. Era um animal incrível: muito rápido, leve e ágil. Os salukis conseguem atingir uma velocidade de até cem quilômetros por hora e Sheba não era preguiçosa. E não só a velocidade era notável, mas também seu comportamento em alta velocidade. A pleno vapor e, então, imobilidade; se um carro estivesse andando naquela velocidade, precisaria de muito tempo para frear. Sheba fazia isso sem hesitar. Então, partia de novo. Quando íamos esquiar, Sheba nos acompanhava, correndo pelo caminho, mal pisando na neve no processo. Realmente, ela era tão rápida que sua velocidade se tornou um problema. Todos os cães caçam gatos por instinto, mas, em geral, o gato é rápido ou esperto o suficiente para escapar. Sheba era tão veloz que alcançava os gatos que perseguia. Nesse ponto, o gato dava meia-volta e atacava os olhos dela. Assim, acabávamos tendo de cuidar de Sheba em vez dos animais que ela caçava.

Um dos problemas clássicos do acervo de Sheba envolvia meu pai e seu jornal. Sentado em sua cadeira, ele lia as notícias do dia, quando, de repente, Sheba aparecia e dava uma patada no jornal, que se amontoava no colo dele. Em seguida, ela se sentava e o observava, parecendo dizer: "Vamos, faça alguma coisa." Meu pai sacudia o jornal e o ajeitava para continuar lendo. Então, Sheba voltava a dar uma patada no jornal. Àquela altura, já estávamos observando tudo, tentando não rir e sabendo o que vinha a seguir.

Sheba amava fazer parte da família. Havia muita música em nossa casa e ela adorava participar. Às vezes, meu pai se sentava ao piano e nós o acompanhávamos, tocando trombone, trompete ou qualquer outro instrumento que estivesse ao alcance. Sheba aparecia e começava a uivar. Pelo jeito, eram os instrumentos de sopro que a atiçavam. Chegamos a achar que ela uivava porque não conseguia aguentar o barulho. Porém, a certa altura, percebemos que Sheba reconhecia determinados sons e, mesmo quando meu pai tocava piano sozinho, ela o acompanhava com uivos.

Sheba não aguentava ficar longe de nós. Durante a viagem da família pela Europa — aquela em que me dediquei a caçar borboletas —, nós a deixamos num hotel para cães. Ela odiou. Apesar de ter sido posta numa jaula segura, conseguiu escapar e passou três noites perdida, sendo finalmente encontrada por um grupo de três crianças no bosque. De volta ao hotel, colocaram-na numa outra jaula, que achavam que era mais segura. Mas, de algum modo, ela também conseguiu escapar dali.

Anos depois, quando Gunvald e eu já morávamos no apartamento com o caimão em nosso banheiro, meus pais fizeram uma nova viagem pela Europa, dessa vez levando apenas nossos irmãos mais novos. Em vez de colocarem Sheba de novo num hotel para cães, eles a deixaram na casa de minha tia, achando que aquilo talvez funcionasse. Mas... ela conseguiu escapar através de uma abertura minúscula em uma janela do primeiro andar, pulando sobre o telhado da varanda da entrada e de lá para o chão. Minha tia não morava perto da residência de meus pais, mas, de algum modo, Sheba conseguiu encontrar o caminho até a casa deles. Quando ela chegou e descobriu que estava trancada, sem ninguém por perto, deve ter ficado inconsolável. Recebi um telefonema de um vizinho dos meus pais dizendo que Sheba estava sentada do lado de fora da casa, uivando e latindo. Quando cheguei, eu a encontrei com a cabeça enterrada numa moita, com as patas traseiras projetadas para trás, dando-se por vencida.

Eu a peguei e a consolei. Sheba estava muito infeliz. Não podia levá-la para o apartamento, então a levei de volta para a casa de minha tia e fechamos a janela para mantê-la dentro da casa. No dia seguinte, Sheba, com arranhões e dentadas, destruiu uma porta bastante sólida, conseguiu estraçalhá-la e atravessá-la. Quando minha tia voltou, achou que a casa havia sido invadida por ladrões. Depois disso, sempre que viajávamos, Sheba vinha conosco.

♪♪

Meu amor de infância pela natureza jamais me abandonou. Ao contrário, é uma paixão que persistiu e se expandiu de diversas maneiras. Por isso, anos depois, senti-me profundamente honrado quando, em minha homenagem, meu nome foi dado a um tipo recém-descoberto de orquídea. A planta foi descoberta em Ruanda por uma equipe de cientistas alemães, e fiquei muito comovido quando eles decidiram dar meu nome a ela: *Liparis harketii*. Ao longo de minha carreira, ganhei muitos prêmios, mas essa foi uma das maiores honrarias.

Algumas das plantas que cultivei em minha infância ainda estão na casa de meus pais. Há um grupo muito bonito de *Cypripedium calceolus*, uma orquídea selvagem norueguesa que plantei há trinta e sete anos e ainda está se desenvolvendo: eram duas ou três inicialmente e, agora, são quarenta ou cinquenta. Desde o momento em que a plantei, ela sempre cresceu e floresceu: o que parece simbólico de algum modo para mim.

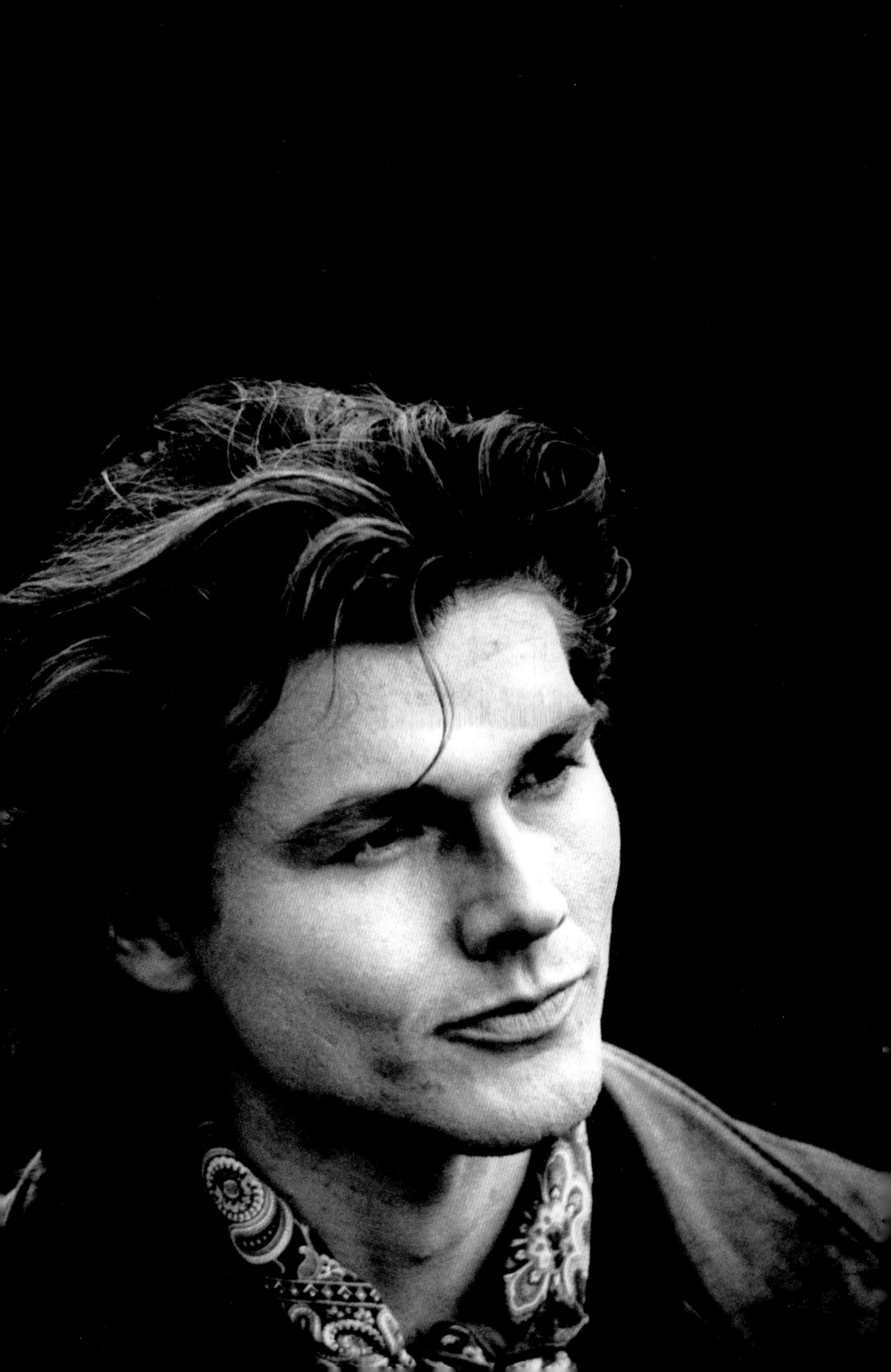

[Acima] Meu pai e meu irmão Gunvald ao piano, eu com a guitarra; Ingolf Sunde, um amigo da família, ao violino, e, no primeiro plano, minha irmã Ingunn. Local: Kongsberg, início dos anos sessenta.

[Abaixo] Eu, em Kongsberg, início dos anos sessenta.

[Página ao lado, acima] O paraíso na terra! Em nosso terraço da casa de verão em Kristiansand, nos anos sessenta.

[Página ao lado, abaixo] Eu em ação, caindo, sendo registrado pelas lentes de meu irmão Gunvald, Hallingdal, 1973.

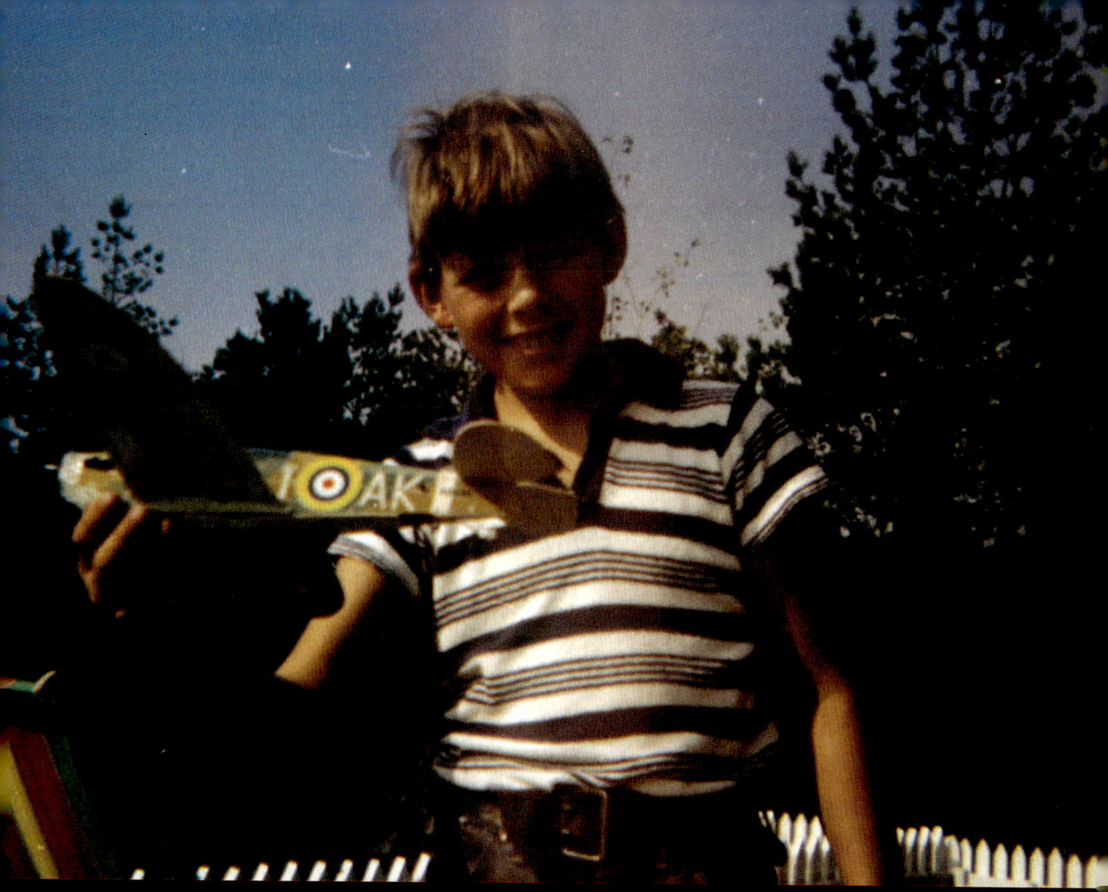

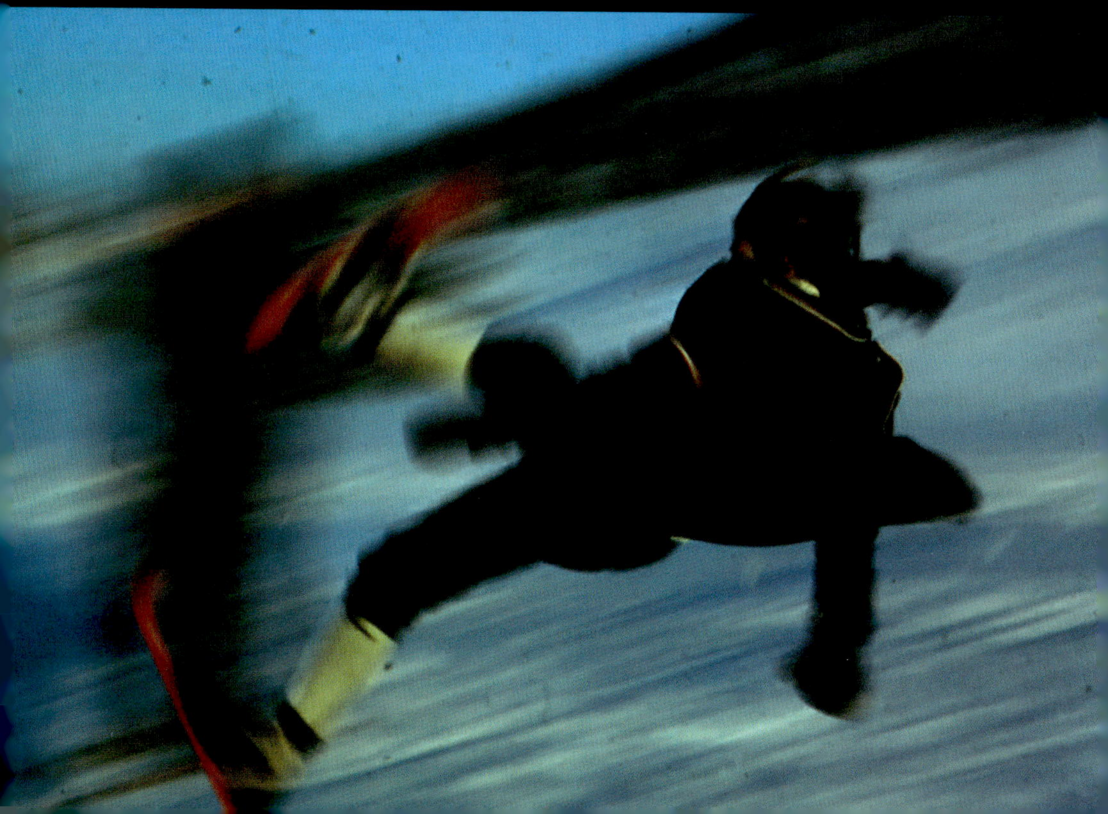

[Acima] Com meu avô Gunvald (à direita) e seu irmão Martin. Vikeland, Vennesla, Kristiansand final dos anos de 1970.

[À esquerda] Esta imagem é do início dos anos 80, com cabelo grande, um dia antes de ingressar no serviço militar.

[Página ao lado] Com 17 ou 18 anos, usando uma camisa do tempo em que trabalhava no hospital psiquiátrico. Anos mais tarde, esta peça de vestuário foi incorporada ao visual da banda.

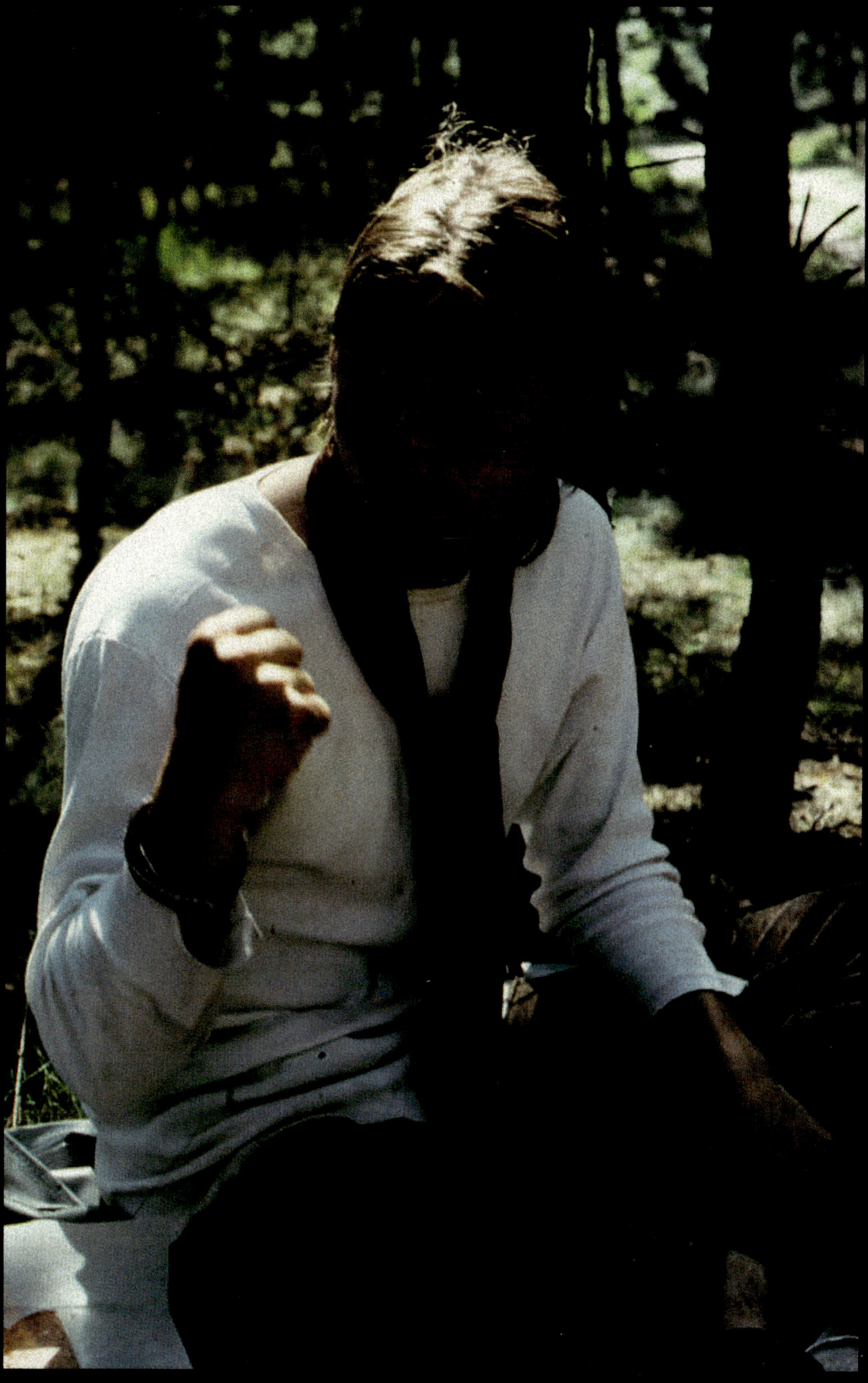

Rodando com a minha primeira motocicleta, uma Virago 1000 cc.

Terry Slater e eu em Londres no dia 10 de outubro, 1985, quando "Take On Me" alcançou a liderança dentre as músicas mais tocadas nos Estados Unidos.

Posando com algo que nunca teve muito a ver comigo – charutos e álcool – não fazem a minha cabeça. No apartamento de Magnes, em Londres, na véspera de Ano Novo de 1985.

Uma coleção de tiras de couro - um dos adereços da banda – 1985/86.

Durante uma turnê, viajando de ônibus, em 1986: No primeiro plano você pode ver Lauren, depois meus pais. Dave Cooper está sentado atrás de mim, e Terry Slater, lá na parte de trás, no meio.

Hunting High and Low – Álbum de estreia do A-ha

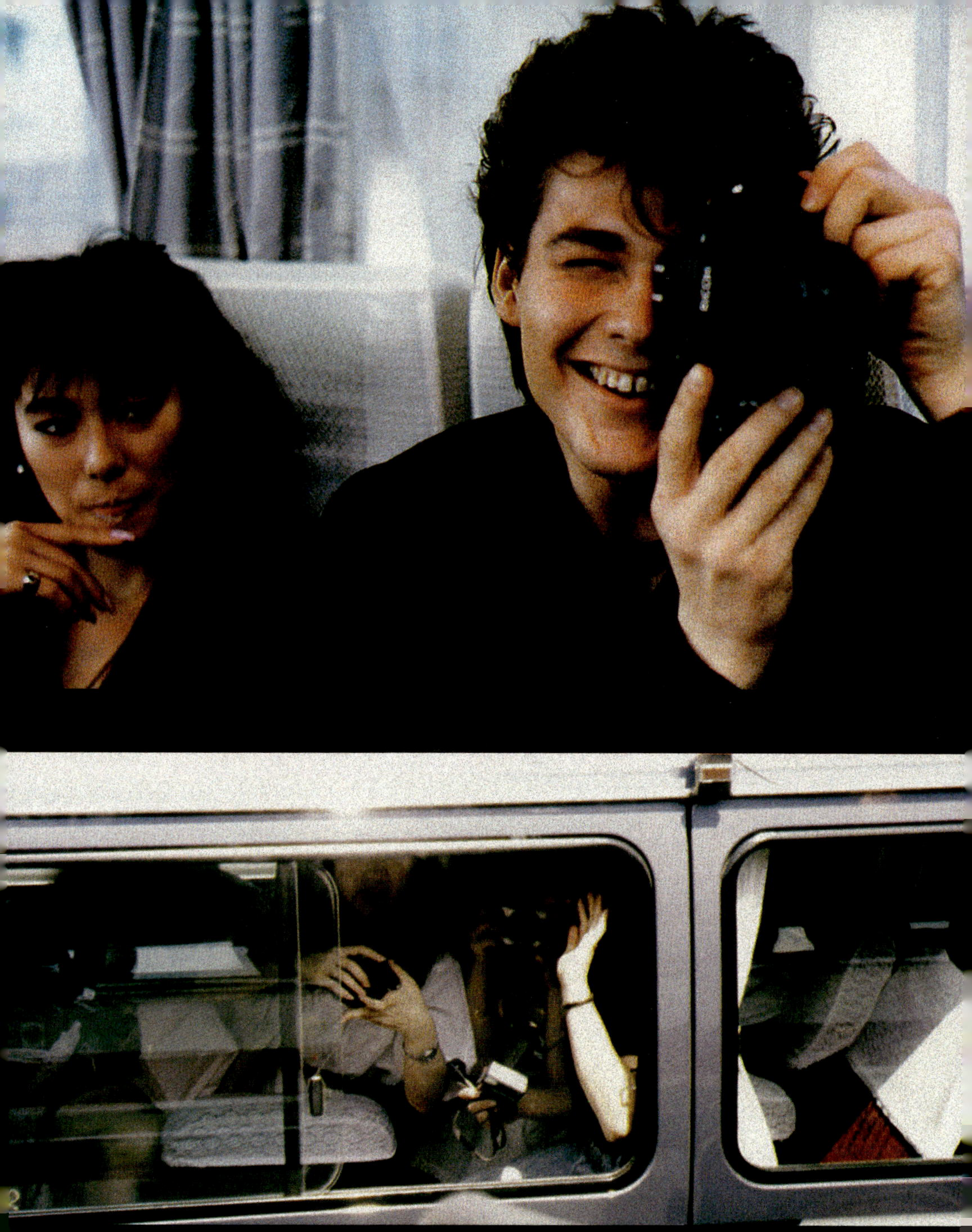

Com a guitarra (não me recordo onde estava), durante a turnê em 1986

Perto do mar, em Kristiansand, 1986.

No Havaí, durante a nossa 1ª turnê mundial, em 1986.

Nosso primeiro show no Rio de Janeiro, em março de 1989, na praça da Apoteose.
Dois anos antes da apresentação que marcou as nossas vidas, no Rock In Rio.

Um registro dos bastidores, no final dos anos oitenta.

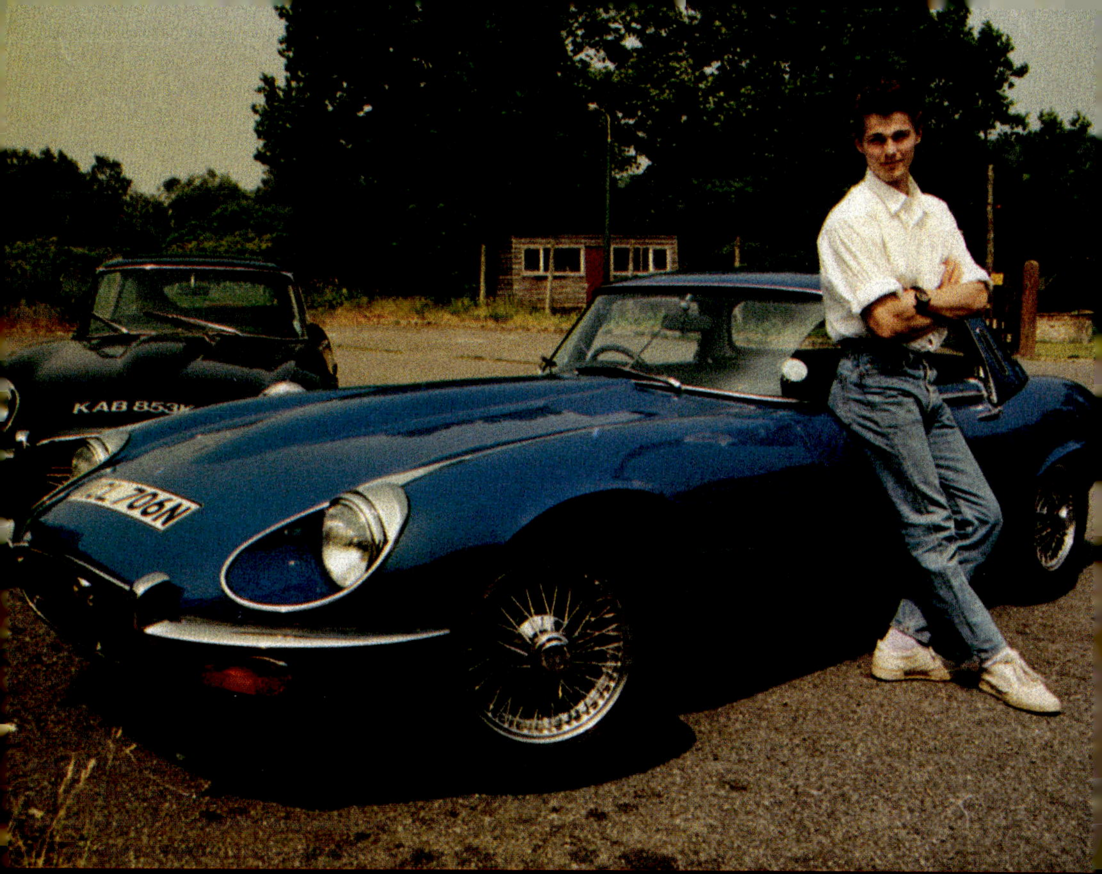
KAB 853K
706N

Com Johnathan, em 1989. O primeiro de seus cinco filhos.

CAPÍTULO 3

LAR

NAS MANHÃS de domingo de minha infância, eu despertava com meu pai tocando piano. Era incrível. Ele sempre foi um músico excelente e gostava de transmitir para nós o prazer que sentia. Meu pai não era dos mais impositivos, a não ser em questões éticas e morais. E também havia alguma pressão em relação ao estudo do piano. Não que o resto de nós chegasse perto de seus dons para música clássica, mas, com essa influência, eu acabei seguindo a carreira de músico profissional que ele mesmo poderia ter seguido.

Então, eu despertava com música clássica, para logo sentir o cheiro que vinha da cozinha. Minha mãe era uma cozinheira formidável: fui mimado com pão assado na hora e geleia de morango feita em casa, e cresci sempre esperando ter isso em minha mesa, entre outras coisas. Só quando fiquei mais velho dei-me conta de quão sortudo tinha sido.

Algumas das lembranças mais valiosas de minha infância têm a ver com todos nós sentados à mesa da cozinha, comendo e conversando, discutindo qualquer tipo de assunto. "Sempre programe uma refeição", Leonardo da Vinci aconselhou. Tento me lembrar disso. No passado, as refeições em casa eram assim. Além de meus pais, eu, meus irmãos — Gunvald, Håkon e Kjetil — e minha irmã, Ingunn, todos nós éramos muito ocupados, mas nunca estressados. Em seguida, nós nos preparávamos para ir à igreja.

Ao redor de nossa mesa, havia muita discussão, pois tínhamos opiniões fortes. Hoje em dia, em minha casa, minha mesa na cozinha é posta exatamente da mesma maneira. Se alguém vier à minha casa para comer, terá de conversar comigo. Manter a cozinha separada da sala de estar, sem TV, é uma experiência completamente diferente de ter pessoas lidando com iPads e smartphones durante a refeição. O que eu quero é que, enquanto nos alimentamos, a conexão entre mim e minha companhia esteja o tempo todo presente, pois, sem isso, algo da vida familiar ou do vínculo será perdido.

Isso tudo determinou o que eu queria fazer em minha própria vida, com a minha própria família. Uma das primeiras coisas que fiz assim que *Take on Me* se tornou um hit mundial, levando o A-ha ao sucesso, foi comprar um piano de cauda para o meu pai. Esse foi o meu modo de recompensar um pouco do que ele tinha me dado.

♪

Passei a maior parte da infância na cidade de Asker, embora aquela casa tenha sido a terceira em que morei quando criança. A família de meu pai era de Kristiansand, na costa meridional da Noruega. Ele conseguiu seu primeiro emprego como médico em Kongsberg, uma cidadezinha nas montanhas, que, no passado, fora o centro da mineração de prata norueguesa e também foi onde nasci.

Quando tinha seis anos, meu pai arrumou outro emprego e nós nos mudamos para o oeste, para a cidadezinha de Heggedal, a alguns quilômetros de distância das margens da baía de Oslo. Mais tarde, quando estava com nove anos, nos mudamos para Asker, uma cidade mais ao norte, apenas alguns quilômetros ao sul de Oslo.

Meu pai era clínico geral, um médico rural. Porém, depois de nos mudarmos, seu trabalho o levou para os hospitais gerais, tanto em Oslo como em Drammen (Asker fica quase na metade do caminho entre as duas cidades). Seu trabalho se dividiu entre os dois postos — ele trabalhava no hospital principal em Oslo e, em seguida, também se tornou chefe de patologia no hospital de Drammen.

Tanto ele quanto minha mãe tinham bastante fé no serviço público. Ela, que nascera em Skien, além de cuidar de mim e de meus quatro irmãos, trabalhava como professora. Em relação ao meu pai, também havia um fator associado à família em sua escolha da medicina como carreira profissional, em detrimento da música. Hoje é fácil esquecermos que a Noruega nem sempre foi o país próspero que é agora. Meu avô sofreu as adversidades que o país enfrentava na época. Ele era contador e também dono de uma mercearia. Os anos seguintes à Segunda Guerra Mundial foram bastante difíceis. Os negócios iam de mal a pior. Nem todos os clientes conseguiam pagar as dívidas. Não havia dinheiro na praça. Chegou ao ponto em que meu avô, não conseguindo mais manter a loja, teve de decretar a falência, o que deve ter sido horrível. Essa era uma forma de conseguir empréstimo e adiamento das dívidas, mas arranhava a imagem. No entanto, ele era um homem de muito caráter e, nos anos seguintes, restituiu ao banco o dinheiro que tomara emprestado.

Assim, isso deve ter pesado na tomada de decisão de meu pai, de não se arriscar. De todo modo, para a geração dele, seguir carreira em música era um projeto bem diferente do que foi para mim.

Em grande medida, meu pai era como um imperador da casa. Porém, ele usava sua impressionante autoridade de modo suave: sua conduta era serena e ele nunca precisou nos dizer o que não fazer. Nós o respeitávamos. Em troca, com exceção de termos de aprender piano, jamais houve uma pressão direta sobre nós acerca da escola. O que meu pai e minha mãe mais incentivavam era o caráter. Embora o incentivo artístico, o desenho em particular, tivesse bastante prestígio em nossa família.

É difícil exagerar a importância do desenho em nossa casa. Em qualquer família numerosa, sempre há um componente competitivo;

na nossa, isso se manifestava por meio do desenho. Eu era uma criança bem imatura, mas também criativa, como, aliás, todos os meus irmãos. Eu possuía um talento inato para desenhar e, ao mesmo tempo, era obstinado: jamais me dei ao trabalho de ficar preso por muito tempo num projeto. Não tinha o tempo ou a inclinação para começar do zero e criar algo grande, algo real. Tinha por meta começar algo que tivesse valor, terminar o trabalho rapidamente e pronto! Seguir para a próxima.

Também era bom em fazer entalhes. Em parte, pelo fato de eu ter essa habilidade, mas também porque era competente com formas. Gosto de pensar que sempre tive um bom olho para o *design*. Meu irmão Kjetil também demonstrava ser bastante hábil no entalhe e essa era outra competição saudável que tínhamos entre nós, ainda que nossa diferença de idade fosse de sete anos.

Olhando para trás, vejo que a atmosfera que meus pais criaram em casa foi de confiança e segurança. Não ofereço uma história de uma infância destituída ou de alguém brigando com a mãe e o pai para ser ouvido. Em nossa família, tínhamos o conforto de saber que éramos bem cuidados e tínhamos liberdade e espaço para nos desenvolvermos e nos expressarmos. É notável que todos nós tenhamos seguido carreiras sem nenhuma rede de segurança. Isso provém da maneira como fomos criados e da ascendência serenamente encorajante que nossos pais exerceram sobre nós.

♪

Por influência de minha mãe, a culinária tornou-se algo de meu interesse. Fiquei curioso acerca dos distintos processos e, em particular, pela arte de fazer pães. Realmente, envolvi-me com isso durante minha fase de crescimento. Sempre fui bom em atividades manuais e há algo a respeito da produção de pães que é incrivelmente táctil. Existe uma sensibilidade no preparo e na mistura da massa, na produção de algo de sabor tão delicioso, que envolve ingredientes muitíssimo simples. A textura do pão caseiro é o resultado dos ingredientes e da maneira como são utilizados.

Durante a adolescência, fiz muitos pães — algo que veio a ser útil no futuro, quando Paul, Magne e eu nos mudamos para Londres e tivemos de nos virar com quase nada. Paul podia ser um músico e compositor talentoso, mas suas habilidades na cozinha não eram exatamente muito desenvolvidas. Ainda me lembro do dia em que ele tentou fazer uma espécie de pão de repolho, usando os ingredientes restantes de nossa despensa: o resto da farinha e algumas verduras velhas. Tive de intervir para salvar a situação. Caso contrário, não teríamos nada para comer naquela noite.

Além de pães, eu também fazia muitos bolos, o que era bom e ruim para a minha família. Bom porque havia um bolo fresco quase todos os dias; ruim porque fiquei obcecado com um tipo específico de bolo e o fazia a todo instante. O primeiro bolo que fiz foi uma espécie de massa com canela e creme. Havia uma base de massa, depois um recheio de creme, uma camada com espirais de massa com canela e passas e uma cobertura de açúcar de confeiteiro. Por um tempo, fui apaixonado por esse tipo de bolo, o que significava que a família tinha de comê-lo diariamente após o jantar. No final das contas, todos se enjoaram dele, inclusive eu.

Depois desse, segui em frente e passei a fazer um bolo mais desafiador, que era um pão-de-ló com cobertura de marzipã. De início, eu ia à confeitaria e comprava o marzipã, mas logo aprendi a preparar o meu próprio marzipã. Era algo que eu fazia em ocasiões especiais. Experimentava com a receita, tentando torná-la menos pesada a cada tentativa, especialmente em termos de reduzir a quantidade de açúcar. Procurava permitir que os outros ingredientes naturais aparecessem, diminuindo a doçura. Ao fazer isso, ressaltava o teor de acidez das geleias que usava; sobretudo, a geleia de framboesa. Vez ou outra, eu ajudava minha mãe na cozinha, mas isso não significava que tivesse deixado de fazer travessuras. No Natal, em nossa casa, uma das tradições era que as crianças preparassem pequenas gulodices com marzipã, que oferecíamos para as visitas numa bandeja. Quando eu era mais novo, fazia coisas simples: algo com formato relativo ao Natal, uma figura, uma fruta ou algo assim. Na adolescência, porém, meus modelos foram ficando cada vez mais estranhos.

Certo ano, fiz um dedo decepado. Era uma obra de arte. Tinha uma unha e um osso à mostra e ficava vermelho como sangue quando mordido. Lembro-me de um amigo da família que estava distraído e pegando o dedo da bandeja sem olhar. Só quando ele o pôs na boca é que se deu conta do que estava mordendo — ou achou que estava mordendo — e deixou a obra de arte cair com um grito abafado. Todos riram. Dois anos depois, o mesmo amigo da família, por acaso, surpreendeu-se ainda mais com outra de minhas iguarias. Dessa vez, eu tinha feito um pinto, com testículos e tudo. Travessuras de criança.

♫

Também não posso falar de minha infância sem mencionar nossa casa de verão. Meus pais compraram essa propriedade para que pudéssemos ter contato com a costa meridional da Noruega. Passávamos ali as nossas férias anuais, algo que significava muito para nós. Hoje, é possível chegar ali em três ou quatro horas, mas, naquele tempo, a viagem durava sete horas. Meus pais amarravam a bagagem no teto do carro e eu, meus irmãos e Sheba nos espremíamos no assento traseiro. Naquela época, não havia a obrigatoriedade de cintos de segurança e, assim, ficávamos brigando uns com os outros pelo direito de viajar deitado no bagageiro interno atrás do assento.

A casa ficava numa paisagem escarpada, montanhosa, com as pedras se projetando na direção do oceano. Não podia ser vista do mar, pois se situava num terreno repleto de árvores antigas, mas não muito altas. Era uma cabana feita por carpinteiros, que utilizaram material reciclado. Tratava-se de uma construção rústica, simples, mas possuía ainda mais charme por causa disso. Estava cheia de utensílios e objetos de que não precisávamos mais em nossa casa da cidade. Assim, os talheres, as louças, copos, quase tudo eram peças antigas, sem pertencer a um conjunto, e ninguém se preocupava com esses detalhes lá. Havia liberdade para isso, um lado boêmio, de simplicidade, que é maravilhoso e muito encantador.

Para uma criança, ter um lugar assim para explorar, com a natureza selvagem na porta, é incrível. Eu gostava da natureza, é claro, e também brincávamos, sobretudo de índios. Meu pai fazia arcos e flechas para nós. Ele usava a madeira de pinheiro, que tinha a melhor flexibilidade para dar ao arco a tensão adequada. Eu me tornei um arqueiro muito bom. Tive vontade de caçar, mas nunca fui capaz de lançar uma flecha contra um animal. Eu o observava e, então, deixava-o partir. Posteriormente, a mesma sensação acerca da pesca começou a tomar conta de mim. Por um bom tempo, fui um pescador entusiasmado, mas, ao ficar mais velho, comecei a me identificar e a pensar no animal. Desde então, nunca mais consegui pescar sem me preocupar com os peixes, com a forma de fazer, tentando provocar o menor dano possível.

Agora a casa de verão não é mais a mesma. Bem, isso não é toda a verdade. Ela é exatamente a mesma. Eu é que estou diferente. Se fosse para lá hoje procurando o que me alegrava quando criança, iria me decepcionar. No entanto, se me dirijo para lá com as expectativas corretas, consigo realmente aproveitar. Tornou-se um recurso valioso para mim. E como pai, ir sempre para lá me deixa ligado sobre o que posso proporcionar aos meus filhos.

As férias em Kristiansand ocupam um lugar especial em meu coração. Era um tempo valioso com minha família, em que eu podia ser eu mesmo e me refugiar do resto do mundo. Durante a fase de crescimento, tudo isso me foi muito importante, porque, embora minha vida familiar fosse afetuosa e confortável, a situação na escola era muito diferente. Lá eu estava sozinho, acuado, enfrentando gente que não gostava de mim.

CAPÍTULO 4

Escola

ENTRE OS oito e os treze anos de idade, sofri muito *bullying* na escola. E tive de enfrentar sozinho essa fase difícil de minha vida. Meus colegas de classe não intervieram para impedir que acontecesse e os professores fizeram vista grossa ou não tiveram força para se intrometer.

O *bullying* vinha de todas as formas. Eu era esmurrado, chutado, socado no estômago, golpeado na boca e esbofeteado. Às vezes sabia que isso iria acontecer: havia um grupo que esperava por mim na hora da saída da escola. Outras vezes, os ataques aconteciam inesperadamente. Eu estava desatento e recebia um soco do nada, que me deixava desnorteado, sem reação até.

De certo modo, eu conseguia lidar com o *bullying* físico. Porém, o psicológico era muito mais traiçoeiro. Mexia com a cabeça e bagunçava tudo dentro de mim. Toda vez que eu abria a boca na classe, havia uma reação crítica dos colegas; as pessoas usavam o motivo mais insignificante para me transformar em alvo de piadas. Também brincavam comigo: por causa de minha habilidade com desenho, havia ocasiões em que os agressores queriam que eu fizesse algo para eles. E, claro, como eu queria ser aceito, corria para casa e fazia o desenho solicitado. Então, assim que pegavam o desenho, em vez de serem amigáveis, recomeçavam o *bullying*.

Para uma criança, essa é uma posição difícil de estar. Eu poderia ter tentado me enturmar com aquelas pessoas — essa teria sido a atitude inteligente. Seria mais seguro ter feito parte daquele grupo, para ser aceito. No entanto, uma criança não pensa desse modo estratégico. Meu pensamento instintivo era de que não queria estar associado a eles, porque, assim, talvez todas as outras pessoas gostassem de mim. Mas não é desse jeito que as coisas funcionam e eu acabei ficando sozinho.

O pior do *bullying* psicológico é achar que os agressores estão certos de alguma forma. Uma parte de mim não gostava da minha aparência, de como eu falava, de eu não ser capaz de me expressar bem. Esse desejo de se encaixar e de ser amado é muito forte — e é muito difícil não ser convencido por ele. Eu estava disposto a vender algo de mim mesmo para obter esse reconhecimento. Ao mesmo tempo, tinha consciência do que estava fazendo, através de vislumbres de mim mesmo, bancando o cão submisso, que tentava agradar aos outros. O fato de que não me dobrei completamente às exigências vinha da confiança dentro de mim, que só reconheci tempos depois.

Por que eu virei alvo? Descobri depois. Parte do problema residia no fato de que a escola não me provocava interesse. Eu me sentia desmotivado para aprender. Em termos de aprendizado, esforçava-me para me motivar, ou melhor, os professores se esforçavam para me motivar. Eu tinha grande capacidade de aprendizado — como meu interesse pela natureza demonstrava —, mas os professores nunca acharam um jeito de liberar esse potencial. Mesmo assim, eu me saía bem nas lições. Mas como nunca me achava particularmente interessado no que estava sendo ensinado, eu me tornara quase invisível. Estava ali e, ao mesmo tempo, em outro lugar: em minha mente, em meu próprio mundo. E isso devia parecer estranho para os outros.

Uma mistura de inocência e imaginação me transformou em alvo dos agressores. O fato de que eu era filho de um médico também não ajudou. Fazia parte do trabalho do meu pai viver próximo da comunidade mais pobre daquele distrito que ele atendia. Assim, tornei-me um alvo óbvio também por esse motivo. Por mais que tentasse evitar não estar na linha de frente, não obtive sucesso.

Havia um garoto em particular que era o chefe do grupo. Ele era perverso e influenciava os outros. Não era nem mesmo tão forte fisicamente e só me atacou uma única vez, num ataque-surpresa. O mais comum eram os outros me baterem em seu nome, fazendo isso para impressioná-lo. O interessante era que o garoto maior e mais forte não era particularmente mau. Era o único menino capaz de me bater sozinho numa luta justa, mas o líder do grupo envenenava o ar e aquele garoto cumpria suas ordens.

Jamais pensei em suicídio, mas consigo entender o motivo pelo qual as crianças nessa situação levam isso em consideração. Pode ser um lugar muito solitário, suspenso no tempo, sem luz no fim do túnel. Nunca discuti isso com meus irmãos, pois o mesmo não acontecia com eles e, desse modo, jamais seriam capazes de entender ou me ajudar. Acaba-se neste círculo vicioso: somos agredidos, em parte porque estamos em nosso pequeno mundo e de algum modo achamos que somos responsáveis por aquilo; mas sofrer *bullying* só serve para nos isolarmos ainda mais nesse mundo, o que nos torna um alvo ainda maior, fazendo com que nos isolemos mais. Não é complicado captar a ideia.

♪

Tão traumatizante quanto o *bullying* foi a atitude dos professores diante da situação. Eles sabiam o que estava acontecendo, mas não faziam nada. Alguns deles consideravam aquilo algo inerente à infância. Outros enxergavam como parte saudável da fase de crescimento: uma espécie de fortalecimento que acabaria me fazendo bem. E ainda outros simplesmente evitavam assumir o risco de se envolver. Um professor tentou me ajudar, mas, ante a reação negativa das outras crianças, acabou desistindo. O resultado final foi que as crianças passaram a não respeitá-lo, pois ele não mostrou nenhuma ira e recuou para manter a paz. Dessa maneira, os agressores mantiveram seu comportamento sem remorsos.

O que realmente me marcou, e de certa forma me mostrou que não ia ser sempre assim, foi a grande diferença de comportamento entre os meus pais e os outros adultos. Durante a fase de crescimento, nossos pais são nossos primeiros ídolos. São aqueles que você venera e aspira imitar. Meus pais, posso afirmar, foram muito sábios em seus cuidados; não só na maneira como educaram os filhos, mas também na forma como se relacionaram com outros indivíduos, jovens e adultos. Eis por que, suponho, achava estranha as atitudes dos professores da escola em relação ao *bullying*. Não ajudar conscientemente alguém parecia ir contra o comportamento de meus pais. De certo modo, foi um alerta para mim, uma constatação de que o mundo real nem sempre era do jeito que era em casa, que o respeito que meus pais tinham pelos outros não era algo universal. Ver meus pais se comportarem daquela maneira foi um enorme trunfo para mim, pois deixou claro que a vida podia se desenrolar de outro modo fora da escola — o que me ajudou a olhar além disso. Também infundiu em mim um respeito básico pelas pessoas como indivíduos, independentemente de seus antecedentes ou suas circunstâncias. Por isso, quando mais tarde alcancei o sucesso com o A-ha, jamais fiquei particularmente impressionado com as regalias da fama e do *show business*. Eu sabia o que realmente importava na vida e isso aplacou qualquer traço megalomaníaco.

Devo dizer que essa não foi a única lição que aprendi com o *bullying*. De diversas maneiras, acho que aquilo me ajudou a lidar com o sucesso que viria a ter com o A-ha. Em primeiro lugar, o fato de ter sobrevivido infundiu em mim um sentido de autoconfiança. Como não me subjugou, o *bullying* acabou me dando força interior e um sentimento de segurança. Não fiquei deprimido por causa dele. Simplesmente pensei que eu era maior do que aquilo. Fiquei sim em inferioridade numérica, mas tinha consciência de que seria mais forte do que todos os agressores. Não seria capaz de dizer por que eu sabia daquilo, mas tinha essa certeza. Eu não ia me render a eles. E assim aguentei firme por muito tempo sem revidar. No entanto, tempos depois, não me contive. No final dos anos 1980, bati num fotógrafo que estava perturbando minha namorada. Mas essa é uma história para depois.

A experiência me trouxe uma luz a respeito do comportamento das multidões. Muitas crianças que se envolviam em *bullying* não eram más. Havia um componente de medo nelas, de não quererem ser discriminadas. Assim, elas ingressavam no grupo e logo mudavam de atitude. Lembro-me da diferença de energia e de vibração que percebia nelas. Eu não lidava mais com indivíduos, mas com um grupo. E o grupo tinha sua dinâmica e comportamento próprios.

Estudei multidões mais do que a maioria das pessoas e tenho muito respeito pelas forças envolvidas. As multidões têm sua beleza. Por exemplo, na América do Sul, as plateias para as quais me apresentei são uma visão a se contemplar: observar dezenas, centenas de milhares de pessoas se movendo como um único organismo é realmente inspirador, como um espetáculo quase espiritual. Em um show, lembro-me de ter pedido para o pessoal se mover para trás, por motivos de segurança, e aquela multidão de oitenta mil espectadores simplesmente ondulou para trás, diante de mim. Não é possível entender o impacto de algo assim se não vemos isso em movimento. Como é possível se comunicar com tal sincronicidade?

O poder das pessoas atuando juntas pode ser algo maravilhoso. Mas também pode ser uma ameaça. Do mesmo modo, vi com bastante frequência grupos de fãs que se reuniam e perdiam suas inibições coletivamente. Não podia haver nada mais perigoso que uma massa de adolescentes nesse frenesi, tanto para eles quanto para mim. No fundo, multidões são uma força poderosa, mas sem uma bússola moral. Elas tendem a abandonar essa bússola em troca de algo que as comande. Mergulhe em qualquer livro de história e você encontrará exemplos de multidões arrebatadas e de bons cidadãos se envolvendo em acontecimentos nocivos. O *bullying* que sofri na escola foi apenas um exemplo pequeno e isolado desse aspecto do comportamento humano. O fato de sentir isso me trouxe uma compreensão que acabou por se mostrar útil no futuro.

Quando o A-ha se tornou conhecido, dei-me conta muito rapidamente de como era semelhante a situação entre ser famoso e ser agredido: fui capaz de recorrer às minhas experiências de *bullying* para conseguir lidar com a fama e vice-versa. Em ambos os casos, você é que está à margem da sociedade: isolado e à parte da comunidade à qual pertence. Todos sentem que você mudou, mas você não sente isso de modo algum. Você é o mesmo: em vez disso, todo o mundo muda na sua frente por causa do que lhe aconteceu. As razões por trás da situação podem ter sido diferentes, mas os resultados finais foram os mesmos. Diria até que nada me preparou mais para a fama que iríamos experimentar com o A-ha do que aqueles anos de *bullying*.

♪

Quando cheguei ao ensino médio, o *bullying* se tornou uma questão de menor relevância. Embora em minha turma houvesse muitos garotos do ensino fundamental que tinham me agredido, outras coisas estavam acontecendo, como a puberdade, que desviavam a atenção. Eu ainda me mantinha um pouco afastado do grupo principal, mas isso não parecia importar muito. Eu era aquele garoto idiota que gostava de insetos e borboletas. Tanto que, em meus primeiros anos da adolescência, interessava-me mais por insetos do que por garotas. Eu ficava tímido diante delas e não fazia ideia de como lidar com as meninas. Não que mais tarde eu tenha conseguido decifrar esse código.

Certo dia, por volta dos dezesseis anos, tudo mudou. Acabara a aula de educação física e eu estava no vestiário, tomando banho. De repente, surgiu um colega da minha classe com uma câmera fotográfica e começou a tirar fotos da turma. Tudo aconteceu tão rápido que não tive chance de pegar uma toalha ou de me cobrir adequadamente com as mãos. No dia seguinte, ao chegar à escola, vi as pessoas reunidas, observando algo na parede da sala de aula.

Consegui ver o que estavam olhando. Como era de se esperar, o garoto fotógrafo revelara seu trabalho. Ali estávamos nós, os desventurados, em preto e branco, pregados na parede. As garotas de nossa classe, todas reunidas diante delas, desfrutavam da oportunidade. Ao me notarem ali, houve um murmúrio de apreciação que ecoou pela sala. Aquele foi um momento importante para mim, pois, na ocasião, meu interesse por garotas já se igualava ao interesse por borboletas e orquídeas.

Pensei: "Tudo bem, vocês se divertiram. Me viram como vim ao mundo. Agora é a minha vez". Assim, no dia seguinte, fui ao vestiário feminino, completamente vestido. Era inverno e eu usava um casaco bem grosso. Posicionei-me em um box e observei. Não tentava me esconder. Esperava que as garotas se virassem e me vissem. Contudo, elas não se viraram. Estavam ocupadas com o banho. Desse modo, fiquei parado ali, percorrendo os boxes com os olhos. Foi uma visão muito prazerosa.

Fui bastante audacioso em agir assim. No entanto, sempre fui curioso. Quando queria algo, simplesmente corria atrás. Naquele caso, senti que era uma oportunidade justa: por causa do que tinha acontecido em relação às fotografias, senti que entrar no vestiário feminino era justificável. Se aquilo não tivesse acontecido, jamais teria sonhado em observar as garotas tomando banho. De certo modo, foi uma experiência extravagante e poderosa, ao contrário da maioria de minhas experiências escolares.

Sou obrigado a dizer: assim como na escola do ensino fundamental, realmente não me envolvi com as matérias como deveria.

Não sabia o que queria fazer da vida. Achava que talvez acabasse virando escultor, pintor ou artesão. Algo a ver com trabalhar com as mãos. O mundo acadêmico não me atraía.

    Pensando bem, acho que eu teria gostado de dar um tempo em relação à escola e fazer algo que de fato me desenvolvesse intelectualmente. Não ter percebido isso na ocasião se deve muito ao método de ensino, que não me inspirou o suficiente para me fazer imaginar minha vida tomando aquele outro rumo. Em minha opinião, a importância de bons professores é imensa em uma sociedade. O dinheiro não deveria ser o fator decisivo quando investido na juventude, uma vez que qualquer professor que seja capaz de inspirar uma sala de aula de crianças é igualmente importante — também financeiramente —, pois faz liberar todo o potencial delas, o que está intrinsecamente ligado ao futuro do país. Isso é crucial.

CAPÍTULO 5

HEY, JOE

EU TINHA apenas três anos quando captei pela primeira vez a capacidade da música de transmitir alegria. Minha família me levou para ver uma banda marcial local e fiquei completamente envolvido. Ainda consigo me lembrar do quão estimulado me senti ao escutar a música, que percorreu meu corpo como uma corrente elétrica e me deixou cheio de energia. Foi uma reação muito sensorial, poderosa e emocional, que não me permitiu ficar parado — meus braços acenavam para todo lado e meu corpo vibrava de tal maneira que acabei por ser notado: de repente, o maestro me pegou e me colocou em seus ombros. Naquele ponto de vista privilegiado, conseguia ver e também escutar tudo e, com meus pequeninos gestos, dei minha contribuição ao comando da banda.

Assim como aquela experiência no campo de flores, entendi o poder da música desde cedo. E exatamente como aquela sensação acerca da beleza da natureza, esta também era fruto de uma avaliação emocional. Era algo a que eu, instintivamente, queria me agarrar e, embora na ocasião não pudesse ter ideia de como minha vida se desenvolveria, sabia que queria sentir aquilo tudo, toda aquela alegria, muitas e muitas vezes.

Nesse aspecto, tive a sorte de crescer numa família tão musical. Devido ao perfil de meu pai, era compreensível que ele nos estimulasse a aprender a tocar instrumentos. No entanto, por mais que estivesse interessado em música, minha paixão pelo estudo dela não era muito grande. Eu fazia aulas de piano, mas não me empolgava em exercitar as peças musicais indicadas pelo meu professor. Eu queria improvisar, experimentar, tocar de ouvido, em vez de receber ordens a respeito do que fazer.

Eu era educado, polido e bem-comportado. Mas também muito obstinado. A maneira como enxergava aquilo, e foi um sentimento que jamais mudou em mim, era que a música fazia parte da natureza. Eu não precisava ser adestrado, pois já "sabia" como funcionava. Sentia isso instintivamente e o fato de alguém me dizer como funcionava era desrespeitoso em relação a algo maior do que qualquer um de nós. É um enunciado complexo para um garoto fazer e tenho certeza de que não devo ter racionalizado isso naquela idade. Era mais um sentimento.

Só Deus sabe o que meu professor de música pensava de mim. O ensino de boa qualidade, em vez de dar ordens, educa a criança no sentido da descoberta. É o que um professor deve fazer: levar o aluno a esse ponto de descoberta. Daí, ele descobrirá as coisas por si. E, para mim, em relação ao piano, eu me encontrava nesse ponto de descoberta desde o início.

Meu professor era um homem brilhante, mas totalmente movido pela emoção — uma combinação sempre perigosa. Sua resposta emocional era sempre mais rápida, com pouco espaço para a razão. Ele era muito engraçado, mas tudo funcionava segundo suas próprias regras. Se eu tentava responder de forma espirituosa, ele não reagia de modo favorável. E embora fosse talentoso musicalmente, era o tipo de caráter que sempre seguia regras. Para mim, seu ensino consistia em sistemas, arranjos e treinos. Nesse aspecto, era bastante dogmático, e, dado que estávamos vindo de lugares tão diferentes, era compreensível. Apesar disso, também havia um princípio de grande respeito entre nós. Ele jamais duvidou musicalmente de mim e eu percebia isso. Lembrando disso agora, percebo que ele identificava aquilo que estava bloqueando o acesso ao meu talento. No final das contas, talvez não fôssemos tão diferentes.

Fiquei numa situação difícil com relação ao piano. Eu era uma criança educada e respeitava totalmente meus pais. Queria fazer tudo para obter sua aprovação. Eles nunca nos coagiram ou nos manipularam, nunca nos obrigaram a fazer o que não queríamos. Explicavam as coisas sempre com paciência, mas, num tema como o do piano, mesmo eu não gostando, por ser muito novo, não tinha os argumentos maduros para contestar. Assim, como qualquer garotinho, meu desejo era agradá-los, o que significava praticar piano e manter o professor feliz. Não praticar me pesava na consciência, embora achasse que era inútil. No final das contas encontrei um meio-termo, a opção menos fatigante: eu memorizava o que o professor tocava e copiava seu estilo quando ele me pedia para reproduzir.

Estudei com ele durante oito anos, mas sem nunca realmente aprender a ler música. Em última análise, não posso culpá-lo pelos seus métodos. A verdade é que, quem quer que tivesse tentado me ensinar, a situação provavelmente teria sido a mesma. Eu tinha um bom ouvido musical e foi assim que mais aprendi.

Também tive aulas de trombone, com um professor que tinha um pouco mais de jogo de cintura. Ele era brilhante e extremamente perspicaz. Por isso, logo percebeu que eu possuía um ótimo ouvido musical, mas que não estava disposto a me exercitar. Ele me dizia coisas como: "Estude pelo menos esse compasso. Quando tivermos aulas em grupo, será um pouco mais fácil para você". Era mais como um conselho, e não uma ordem.

Ingressei depois numa orquestra. Não por escolha, mas porque meus pais queriam que todos nós fizéssemos parte de uma. Desejavam que obtivéssemos o máximo de formação musical. Eu sabia que não precisava de nada daquilo, pois tinha o "vírus" da música dentro de mim. No entanto, queria agradá-los e, assim, concordei. Mas foi uma experiência que odiei. Os nossos uniformes eram horríveis, constrangedores. Eu me sentia bem idiota, deselegante e fora de moda. Sempre que alguém aparecia para nos ver tocar, eu morria um pouco.

Em termos musicais, não aprendi muito na orquestra, mas, em termos de convivência, foi um aprendizado excelente. Sobretudo o de não ser tão ingênuo. Aprendi com os erros, a como escapar impune de certas situações e a como parecer estar fazendo tudo o que devia. Eu gostava de experimentar enquanto todos os outros estavam seguindo as regras. Em vez de tocar a minha parte, inventava algo diferente, que ainda funcionasse dentro da harmonia, mas acrescendo algo especial à obra.

E como isso me dava prazer! Mas houve momentos, quando eu estava tocando minha criação, de o regente perceber o que eu estava fazendo e, de repente, bater a batuta na estante e interromper toda a orquestra. E, nesses momentos, ele apontava para mim e pedia que eu tocasse a minha parte na frente de todos para verificar se eu sabia fazer.

O regente indicava a parte da notação que eu deveria tocar e, para ser honesto, eu raramente tinha uma pista do que ele estava falando. Na maioria das vezes, nem sabia o que estava tocando. Quem me salvou por muitas vezes foi o meu professor de trombone, que era o primeiro trombone da orquestra e estava sempre por perto para me ajudar. Ele se debruçava em minha direção e assobiava a parte do trombone para que eu ouvisse. O regente considerava que minha reação lenta se devia à falta de autoconfiança. Eu deixava ele pensar assim, pois me dava tempo para escutar os assobios. Em seguida, era capaz de tocar perfeitamente a peça, embora um tanto apreensivo.

♫

A casa de minha família era musical no sentido clássico, pois esse era o gênero que meu pai escutava e tocava. Ele nunca se interessou por músicas que envolviam improviso, como o jazz, nem por aquelas das paradas de sucessos. Apesar de crescermos na década de 1960, em nossa casa não se ouviam Beatles ou Rolling Stones.

Acho que a primeira música contemporânea que realmente escutei foi *Bridge Over Troubled Water*, de Simon e Garfunkel. Foi a primeira vez que ouvi música que não era clássica ou de igreja, e adorei. Em seguida, descobri Johnny Cash e me apaixonei imediatamente por sua voz. Amei o tom grave e a profundidade dela. Antes da puberdade, minha voz não era especialmente grave, e eu escutava Johnny Cash, procurando imitar seu estilo de canto para expandir minha extensão vocal.

No começo da década de 1970, diversas bandas de rock continuaram a desenvolver o meu despertar musical. O Queen foi, provavelmente, a primeira banda de rock de que meu pai gostou, sobretudo por causa das composições e dos arranjos. Os primeiros álbuns foram os que chamaram a minha atenção: *Queen, A Night at the Opera* e *A Day at the Races*. Depois disso, achei que a música do Queen mudou, perdendo a serenidade. Não sabia se aquilo se devia à dificuldade de lidar com a fama, com a pressão da expectativa pesando sobre os ombros da banda. Por um tempo, perdi o interesse pela música do grupo. No entanto, aquela serenidade jamais desapareceu das canções deles por completo; pela minha observação, ela apenas se mantinha adormecida e, depois, voltava de novo.

O que a arte do Queen tinha de tão especial? Em sua melhor forma, possuía uma qualidade quase onírica: as melodias e as letras conseguiam invocar imagens notáveis, que, ao mesmo tempo, eram fantásticas e reais, capazes de levar a um lugar diferente, e possuíam a chave para liberar aquele tipo de magia. Significava que não eram apenas os integrantes da banda que sentiam aquele momento tocando as canções, mas também os fãs. A grande música não tem interesse em fronteiras e, como um adolescente que crescia na Noruega, eu também fui seduzido.

Quando comecei a fazer sucesso como cantor, uma das partes mais interessantes foi a oportunidade de conhecer algumas pessoas que me inspiraram durante a minha fase de crescimento. Nunca conheci Freddie Mercury adequadamente, apenas de passagem, mas me encontrei e conversei diversas vezes com o restante da banda. Os caras sempre foram muito agradáveis, bastante normais, e nosso relacionamento até hoje é muito bom. E embora Freddie Mercury sempre ganhasse as manchetes como vocalista, muito também por causa das performances teatrais dele, o Queen é propriamente uma banda. Assim, apesar de os demais integrantes não serem o centro das atenções, sua importância é a mesma para o som e o sucesso do grupo. Às vezes, essa coisa de grupo pode ser explicada aos outros por cortesia, mas nunca é a história completa. Isso porque, enquanto ouvinte, você talvez nem sempre possa captar tudo o que está acontecendo — mas é preciso que se tenha todos os pedaços do fundo para que as cenas da frente aconteçam. Nesse contexto, todos os integrantes da banda têm relevância; é uma coisa de grupo, criando algo que é muito maior do que uma simples soma de todos os integrantes.

O Queen foi apenas uma das bandas que escutei durante minha juventude. Ouvi muito o Genesis e David Bowie também, e ainda o Deep Purple e Nazareth. No entanto, o grupo que me causou forte impacto desde cedo foi o Uriah Heep. Para mim, eles começaram tudo. O Uriah Heep foi uma banda de rock inglesa, cujo primeiro álbum saiu em 1970. Eram algo heavy metal, mas a melodia me atraia muito. O primeiro álbum que escutei deles foi *Wonderworld*, lançado no fim de 1974. Aquilo realmente me balançou: desde os primeiros segundos, "captei" a música. Fiquei alucinado, foi como se algo tivesse explodido em minha cabeça e em meu coração. E não estava sozinho no amor pelo som da banda. Embora o grupo fizesse sucesso no Reino Unido e nos Estados Unidos, alcançou um êxito ainda maior na Noruega e em outros países, como Alemanha, Áustria e Finlândia.

Havia um elemento de rock progressivo em grande parte do material do Uriah Heep. David Byron era um cantor cujos vocais tinham uma extensão e um alcance incríveis e que me conquistaram imediatamente. Como Freddie Mercury e o Queen, descobri tempos depois, havia no trabalho deles também um toque clássico nos arranjos vocais. O responsável por eu conhecer a banda foi meu primo, que viajara à Inglaterra para um torneio de futebol e me trouxe alguns discos do Uriah Heep. Sou eternamente grato a ele por isso. E também aos meus pais, pois havia apenas um toca-discos em casa e ele ficava na sala de estar. Era nele que eu escutava o som, o que obrigava todo mundo na casa a ouvir também; meus pais foram os reis da paciência!

Aquele álbum do Uriah Heep causou um imenso impacto em mim nos primeiros anos de minha adolescência, naquela idade em que a gente se compromete cem por cento com o "primeiro amor". Algo que durou um tempo. Porém, tudo isso ficou para trás quando escutei Jimi Hendrix, alguns anos depois. Na ocasião, eu tinha dezessete, e *Hey, Joe* foi a canção que me pirou. Até então, eu era bastante dogmático acerca de música: já sabia do que gostava e do que não gostava e não deixava minha opinião ser influenciada por ninguém. Havia aquele fio condutor, acho, de crescer escutando música clássica e as canções cuidadosamente elaboradas de grupos como o Queen. Era aquele eco clássico ali presente, nos arranjos e na música.

Hendrix, porém, uau! Mudou todos os meus conceitos. Percebi algo de cru e natural que parecia irresistível: a musicalidade, o fraseado, a atitude dele ao tocar guitarra e cantar. Não era igual a nada que eu tinha escutado antes. Tudo o que eu achava que sabia sobre música mudou depois disso e até me fez tomar uma atitude impulsiva. Não me lembro quem era o dono do disco. Eu o ouvi na escola. Havia um toca-discos no salão comunitário e, ao escutar, me causou tanto impacto que eu simplesmente precisava levar o disco comigo. E foi o que fiz: eu o roubei. Não era algo que já tivesse feito antes, mas foi uma necessidade. Como se pertencêssemos um ao outro. E eu o mantive sob custódia por bastante tempo. O que Deus uniu, ninguém separa!

Mas o mais estranho ainda foi que, depois de tomar para mim o disco, eu não o toquei. Durante três meses parei de escutar qualquer música, tal foi o poder do disco de Hendrix. Tudo o que eu escutava antes parecia, de repente, redundante. Ouvi-lo mudou todas as regras e todos os valores que eu tinha sobre a composição de uma música. A música, para qualquer pessoa em fase de crescimento, é uma grande parte de quem você é. E esse foi o impacto em mim: com uma rotação daquele disco, tudo o que pensava ser bom deixara de existir.

Basicamente, eu não estava mais escutando a música que ajudara a definir quem eu achava que era, mas também não escutei mais o disco de Hendrix. Não entendi o motivo. Achei que não estava pronto para aquela música, se é que isso faz algum sentido. Havia uma "verdade" em relação a ela que me fazia crer que tudo o que eu ouvira antes precisava de uma nova definição. Levaria algum tempo para me restabelecer, para entender aquela verdade e aceitá-la. No entanto, isso foi o que finalmente ajudou a confirmar uma coisa sobre mim: o que eu precisava fazer em minha vida estava na música.

CAPÍTULO 6

COMEÇANDO A CANTAR

NAQUELE MOMENTO, no Ministério das Relações Exteriores, a visão deve ter sido surreal. Parado diante da mesa de um funcionário público, achava-se um grupo musical de aparência muito séria e determinada, que se inspirava no rock progressivo, especialmente no Genesis. Com os cabelos longos e usando galochas. Sim, calçávamos galochas porque estávamos prontos para ir à África em missão humanitária.

       O grupo musical era a segunda banda de que eu tomava parte. A primeira, que formara com meu irmão Håkon, nunca conseguira passar muito da fase de ensaios. Nós ensaiávamos em casa ou no abrigo antiaéreo de um hospital local. A banda se chamava Laelia Anceps, nome que eu escolhera em homenagem a um tipo de orquídea de que gostava. A música, se pudesse ser chamada assim, era rock progressivo. Estávamos bem equipados: Håkon comprou uma guitarra Fender Stratocaster, enquanto eu economizei para adquirir um órgão Hammond B3, que era o tipo utilizado pelo Uriah Heep. No final das contas, uma versão da banda se apresentou apenas em um show, no colégio local. Tentamos imitar diversas canções do Genesis e eu toquei bateria e cantei. Havia capas de seda, muita maquiagem e, felizmente, pouca gente presente.

A segunda banda em que ingressei, Monastery, também era bastante influenciada pelo Genesis, fruto da imaginação de dois irmãos apaixonados por rock progressivo e musicalmente talentosos. Per, o irmão mais velho, tocava guitarra e piano e cantava muito bem; Dag, o irmão mais novo, era um baterista realmente bom. Os dois eram a base da banda. Na realidade, eles eram a banda. Tinham muitas boas ideias e eu fiquei contente de ingressar nela. O grupo era sério, tanto em termos do que queria alcançar como em suas crenças. Nos ensaios, dedicávamos muito tempo a essas longas discussões filosóficas.

Certo dia, assisti a um documentário na TV acerca da fome na África, que me comoveu profundamente, e resolvi me mexer para tentar fazer algo a respeito. Como um jovem com muita vontade de ajudar, fui ao ensaio daquela noite agitando um recorte de jornal sobre o documentário. Fui bastante incisivo em relação àquilo que precisávamos fazer. Poderíamos ficar ali tranquilos, cuidando da nossa vida e ensaiar nossa música ou deveríamos fazer a nossa parte e ir para a África primeiro? Fiz esse discurso apaixonado para o restante da banda, afirmando que não se tratava apenas de ajudar aqueles que sofriam por causa da fome, mas que era fundamental para a integridade do grupo. Precisávamos de algo para compor: ir para a África para ajudar teria o efeito adicional de enriquecer nossas personalidades artísticas no processo de nos tornarmos seres humanos completos. Fui tão contundente e persuasivo que ninguém soube como discutir comigo. Ficou resolvido. No dia seguinte, iríamos nos mexer.

Na manhã seguinte, embarcamos em nosso furgão e fomos para o centro de Oslo. Na traseira do veículo, tínhamos tudo o que achávamos que poderíamos precisar: pás, ferramentas, qualquer coisa que talvez fosse útil. E, calçando as nossas galochas, entramos no prédio do Ministério das Relações Exteriores, pedindo para falar com alguém. Após um pouco de consultas e murmúrios, fomos conduzidos ao escritório daquele funcionário público.

Repeti para ele exatamente o mesmo discurso que fizera para os caras da banda na noite anterior. Ali estávamos nós, jovens saudáveis, prontos para arregaçar as mangas e agir no que fosse possível. O funcionário escutou atentamente — teve o respeito de me ouvir. No entanto, ao contrário de meus colegas de banda, ele não ficou muito empolgado com o meu discurso. "Vejamos, meu jovem", ele disse, com uma voz glacial. "Sim", ele continuou, "vocês são jovens e saudáveis. Mas o que têm a oferecer além de suas mãos? O fato é que, se vocês forem para lá, vão precisar comer. E precisarão de mais comida do que qualquer africano para se manter em pé e trabalhar. Se vocês realmente querem ajudar", ele concluiu, "sigam para a universidade e se formem em medicina ou enfermagem. Obtenham um diploma em algo prático, voltem e me procurem. Eu admiro a sua iniciativa".

O funcionário tinha certa razão. Mas, ao mesmo tempo, ele estava errado. Se tivesse nos enviado para a África, nós voltaríamos com uma história e teria sido algo que poderia mobilizar mais pessoas. Acho que ele viu nossos cabelos e roupas, a nossa capacidade limitada de imitar os caras do Genesis, e tirou suas conclusões. Fiquei arrasado com a resposta, mas não me dei por vencido. Levei a banda para uma organização da igreja, que também estava envolvida com a ajuda humanitária. Fiz o mesmo discurso e obtive a mesma resposta.

A banda não foi para a África. E eu não voltei para a banda. Depois desse episódio, fui despedido: o grupo achou que eu os manipulara e decidiu me excluir. A banda voltou a ensaiar suas músicas com mudanças importantes e eu voltei a ser um artista solo. Fiquei triste, pois eu realmente acreditava no potencial daquela formação.

♪♪

Comecei a cantar ainda garotinho, mas só para mim mesmo. Com quatro ou cinco anos, descobri que cantar era um meio divertido de dar asas à imaginação. Desde o início, senti que havia algo valioso no modo como interpretava as canções. Porém, não continuei cantando daquele jeito, pois as oportunidades que tinha para cantar não eram muito interessantes. Todos os domingos de manhã, ia com a minha família para a igreja, mas, em termos musicais, eu não me interessava naqueles hinos por causa do jeito como eram tocados. Lembro que o organista martelava o teclado numa velocidade profana ou muito lentamente para a canção. O ritmo era ligeiro ou estendido e a música não ganhava vida. Assim, em vez de me apaixonar pelo canto, entediava-me com ele. E, em vez de me deliciar, aquelas apresentações eram uma espécie de suplício e eu aguardava ansiosamente o seu término.

Para ser justo, isso não acontecia apenas na igreja e em reuniões comunitárias, mas também com cantores profissionais e alguns até famosos: embora o nível desses fosse muito melhor, as peças musicais ainda careciam de algo. Eu tinha a percepção de que eles não entendiam a canção e aquilo me perturbava. Era algo bem nítido para mim e, sendo jovem, o sentimento era de que eles não estavam fazendo justiça às canções. Por esse motivo, quando eu escutava alguém como Johnny Cash cantar, sentia algo como uma tremenda revelação. Ali estava um músico com personalidade, alguém que produzia mais do que apenas um som ou uma nota bem executada.

Meu canto começou a ser desenvolvido depois que passei a escutar o Uriah Heep. Eu adorava a voz de David Byron. Aprendi a cantar daquele jeito para acompanhar o som dele. Dei-me conta de que conseguia cantar no mesmo nível de Byron e aquilo foi um reconhecimento importante para mim. Bem cedo na vida, descobri o quanto eu poderia ser bom cantor. Não era um sentimento arrogante, mas uma segurança que me permitia apostar nesse campo. Significava para mim um balizador para o nível de habilidade que me encantava.

A partir daí, segui em frente, escutando diferentes cantores. Freddie Mercury foi um deles. Atentei para seu fraseado, a extensão de sua voz e como sua personalidade se revelava através dos alto-falantes. Não diria que me exercitei especificamente desse modo; era mais divertido do que isso, como um cachorrinho correndo atrás de uma bola. Além de Freddie Mercury, dois outros artistas importantes para mim foram Johnny Cash e Janis Ian. Ele e ela são cantores muito distintos, mas cada um possui algo que eu queria para mim. Também devo mencionar David Bowie. O período entre os álbuns *Hunky Dory* e *Diamond Dogs* foi o que mais me marcou.

Mesmo depois de todo o sucesso que alcancei com o A-ha, ainda havia cantores com os quais eu tinha o que aprender. Jeff Buckley e sua voz maravilhosa. Eva Cassidy, que cantava de um jeito muito quente, com uma voz marcante e clara, um *timing* e uma expressão muito fortes. Se a voz é um pouco rouca, há sempre algo para ocultar; podemos mascarar as coisas e deslizar para trás do lado áspero do tom. É a mesma diferença que existe entre alguém tocando um solo de guitarra com um som distorcido ou limpo. Com distorção, a nota tocada continua depois de ser alcançada; com o som limpo, a nota só é tão longa e tão forte quanto aquilo que se investiu para produzi-la.

Em minha fase de formação como cantor, enquanto escutava todas essas vozes distintas, eu não pensava conscientemente a respeito de fraseado, tom ou quaisquer detalhes técnicos — essas eram coisas que fazia apenas intuitivamente. Mais do que tudo, escutava a presença da voz. Eu procurava a presença e a personalidade com as quais esses cantores se projetavam. Esse senso de individualidade, de ser, é algo que está no sangue, não nas cordas vocais.

♪♪

Na adolescência, tornei-me bastante amigo de Arild Fetveit. Ele morava perto de mim e tinha um histórico musical diferente do meu. Arild possuía uma afeição de longa data pelo blues e pelo soul. Eram sua paixão. Ele tocava blues em sua guitarra e me apresentou a esse gênero.

Até aquele momento, o blues não me despertara nenhum interesse. A maioria das músicas que escutava era rock progressivo do final dos anos 1970. Jamais tinha realmente "entendido" o que era o blues. Achava-o chato, tedioso e repetitivo. Não representava muito para mim.

Porém, minha própria experiência com Jimi Hendrix mudou tudo isso, desafiando minhas ideias preconcebidas acerca de música. Como resultado, quis me abrir a novos sons, ir completamente para o oposto do que tinha escutado até então, ouvir discos e cantar coisas completamente contrárias à expectativa. E Arild era perfeito para isso. Com seu conhecimento enciclopédico sobre blues e soul, era o cara certo para me apresentar a um tipo diferente de música. A paixão dele pelo universo dos gêneros era contagiosa e, lentamente, transmitiu-se para mim.

No início nós tivemos longas discussões a respeito de música. Viemos de tradições muito diferentes, o que gerou certa rivalidade e demarcação de território. Eu defendi meu terreno musical, e ele também. A paixão pela música que nós dois tínhamos não poderia ter se manifestado de modo mais claro. Dei-me conta de que, para permitir que Arild me apresentasse ao blues, teria de deixar minhas crenças de lado. Sabia que se quisesse aprender, precisaria me submeter ao mundo de Arild e escutar. Isso tudo me remetia a Jimi Hendrix — mostrando-me que nem sempre sabemos aquilo que achamos que sabemos; de fato, às vezes, as coisas são o contrário do que nos parecem. E, a menos que relaxemos e nos permitamos, não descobriremos essa verdade.

Arild persistiu. Ele foi muito paciente comigo. Rapidamente, passei a gostar muito dele. Gostávamos um do outro porque podíamos sentir a genuinidade de cada um — não havia lado ou intenções. Depois de certo tempo, parei de ouvir apenas minhas opiniões.

Coloquei-me nas mãos de Arild e deixei que ele me ensinasse: o blues e o desafio de aprender algo com ele para o meu próprio canto. Sempre serei grato por isso.

Em pouco tempo, começamos a tocar blues, em vez de apenas escutá-lo. Arild estava formando uma banda com outro guitarrista, Espen Farstad, e me convidou a ingressar como vocalista. O grupo se chamava Souldier Blue, o que deixava claro que gênero musical iríamos tocar. Éramos cinco: Arild e eu, os mais jovens, e mais três. O outro guitarrista, o baixista e o baterista eram profissionais velhos de guerra, músicos experientes, familiarizados com as canções e a cena norueguesa. Arild e eu éramos os aprendizes, mas logo viramos aqueles que conduziam as coisas. Os demais membros da banda eram caras legais, muito calmos e relaxados — queriam se divertir e oferecer ao público bons momentos. Arild e eu, porém, tínhamos aquele desejo ardente por algo mais. Assim, se alguma coisa não saía direito, ficávamos incrivelmente frustrados, algo que simplesmente não incomodava os outros. Para eles, não era importante o suficiente para estragar a noite; se algo não deu certo, ok.

O Souldier Blue tocava principalmente covers de diversos artistas. Músicas de Otis Rush, Otis Redding, Buddy Guy, Muddy Waters, Robert Johnson e Sam Cooke. Até músicas como *Sex Machine*, de James Brown! No entanto, eram os dois Otis que realmente me interessavam: duas vozes bastante diferentes. Otis Rush era um blueseiro de Chicago, da década de 1950. Ele tocava guitarra com uma técnica inconfundível, do tipo vibrato, e possuía um estilo vocal muito intenso. De fato, exprimia o que cantava. Otis Redding foi o arquiteto do som do soul da gravadora Stax, que surgiu em Memphis em meados da década de 1960: delicado e apaixonado, bruto e real.

Era um desafio cantar material tão variado. Estava fora de minha zona de conforto: não só porque era a minha primeira vez como vocalista à frente de uma banda, mas porque cantava em clubes de blues para ouvintes que conheciam o gênero. Eu tinha bastante consciência de minhas deficiências. Sabia onde não estava acertando.

Naquele campo, não me achava onde gostaria de estar. Havia comentários e murmúrios dos puristas, que eu simplesmente ignorava. Para cada pessoa que dizia que não era daquele jeito que deveria ser feito, havia muitas outras que elogiavam meu desempenho. Eu sabia que minhas interpretações eram pouco convencionais, mas apostava que minha voz e minha presença no palco dessem conta do recado.

Percorremos todo o circuito de clubes de blues, como o Hot House, em Oslo, e outros de todo o país. Um dos músicos experientes da banda era responsável pela marcação dos shows. Ele era um sujeito sociável e tinha contatos, e assim nos tirou da sala de ensaios e nos pôs na estrada. Sem ele, provavelmente, Arild e eu continuaríamos ensaiando indefinidamente para nos aperfeiçoar. E ele tinha razão: os shows ao vivo são os melhores lugares para fazer isso.

Tocávamos em locais clássicos da contracultura: cafés e clubes de blues pequenos e sujos, com pouca luz e muita fumaça. Havia uma atmosfera política de esquerda em relação ao público: socialistas, livres-pensadores, feministas e assistentes sociais; em outras palavras, nada de frequentadores do mercado financeiro. Empilhávamos todos os equipamentos num furgão antigo e rodávamos o país. Finalmente eu estava ganhando para cantar. Era uma experiência fantástica — e estranha também — ter dinheiro na mão.

Aprendi muito no palco. Senti como se fosse um terreno de estudo, para ganhar experiência e a forma de me relacionar com uma plateia. Também foi a primeira vez que tomei consciência de minha transformação num objeto de interesse das mulheres de meia-idade, já animadas com um terceiro drinque. Mas era uma experiência nova e interessante ser admirado por elas.

Em nosso último show, algo curioso ocorreu. Havia um frequentador que não parecia um aficionado normal de clube de blues. Ele estava de terno e usava um relógio Rolex de ouro. Um tipo que destoava dos habitués daquele lugar. De qualquer modo, ele enviou champanhe para toda a banda e disse que queria conversar comigo. Explicou que era um agente e estava ali em nome de um cara que fazia grandes investimentos. Ainda disse que eu tinha um grande futuro e que queria fazer parte dele.

Mas não fez. Ele via meu futuro em Las Vegas. Nesse sentido, esse cara estava enganado, embora sua previsão não tenha sido completamente fora da realidade. Coisas como essa me davam mais segurança, confirmando minha crença de que poderia alcançar o sucesso com a música. Isso não aconteceria no Souldier Blue, mas como membro de outra banda local para a qual fui convidado tempos depois.

CAPÍTULO 7

Bridges

COM NOVE anos, vi um avião que acabara de cair, matando seus ocupantes. Estávamos no caminho de volta para casa, em Asker, vindo de Kristiansand, no sul da Noruega, onde vivia a família de meu pai. Rumo ao norte, ao longo da baía de Oslo, meu irmão viu algo pela janela do carro. Era um pequeno Cessna que parecia estar com problemas.

Eu, sentado no meio do carro, não tinha uma boa visão, mas inclinei-me da melhor forma possível. Contudo, não consegui ver o avião. De repente, meu irmão Gunvald ficou aflito e passou de excitado a alarmado quando percebeu que o avião apresentava muitas dificuldades. Então, ele o viu cair. Na imprensa, fui citado como tendo visto a queda do avião. Eu jamais afirmei isso. Testemunhei o acidente por estar sentado ao lado de meu irmão, que viu toda a tragédia.

Meu pai, como médico, deu meia-volta e dirigiu o carro na direção do local onde o Cessna caíra. Parecia irreal. Todos nós nos mantivemos calados. Quando nos aproximamos do local do acidente, vimos o lampejo das luzes da ambulância e tomamos conhecimento de que uma equipe médica já estava presente. Assim, voltamos a pegar a estrada para casa, pois meu pai não era necessário ali. Ao longo do caminho, manteve-se um silêncio melancólico no veículo, com cada um absorvendo o que vira. Posteriormente, eu soube que entre os mortos no acidente havia um músico de jazz, um trompetista chamado Kåre, que voltava de um show com a Bent Sølves Orkester. O acidente foi em 1969 e eu ainda não estava envolvido com música. No entanto, naquele dia, foi como se a música houvesse sido transmitida para uma pessoa que eu estava destinado a conhecer muito tempo depois.

♪♪

Onze anos mais tarde, assisti a um espetáculo musical que mudou minha vida. Foi em Asker, em minha escola do ensino médio, o ginásio onde eu estudara. Porém, tudo o que encontrei ali foi diferente das minhas expectativas. Diante de uma plateia de cerca de duzentas pessoas, uma banda norueguesa chamada Bridges me deixou perplexo.

Tudo mudou e o fato de isso ter acontecido me chocou bastante. Para ser honesto, jamais esperava ver algo musicalmente capaz de me empolgar daquela maneira em meu próprio país, muito menos em minha escola. Em termos de música internacional, a Noruega simplesmente não estava no mapa. Toda a forma como a música norueguesa estava organizada — o sistema, a cultura — não parecia projetada para produzir uma música mais estimulante. Pelo menos não para mim.

Até certo ponto, havia insegurança na cena musical. Não existia identidade, ninguém ou nada para conduzir um projeto bom e levá-lo adiante. Tudo soava amador e cópia. Nenhum coração pulsante de uma cena musical, nem orgulho ou noção de potencial. Sem dúvida, existiam bons músicos, mas tudo o que faziam parecia tentar copiar coisas boas como Hendrix, The Doors e David Bowie, sem produzir algo capaz de chegar perto dessas referências. A atitude era essa. Pelo menos era a impressão que eu tinha. É possível que algumas pessoas que estejam lendo isso, líderes respeitados da cena musical norueguesa, se sintam um pouco ofendidas, mas era como eu enxergava. O único jeito dessa situação mudar era alguém encontrar a autoconfiança necessária e alcançar sucesso em outro lugar — e era exatamente o que eu queria fazer.

♪

Eu ingressei na banda de soul e blues porque entendi que precisava ser humilde, aceitar minha ignorância em relação a esse gênero musical. No entanto, em breve, eu aprenderia a amar o blues. Emocionalmente, porém, naqueles dias o blues não me provocava nada muito intenso. Mas começava a suspeitar que ainda não estávamos em sintonia e que, em minha juventude, eu estava perdendo algo vital sobre a música. Assim, com toda a humildade, eu me alistei e ingressei no *"underground"*. O tempo que passei no Souldier Blue se tornou um aprendizado importante para mim, além de proporcionar a minha primeira sequência de shows de verdade, mas não me ofereceu nenhuma pista do que estava por vir.

Certa noite o Bridges veio tocar na minha escola. Foi quando os conheci. Nunca tinha ouvido falar deles, mas depois só conseguia pensar: que aura poderosa tem estas músicas!

Desde o começo, eu soube que o soul e o blues não seriam minha principal forma de expressão. Certa vez, diante de um palco, senti que o meu futuro só esperava para acontecer. Num instante eu soube que devia fazer parte daquilo. Só que os caras no palco ainda não sabiam disso... e, antes, eles precisavam me descobrir. Não fiz nada a esse respeito, confiante de que, se fosse para acontecer, tudo se arranjaria. Até aquele momento, só o que eu sabia é que teria essa chance em algum momento no futuro; era apenas uma questão de tempo. A exuberância juvenil é mágica. O que mais pode nos lembrar de modo convincente de onde viemos... e quem somos?

O Bridges não era uma banda que estava totalmente pronta. O núcleo era composto pelo guitarrista Paul Waaktaar Gamst e pelo tecladista Magne Furuholmen. Os dois eram amigos desde a adolescência. Cresceram no subúrbio de Manglerud, em Oslo, e tocaram por muito tempo juntos. Eram a base da banda, reforçada por Viggo Bondi e Øystein Jevanord. Viggo e Øystein eram caras muito legais, verdadeiros, mas não tinham a mesma visão de Paul e Magne. Esses dois queriam voar alto, criar algo novo e que fizesse sucesso. Viggo e Øystein eram diferentes, não tinham a mesma paixão pela música.

E não há nada de errado com isso. Certa vez convidamos um baixista para ingressar no A-ha para nossa turnê mundial e algumas gravações para o próximo álbum — de modo muito elegante, ele recusou o convite, dizendo que aquilo não preenchia sua vida; não era o que ele queria fazer. Ele tinha uma companheira — mulher ou namorada, não lembro bem — e não queria deixá-la para trás. Naquela ocasião, não consegui entender. Era tão forte a minha sensação de querer participar de algo como aquilo, que não conseguia enxergar outro caminho. Ali estávamos nós, oferecendo ao cara a chance de tocar em cada canto do planeta e ele recusou sem pensar muito. Se você é músico, como pode não querer fazer isso? Hoje em dia, é claro que entendo o que o baixista estava dizendo e o que Viggo e Øystein também podem ter pensado. No entanto, naquele momento, eu estava junto com Paul e Magne. Cada um de nós tinha aquela mesma energia e aquele compromisso: uma determinação que os outros talvez tivessem considerado uma visão limitada, mas para nós era superabrangente.

♪

A primeira vez que conversei com Magne foi depois de um show deles em Oslo, num local chamado Chateau Neuf, onde o Bridges participava de uma competição entre bandas. Pelo que eu ouvira em Asker e pela forma como eles se sobressaíram, havia grandes chances deles ganharem. Tudo o que tinham de fazer era tocar uma de suas músicas preferidas pelo público e o prêmio seria deles.

Mas por motivos que não fui capaz de entender, a banda decidiu por outro caminho. Tentaram ser táticos e tocaram um número que poderia agradar os juízes. Assim, em vez de apresentar uma das canções sombrias e densas, que eram também as minhas preferidas, a banda tocou um blues.

Não foi uma boa apresentação. Fiquei totalmente chocado. Pensei na hora: "Como eles conseguiram se equivocar tanto?" Eles tinham bastante personalidade e canções muito melhores, mas ali, naquele concurso, desapontaram. O que pareceu incompreensível foi o fato de que aquele dano foi causado por eles mesmos. Aquilo me preocupou: qual era o conflito interno, o inimigo interno? Naquela época, pareceu inexplicável para mim, mas o que aprendi foi que a decisão veio como resultado da insegurança, dessa besta que desconfia de nossa personalidade criativa.

Foi nessa ocasião que conversei com Magne. Se tivesse falado com ele após outros shows, eu teria elogiado a banda. No entanto, após esse show em Oslo, precisava ser sincero, dar minha opinião sobre o erro que o grupo cometera. E isso não era a coisa mais diplomática a fazer. Senti-me ofendido em nome da grandeza que tinha visto neles e em nome de mim mesmo. Por sorte, Magne também estava voltando para Asker e, assim, pudemos continuar a conversar no decorrer da viagem para casa.

O trem nos deixou na última estação, nós desembarcamos e passamos a fazer a pé o resto do caminho. A noite era fria, com um céu pleno de potencial. A distância a percorrer era grande, mas a conversa fluiu de tal maneira que o tempo passou rápido, e então me dei conta da notável ligação que Magne e eu estabelecemos. Foi uma daquelas longas conversas noturnas, em que tudo deu a impressão de entrar em sintonia. Havia um vasto campo aberto na nossa frente, bem diante de nós. Se Magne sentiu o mesmo, depois de tudo o que eu lhe disse, vocês terão de perguntar para ele! Falei a respeito da péssima escolha que eles tinham feito ao decidir tocar aquele blues. Que eles não deviam ter se metido naquele concurso.

A melhor banda de rock da Noruega? Aonde aquilo iria levá-los? O Bridges era melhor do que aquilo — eles precisavam ter um objetivo maior.

Pouco tempo depois, eu soube que eles tinham a mesma opinião.

Magne era perspicaz e atento, sociável e divertido. Era tão opinativo quanto eu, levava em conta meus comentários e, naquela noite, tocamos em pontos sensíveis. De novo, falei a respeito de como eram legais as músicas deles, sobre como eles tinham algo realmente diferente.

Conversamos sobre tudo. Não só acerca do Bridges, mas da vida, dos amigos, da família. Quando nos aproximávamos de uma bifurcação, onde cada um pegaria um caminho distinto, falei de meus pais e do que eles faziam. E foi aí que a coisa ficou um pouco esquisita. Magne contou-me da morte de seu pai, que também fora músico, quando ele tinha nove anos.

Que ele morreu num desastre de avião.

Quando Magne começou a revelar os detalhes — o pequeno Cessna, a queda perto de Drammen —, tive um lampejo de memória sobre algo que me parecia esquecido. Um calafrio percorreu minha espinha. Eu me detive e ele perguntou o que estava acontecendo. Então, contei-lhe que estivera ali, que eu vira o avião cair.

Aquilo pegou Magne de surpresa. Pegou *nós dois* de surpresa. De repente, aquele cara, que fora esfuziante, cordial e sociável, perdeu o pique. Naquele momento, a conversa, que fora intensa em todas as direções, ganhou uma dimensão completamente distinta. Nenhum de nós sabia o que dizer. Magne afirmou que não sabia quem eu era de fato e que precisava de espaço. Eu sabia que aquele fato não tinha azedado nossa amizade recém-iniciada e que conversaríamos de novo. No entanto, naquele momento, o diálogo chegara ao fim.

Mais tarde, eu soube que Magne ainda tinha o estojo do trompete de seu pai, que fora encontrado no meio dos destroços. O estojo e o trompete ficaram esmagados, completamente retorcidos. De certo modo, senti-me triste pelo fato de não ter tido a chance de conhecer Kåre e por ele não ter tido a chance de ver o filho se tornar um músico incrível.

Naquele momento, fiquei observando Magne se afastar dentro da noite, no meio da neve, imerso em pensamentos relativos a memórias incompletas da infância.

♪♪

Para mim, aquela foi uma noite daquelas que definem uma vida. Assim como na primeira vez em que vi o Bridges tocar, separei-me de Magne, naquelas primeiras horas da manhã, confiante de que nossos caminhos se cruzariam de novo. Aconteceria no momento certo, não antes. Cada um de nós ainda tinha algum percurso a fazer até que aquele momento chegasse.

CAPÍTULO 8

Servindo ao exército

RECENTEMENTE, meu filho Jakob prestou serviço militar no Afeganistão. Para um pai, trata-se de uma situação bastante difícil. Antes de partir, Jakob disse a mim e à sua mãe que, se não quiséssemos que ele fosse, ele não iria. "Filho", respondi, "não me peça isso, porque sem dúvida alguma não quero que você vá. Ao mesmo tempo, porém, não posso lhe dizer para não ir. Esse não é o meu papel. O que você tem de fazer é encontrar o verdadeiro motivo pelo qual deseja ir. Se conseguir fazer isso e for uma decisão consciente, você está mentalmente preparado." Eu queria que Jakob fizesse o que era certo para ele, mesmo que não fosse o certo para mim.

Para Jakob, não foi uma decisão fácil. O problema com a situação do Afeganistão era de tratar-se de um conflito muito complicado. Jakob pensou a respeito e decidiu não ir. Ele ponderou melhor e concluiu que a atitude certa era não ir. Por um tempo, teve de conviver com essa decisão, mas começou a perceber que sua mente estava em outro lugar. Jakob fazia parte de um esquadrão antibombas. Os soldados eram enviados para investigar o terreno, procurar bombas não detonadas e, em seguida, transmitir os detalhes para a equipe de remoção. É preciso coragem para isso, sobretudo pelo fato de que o perigo vinha de todos os lugares. Um dos instrumentos mais importantes que utilizavam para remexer o terreno era uma faca. Não era tão ruim quanto parece, pois eles sabiam o que procuravam, mas ainda assim era perigoso. O esquadrão aprendeu a interpretar a possível ameaça, a penetrar na mente daqueles que instalaram as bombas com a intenção de provocar o máximo de dano possível. O esquadrão se mantinha alerta a isso, e precisava ficar, pois bastava um passo em falso para uma morte certa.

Isso tudo não podia estar mais distante de minha própria experiência relativa ao serviço militar, que remontava ao início dos anos 1980. Naquele tempo, a situação era diferente em termos do que tínhamos de fazer. E a disciplina e determinação em minha unidade eram quase inexistentes. Se tivéssemos sido enviados para algum lugar como o Afeganistão, não teríamos voltado vivos.

♪

No final dos anos 1970 e início dos anos 1980, um dos desafios enfrentados por qualquer jovem norueguês era o serviço militar. Na época, era obrigatório, mas haviam maneiras de adiá-lo. Quando fui recrutado, não quis prestar o serviço por um motivo muito específico: meus cabelos. Na época, eu os usava bem compridos, na altura do peito. Eu os deixei crescer por muito tempo e não queria abrir mão deles.

Então me candidatara à Universidade de Teologia, sabendo que isso me daria licença temporária do serviço militar; por um período de até sete anos. Como minhas notas eram boas, fui aceito para cursar o primeiro ano. Estudávamos *koiné* grego, também denominado o grego do Novo Testamento, que era a versão da língua desde o tempo de Alexandre, o Grande, até os primeiros séculos depois de Cristo.

Aprendi muito durante aquele ano e gostei de estudar letras e filosofia simultaneamente. Aquilo me abriu a mente para certas coisas, a refletir mais, a ampliar meu senso crítico, inclusive a respeito do serviço militar. Ponderei muito sobre a ética relativa a ele, sobre usar armas para autodefesa, sobre se havia alguma vez em que matar era justificável. Em grande medida, meu ponto de partida era que eu não conseguia justificar uma resposta militar ou violenta para nenhuma situação. A única possibilidade que podia contar com meu apoio era encontrar um meio pacífico para solucionar um conflito. Também experimentei um senso de dever em relação ao serviço militar; era minha contribuição pela liberdade e igualdade proporcionadas a mim e à minha família pela Noruega. Esse impulso tomou conta de mim e, no fim daquele ano de estudo, reconciliei-me com minhas preocupações: para mim, o alistamento pareceu ser um imperativo moral e ético. Eu tinha de dar adeus à minha cabeleira.

Embora o fato de cursar uma faculdade significasse que não havia obrigação imediata de prestação do serviço militar, desisti desse meu direito e me apresentei. Então descobri que aqueles novos estudos de teologia seriam um problema, pois, no recrutamento, eles decidiram me colocar em tarefas que poderiam utilizar aqueles novos conhecimentos — isso significava me mandar para a parte de serviço social. Era exatamente o que eu não queria: desejava prestar meu serviço como soldado raso, na linha de frente. Tive de me desembaraçar de meu passado teológico para poder fazer isso.

Em geral, o serviço militar durava de doze a quinze meses, mas se o serviço fosse prestado na força aérea ou na marinha durava um pouco mais. No meu caso, prestei por um ano: três meses na escola de recrutas, em treinamento, e nove meses de serviço real. O período de treinamento foi muito bom e focado. Gostei da intensidade e aguardei com interesse a parte prática.

No entanto, quando segui para ela, a situação mudou por completo. Não levou muito tempo para eu me desiludir com o sistema. Embora estivesse participando por motivação, dei-me conta de que a maioria dos outros recrutas estava ali por obrigação. Minha função era atuar na guarda costeira. Eu integrava uma guarnição que servia numa ilha da costa norueguesa. Tínhamos diversas armas e fortificações para manter e cuidar. Estávamos numa rota pela qual os submarinos soviéticos passavam e tínhamos de estar a postos caso algo acontecesse. Mas, é claro, nada realmente acontecia. Isso levava a uma situação de tédio e inatividade, com a qual muitos recrutas não sabiam lidar.

No treinamento, todos trabalharam duro, perderam peso e entraram em forma. Naquele momento, porém, os soldados não tinham o que fazer. Então, entupiam-se de chocolates, liam romances baratos e ganhavam muitos quilos. Não era por descuido. O próprio sistema era estruturado de modo bastante deficiente; aquele era o jeito como os oficiais lidavam com as coisas. Havia pouca noção de como devíamos proceder com relação a uma situação real de batalha. Eu achava que a estrutura precisava de uma revisão completa e que todo o serviço era um desperdício imenso de tempo e energia. Se a União Soviética tivesse invadido a Noruega alguma vez, o resultado seria bastante previsível.

Logo me senti diferente de diversos outros soldados em termos de motivação. Acabei deixando minha unidade por causa de sua inatividade e me candidatei a trabalhar na cozinha. Só queria algo mais interessante para fazer. Eu lavava a louça e gostava muito da rotina. Levantava-me bem cedo e aprontava tudo até as onze da manhã. Gostava daquele ambiente e tinha satisfação em ver tudo limpo e funcionando. O que não era, em geral, o meu jeito, devo dizer, pois posso ser um tipo bastante preguiçoso. No entanto, ali, eu me dedicava muito.

Em minha primeira manhã no novo serviço, encontrei uma sopa de louças dentro de um grande recipiente. Eles costumavam despejá-las ali e deixar que a sujeira gordurosa se dissolvesse lentamente. Lavei-a toda e arrumei as mesas para os oficiais. Então, houve uma batida na porta da cozinha e um deles entrou. Todos nós ficamos em posição de sentido.

O oficial quis saber quem era o responsável pela arrumação das mesas. Achei que ia ser punido. Era meu primeiro dia na cozinha e, sem dúvida, eu fizera tudo errado. Não fui capaz de entender, pois achava que prestara atenção ao que me fora pedido para fazer.

Dei um passo para a frente e disse ao oficial que o responsável era eu. Lembro que ele me examinou por algum tempo. O oficial tinha uma expressão no rosto impossível de se decifrar. Disse-me que as mesas nunca tinham sido arrumadas daquele jeito antes. Estavam exemplares. Em seguida, ele concluiu afirmando que, dali em diante, aquele era o padrão esperado todos os dias.

Senti alívio por não ter sido repreendido e satisfação por ele ter respeitado o que eu fizera. O mesmo, porém, não posso dizer em relação ao resto da turma ali presente. Assim que o oficial saiu da cozinha, todos se viraram em minha direção, parecendo dizer: "Ah, muito bem, muito obrigado! Agora, todos nós vamos ter de mudar por sua causa." Aquilo não foi bem acolhido pelos outros que trabalhavam na cozinha.

Realmente, o episódio não me tornou benquisto pelos companheiros. E muito menos minha postura em relação ao hábito de fumar. Na caserna onde eu estava alojado, havia um grupo de doze soldados, dos quais quatro eram fumantes pesados. Não tenho problema com isso — a pessoa pode fazer o que quiser —, mas o fato de eles fumarem no interior do prédio significava a poluição do lugar. Eu não era fumante, mas todas as minhas roupas fediam a cigarro. Acima de tudo, não era muito saudável viver e dormir naquelas condições. Eu notava que alguns dos outros soldados também sofriam com aquilo, mas eram muito tímidos para reclamar. Eu era o único que estava preparado para encará-los. Assim, certa tarde, confrontei os fumantes, dizendo-lhes que eu estava ali para servir ao meu país, não para pôr minha saúde em risco por causa dos hábitos deles. Se eles queriam fumar, por que não faziam isso do lado de fora, em cortesia aos colegas não fumantes?

Os fumantes não gostaram do meu sermão. Eram muito jovens e imaturos. Em vez de responder ao meu pedido, eles preferiram dizer que viviam num país livre e que podiam fazer o que quisessem. Para ser justo, no começo dos anos 1980, esse tipo de argumentação era pertinente e as atitudes em relação ao tabagismo eram muito mais relaxadas do que hoje em dia. A norma era poder fumar em restaurantes, trens, cinemas, qualquer lugar. A caserna era apenas uma extensão daquilo, no que dizia respeito a eles. Os fumantes se recusaram a recuar e a atmosfera ficou bastante desagradável. Eles acharam que eu iria desistir.

Ledo engano. Fui conversar com o general sobre esse assunto. Disse-lhe o que eu pensava, que era absurdo que os não fumantes tivessem de viver naquelas condições. Pedi que os quatro fumantes fossem removidos ou proibidos de fumar na caserna por uma questão de saúde pública. Hoje, isso talvez pareça um argumento razoavelmente padrão, mas teria sido uma proposta bem inovadora para a época, se o general houvesse concordado. Porém, ele preferiu a saída mais fácil. Como os outros não fumantes não validaram a minha reivindicação, o general decidiu me separar deles. Ele me removeu da caserna e achou uma cabana na mata para eu morar sozinho.

Por um lado, eu tinha muito mais espaço ali e também conseguia respirar. Por outro, a resposta do general ignorara por completo a questão principal. De certo modo, porém, aquilo resumiu toda a minha experiência relativa ao serviço militar. Pensei muito antes de entrar e me preparei para fazer algo, empolgado que estava com a perspectiva de trabalhar junto com outros jovens pelo meu país. No entanto, acabei indo morar sozinho numa cabana e levantando-me da cama todas as manhãs para fazer limpeza e lavar a louça.

CAPÍTULO 9

Ingressando na Banda

EU ESTAVA na casa de meus pais, 14 de setembro de 1982, quando escutei chamarem meu nome na porta. Era meu aniversário e algumas pessoas vieram me ver. Aquela batida, porém, pareceu diferente das demais. Ao atender, deparei-me com Paul e Magne parados no degrau, segurando uma muda de árvore — uma iúca, que até hoje está na casa de meus pais, e crescendo, trinta e poucos anos depois. Aquilo como presente, então, provou-se ricamente simbólico, pois não foi apenas para me desejar feliz aniversário. Era para celebrar o aceite da parte deles de que eu ingressasse na banda. Aquela era uma resposta a toda a minha certeza de que um dia nós tocaríamos juntos.

♪

Mas a história começa um pouco antes. Eu e Arild havíamos combinado de viajar naquele verão. Por muito tempo, nós cultivamos o plano de percorrer a Europa de trem, país por país, até chegarmos à Grécia. Tudo já tinha sido organizado e eu sentia que não podia desapontar Arild e simplesmente cair fora. Assim, no começo do verão, quando Paul e Magne me convidaram para ingressar na banda, respondi que estava comprometido com a viagem com Arild, mas que, quando voltasse, iria aceitar o convite. Magne e Paul pareceram aceitar bem minha posição. Era uma aposta da parte deles, pois os dois, até aquele momento, nunca tinham me ouvido cantar. Mas uma combinação de minhas conversas com Magne e de algumas opiniões de conhecidos deles sobre meu desempenho como vocalista do Souldier Blue levou os caras a desejar fazer um teste.

No entanto, minha resposta a Magne e Paul gerou um mal-entendido. Eles a consideraram uma indicação de falta de compromisso — algo que já tinham visto bastante no ambiente da música. Os dois foram para Londres sem esperar por mim e eu fui viajar com Arild.

Nossa viagem também significaria o fim de minha participação no Souldier Blue, mas Arild não poderia ter sido mais legal em relação a isso. Ele entendeu que era uma grande oportunidade para mim.

Fiquei imensamente grato por tudo o que Arild compartilhara comigo: uma introdução a um gênero distinto de música, um início em termos de apresentações ao vivo e uma amizade que desafiara minha compreensão em relação à música. As altas temperaturas do verão grego não podiam estar mais longe dos bares esfumaçados da cena do blues norueguês, mas aquelas férias certamente pareceram o fim de um capítulo e o começo de outro.

Quando voltei para a Noruega, liguei para Magne para lhe dizer que minha resposta era sim. E, pouco depois, em meu aniversário, houve a tal batida na porta.

♪♫

Enquanto eu cantava no Souldier Blue e brincava de ser soldado de verdade, Paul e Magne chegaram à conclusão de que eu era o cara que eles queriam na banda. Sem dúvida, os dois tinham a determinação de alcançar o sucesso e possuíam as habilidades necessárias para compor canções maravilhosas. Mesmo hoje, quando ouço aquelas gravações do Bridges, é fácil compreender de onde vinha essa confiança deles. Aquelas canções eram muito poderosas e sempre achei uma pena que grande parte daquele material jamais tenha sido trabalhado para um grande público. Pensei muitas vezes que, em certo momento, deveríamos resgatar aquelas canções. Seria fascinante voltar para elas, abordá-las de outras maneiras e lhes dar uma nova perspectiva.

Eles sabiam do potencial da banda e também tinham outra certeza, que combinava muito com minhas crenças. Embora as canções fossem ótimas, Paul e Magne estavam convencidos de que a banda jamais teria sucesso se ficasse na Noruega. Para eles, a terra prometida era o Reino Unido. A vibrante cena musical de Londres rapidamente recuperava sua reputação como um dos epicentros da música mundial, e era certamente o lugar para uma banda estar, na Europa. Os caçadores de talento internacionais jamais viriam para a Noruega e as tentativas do Bridges de abrir caminho em casa suscitaram uma pergunta: abrir caminho para alcançar o quê?

Essa postura levou a uma divisão na banda. Por mais determinados que Paul e Magne estivessem em triunfar, para os demais membros — Viggo e Øystein — Londres era uma *ponte* longe demais. Viggo e Øystein estavam satisfeitos com as expectativas na Noruega. Isso gerou um racha na banda, não tanto em relação à direção musical, mas sim acerca de aonde eles queriam chegar e o que estavam dispostos a fazer por isso. Não que Viggo e Øystein não fossem talentosos. Øystein, por exemplo, continuou a tocar em outra banda, deLillos, que fez grande sucesso na Noruega. Porém, suas canções eram em norueguês, o que limitava o apelo internacional. Dadas as canções que eles produziram, foi uma perda para o mundo. E Viggo, como advogado, fez dos tribunais o seu palco.

Essa divisão criou uma cratera na banda. Quando Magne me contatou pela primeira vez perguntando se eu queria ingressar no grupo, Paul achou que seria para ocupar a vaga do baterista, Øystein, que saíra primeiro. Magne me telefonou algum tempo depois daquela apresentação ruim do Bridges, quando tivéramos aquela conversa na neve. Tinha ficado entre nós uma percepção de prosseguir a conversa do ponto onde paramos.

Magne explicou a situação, revelando que ele e Paul tinham planos breves de ir para Londres, e quis saber se eu estaria disposto a me unir a eles. Recebi aquele convite com um misto de surpresa e satisfação. Claro que queria me unir a eles e fazer parte da banda, mas ir para Londres naquele momento significava abandonar muita coisa ao mesmo tempo: eu era membro do Souldier Blue e diversas outras coisas estavam rolando. Assim, disse a eles que não podia abandonar tudo imediatamente. Paul, em particular, interpretou minha resposta como um "não". Acho que, depois que os outros músicos do Bridges se recusaram a deixar a Noruega, o que eu disse soou um pouco parecido — mas não era, de modo algum. Entendi totalmente o ímpeto deles de ir a Londres, mas eu precisava concluir algumas coisas antes. Também achava que seria mais útil se nos preparássemos mais para essa investida, estando ainda na Noruega, criando fitas demo e tudo mais. Contudo, Paul tinha outros planos e não queria ficar esperando na Noruega.

Assim, Paul e Magne foram para Londres, àquela altura sob o novo nome de Poem. A permanência deles ali foi uma experiência: colocaram anúncios em busca de músicos, mas não conseguiram achar o que procuravam. O único trabalho regular que conseguiram foi tocar num pub em Queensway; era pago, mas a uma libra por hora, o que era muito pouco. Com dificuldades para se manter, eles decidiram regressar à Noruega, fazendo a viagem de volta de carona.

Os dois permaneceram em Londres por cerca de seis meses. Durante esse tempo, não tive notícias deles. Era uma época sem celulares, internet e tudo mais. Eles queriam triunfar e não desejavam voltar para a Noruega sem terem alcançado o sucesso. Regressar feriu um pouco o orgulho dos caras. No entanto, eles não chegaram nem perto de perder as esperanças. Perceberam que precisavam tomar fôlego, e Magne era como um relações-públicas e o arquiteto da banda. Ficou me incitando para me juntar a eles. E sempre foi muito bom nisso.

♪

Foi na casa dos pais de Paul que ouvi pela primeira vez trechos do que viriam a ser as primeiras canções do A-ha. Isso aconteceu depois que Paul e Magne voltaram de Londres e tiveram um tempo para desanuviar. Conversamos pelo telefone e, por incrível que pareça, fui bastante pragmático: pedi para ouvir as músicas que eles tinham e o tipo de material que estavam querendo trabalhar.

O que me apresentaram não se parecia comigo. Até aquela ocasião, boa parte das músicas que eu compusera eram muito mais idealistas. Aquelas, porém, tinham uma abordagem mais prática e realista. Não sei qual a ideia que Paul e Magne faziam de mim: ali estavam eles, recém-chegados de Londres, e o cara que eles convidavam para se juntar à banda não parava de dar ordens. Além do mais, Paul estava numa situação embaraçosa: ele se sentia constrangido por ter voltado à Noruega. A intenção dele era de não voltar antes de ter êxito e ele só pensava em retornar a Londres novamente. Porém, agora, todos nós compartilhávamos daquela mesma intenção. E, para mim, não havia motivo para constrangimentos: virem me buscar era o que eu estava esperando.

O foco de Paul era de tal ordem que ele se mantinha vigilante a qualquer falta de compromisso. Era quase como se ele quisesse me desmascarar. Assim, o meu questionamento sobre as canções de Paul e Magne poderia ter sido interpretado como se eu não tivesse realmente certeza de querer ingressar na banda. Na realidade, eu só queria que as coisas fossem feitas de modo adequado. Se era para dar à banda uma sequência séria, teríamos de estar preparados. Por mais romântico que pudesse parecer, não fazia sentido ir para Londres sem que tivéssemos chances reais de fazer dar certo. Os dois já tinham feito uma viagem inútil por causa da falta de organização. Eu não queria repetir com eles essa história.

Passados os receios, acho que eles encararam minhas dúvidas como prova de seriedade. E eu estava sendo sério, muito sério. Era hora de parar de sonhar. Eu precisava ter provas concretas de que poderíamos fazer aquilo com reais chances de sucesso. E a natureza de meu questionamento acabou por tranquilizá-los. Eu era um maluco aguerrido, os caras perceberam — portanto, um bom parceiro para eles. Alguém que não iria lhes dizer o que eles queriam ouvir. Alguém que, em termos de talento e ambição, queria tanto quanto os dois.

Os pais de Paul moravam numa casa geminada no subúrbio de Oslo. Nós nos instalamos numa sala de música para escutar as canções e eu rapidamente captei as diferenças entre Magne e Paul. Magne era exuberante, um cara muito impulsivo, divertido e sociável. Ele tinha o dom de deixar as pessoas à vontade imediatamente. Paul era diferente. De fato, Magne me advertira de que Paul pareceria um pouco monossilábico de início. Não de modo tímido, mas de maneira mais focada. Ele era muito intenso e eu conseguia senti-lo me observando sem ter que olhar. Aqueles que não o conheciam ficavam intimidados, pois Paul quase não demonstrava seus sentimentos. Na verdade, Paul intimidava mesmo até quem o conhecia.

Havia muitas coisas para discutirmos. Paul e Magne eram letristas prolíficos, mas com personalidades muito distintas. Então, havia a questão do canto: até aquele momento, Paul fora a voz da banda e o ponto focal. Porém, eu estava ingressando na banda e ele, desistindo daquele papel. Naquela situação, seria difícil para qualquer um não ficar com o ego ferido. Podia ter sido uma possibilidade de conflito, mas eu nunca assumi aquela briga. Sabia que acabaria atrás do microfone. Mesmo que Paul não concordasse, acabaria se adaptando com o tempo. Aquilo nunca emergiu como um problema.

Paul e Magne eram personalidades bastante opostas, mas de uma maneira que fazia com que a amizade deles funcionasse. Àquela altura, eles já estavam juntos musicalmente havia um bom tempo — fazia cerca de dez anos que tocavam nas mesmas bandas. Assim, por terem essa história em comum, eles se conheciam muito bem, o que deixava nosso relacionamento um pouco desigual. No entanto, acho que o fato de eu ingressar na banda com tanta autoconfiança contrabalançou o fato de ser o novo no grupo.

Então, ali estávamos nós três. Magne no piano e Paul no violão. Os dois tocaram diversas músicas que tinham composto e eu me senti imediatamente estimulado. Estar naquela sala e escutar as canções era um trabalho em curso; a capacidade deles de compor uma melodia de ótima qualidade era real. O primeiro fragmento musical de que me lembro foi o refrão da canção que se tornaria *Take on Me*.

Aquele refrão era o que eu precisava para ter certeza de que estava no lugar certo: soube naquela hora que tínhamos nossa primeira canção para um palco mundial. Só precisávamos deixá-la no ponto certo.

♪♪

Uma vez formada a banda, a questão era como seguir adiante. O destino teria de ser Londres. Eu concordava com Paul e Magne que era para lá que tínhamos de ir para sermos notados. Defendi a posição de que precisávamos preparar tudo na Noruega, compor canções e gravar fitas demo. Embora a expressão de Paul não revelasse, vi que ele primeiro ativou todos os seus alarmes a respeito da racionalização de seu sonho. O Bridges se dividira ao meio porque metade da banda não quis deixar a Noruega. Naquele momento, ali estava eu, o novo membro do grupo, sugerindo exatamente a mesma coisa. Eu me dei conta daquilo, mas sabia que era muito diferente. Minha intenção era proteger o sonho, e esse foi o meu argumento. Não estava sugerindo que ficássemos na Noruega para sempre, mas apenas por alguns meses. Passaríamos o outono trabalhando nas músicas, festejaríamos o Natal em casa e, em seguida, iríamos para Londres no início de 1983.

Paul e Magne se entreolharam. Magne deu de ombros. Lentamente, Paul fez que sim com a cabeça. Caiu a ficha dele de que meu plano fazia sentido. E embora Paul mal me conhecesse, percebeu o aspecto racional da proposta. Assim que eu assumia um compromisso, como ele iria descobrir ao longo dos anos, era sempre para valer.

Dali em diante, tudo o que precisávamos era de algum lugar para criar.

CAPÍTULO 10

NÆRSNES

NÆRSNES É uma bela área rural na região oeste do fiorde de Oslo. Fica no caminho entre Oslo e Asker, à esquerda do fiorde (da baía de Oslo), estendendo-se na direção do mar. Quando a estrada começa a dar voltas, subir e descer, é hora de parar e entrar na mata. Ali, sob as sombras das árvores, há uma pequena cabana: uma construção de aparência comum do lado de fora e também simples em seu interior. Está cercada pela natureza e serve como um esconderijo incrível. A densidade das árvores garante o silêncio, com exceção dos ruídos bruscos das criaturas da mata. O refúgio perfeito para três jovens com grandes planos e algumas gravações para fazer.

Pegamos um ônibus, pois nenhum de nós tinha carro, e carregamos tudo conosco. O ônibus parou para desembarcarmos e, a partir dali, tivemos de caminhar, carregando os instrumentos musicais e equipamentos de gravação através da mata. A casa pertencia à família de Paul. Era uma casa de férias, usada no verão.

Havia algo a respeito da natureza tanto do cenário quanto da situação que nos atraía. As ideias de lidar com dificuldades, de passar até fome pela arte, do poeta destituído de meios pareciam muito interessantes até então. Aquela era a teoria — uma vez que estamos na situação de fato, a história é diferente. Mas mesmo sozinhos, ali, em Nærsnes, nos encontrávamos próximos de nossas famílias caso realmente precisássemos de algo.

Lembro-me, porém, de que nos aventuramos um pouco na tentativa de autossuficiência. Tivemos de colher alimentos para ter algo para comer. Certo dia, chegamos na cabana com uma grande quantidade de ameixas roubadas de um pomar das vizinhanças. Eu sentia fome o tempo todo e passei a converter nossas ameixas em geleia. Por ironia ou algum tipo de justiça cármica, a geleia acabou ficando muito ácida. Quando a provei novamente, ela grudou nos meus dentes, chegando a queimar o esmalte.

Foi nessa época também que desenvolvemos a ideia da sobreposição de roupas. Trouxe algumas coisas da viagem de férias para a Grécia com Arild e algumas peças do tempo em que trabalhei numa clínica psiquiátrica. Elas se tornariam parte do visual básico do A-há. Eu as usava uma em cima da outra com o único propósito de me manter aquecido. E eu adorava aquela aparência rasgada, com o conforto de uma peça antiga. Posteriormente, isso se tornou parte da imagem que os fãs viriam a copiar.

Nossos equipamentos de gravação eram bastante rudimentares. Hoje, basta ter um iPad para fazer tudo o que é necessário. Naquela época, tínhamos de nos virar com um gravador com quatro pistas, um sintetizador Júpiter e outro sintetizador de guitarra, entre tantas outras coisas. Era uma época na música em que os equipamentos eletrônicos começavam a se destacar. Na década de 1970, bandas como o Queen sempre evitaram teclados e escreviam de forma memorável, "Sem sintetizadores", nas capas dos discos, como uma insígnia de honra, uma prova de que a música da banda era "real".

No entanto, no começo da década de 1980, as coisas começaram a mudar. Àquela altura, a capacidade de tirar o melhor daqueles equipamentos começava a ser reconhecida. Só porque um som é basicamente eletrônico não significa que não há habilidade técnica — não basta pressionar um botão para se obter uma canção pop. Muito menos naquela época, pois aqueles sintetizadores e caixas de ritmos estavam ali para serem experimentados. Havia sons que podiam ser criados e dominados, uma profusão de possibilidades se o músico tivesse paciência e inspiração. Seja como for, a boa música sempre é uma questão de identidade. E uma cópia é apenas uma cópia.

Observando os equipamentos disponíveis hoje nos estúdios de gravação, o que tínhamos naquele tempo para trabalhar era graciosamente primitivo. Lembro-me do astronauta Neil Armstrong dizendo que os atuais celulares são muito mais poderosos que os computadores que conduziam o módulo de comando da missão Apolo 11 e que operavam todos os sistemas de controle da espaçonave. Estávamos um pouco nessa situação com nossos equipamentos para gravar nossas fitas demo. Se mostrarmos os equipamentos para um jovem músico hoje, ele irá amá-los: "Vocês compuseram e gravaram *Take on Me* com isso?!" Sim. Estávamos entusiasmados e éramos curiosos. E as limitações foram fundamentais para estimular a nossa criatividade.

O que também é interessante é como os sons tirados dessas máquinas se sustentaram ao longo dos anos. As críticas que muitas pessoas fizeram à música eletrônica era que ela soava "fria" e despida de seu toque humano. Porém, aqueles primeiros sons, talvez porque fossem um pouco mais toscos e rudes, possuíam uma qualidade única. Eis por que sobreviveram e por que os músicos de gerações posteriores voltaram a eles. Os tecladistas de hoje caçam os antigos teclados eletrônicos, assim como um guitarrista talvez deseje uma Les Paul clássica, pois eles visam recriar aquele som.

Para os músicos da minha época, o gravador de quatro pistas era uma dádiva dos céus. Basicamente, era um estúdio portátil com um preço acessível e permitia experimentar e gravar sempre que desejado. Em vez de simplesmente ensaiar como uma banda e tocar ao vivo, era possível gravar faixas, parte por parte, e testar coisas diferentes para ver como soavam. Para um trio como nós, significava que não precisávamos do trabalho pesado de uma banda completa, de um baterista e assim por diante. Isso nos deu um tipo distinto de liberdade em termos de experimentação e foi importante para a maneira como se desenvolveu o som da banda.

Os Beatles foram um ponto de referência importante para Paul e Magne, ao menos em termos da evolução da carreira da banda de Liverpool. Os dois costumavam ler sobre eles: o que fizeram, como alcançaram o sucesso, os problemas surgidos, etc. No entanto, nós fizemos um movimento oposto. Eles adquiriram experiência de shows ao vivo em Hamburgo e descobriram qual era o destaque em seu som tocando show após show. Então, quando os gritos da plateia ficaram altos demais, os caras pararam de tentar aprender apenas com os shows ao vivo e se refugiaram no estúdio. Os álbuns posteriores — *Sgt. Pepper*, *The White Album*, *Abbey Road* — são um produto distinto. Se você se liberta da pressão de pensar: "Mas como tocaremos isso ao vivo?", começa a compor canções e gravar músicas de uma maneira diferente. Ao se tornar uma banda de estúdio, o som dos Beatles tornou a se desenvolver.

Claro, os Beatles tinham o Abbey Road Studios para gravar e George Martin lá atrás das mesas de som. Tudo o que nós possuíamos era um gravador de quatro pistas que nós mesmos tínhamos de operar. A fita cassete comum é chamada de quatro pistas porque essa é a quantidade de pistas existentes: duas do lado A e duas do lado B. O estúdio portátil utiliza todas as quatro pistas simultaneamente, permitindo a composição de vozes e instrumentos. Depois que se juntam essas faixas, não é mais possível separá-las se, por exemplo, o músico achar que a bateria está muito baixa. Não dá para apertar um botão e alterar o som da bateria — será preciso começar de novo. Assim, era um processo de tentativa e erro, de muitas tentativas, repetições e frustração.

Mas não é assim que me lembro daqueles meses. O que me recordo é de uma época de entusiasmo e possibilidades: sonhar de dia e gravar à noite. Em todas aquelas horas de minha adolescência escutando Johnny Cash, Freddie Mercury e David Bowie, aprendi com eles a desenvolver minha voz — mas, no final, o cerne do que eu estava cantando vinha de mim. O canto de qualidade é uma questão de elevação, é uma questão de revelar o caráter de uma canção. É aí que as características da voz vêm à tona. Sempre tive esse acesso quando a canção me estimulava.

Voltando ao trabalho, as nossas primeiras fitas demo eram bastante rudimentares, mas a essência das canções era clara. Havia uma atenção em relação ao conteúdo melódico e ao gancho pop: o teclado na parte do refrão — o estilo do tema do comercial do Juicy Fruit era apenas um exemplo disso. No passado, quando Paul e Magne ainda integravam o Bridges, eles tentaram evitar essa pegada mais comercial. Porém, depois de morarem em Londres e escutarem as músicas que estavam nas paradas de sucessos, essa atitude mudou. Eu estimulei aquilo: eram canções tão incríveis, que o desejo era de alcançar o máximo possível de pessoas.

Ao mesmo tempo, havia algo naquelas canções que as faziam se destacar. Se você tivesse sido admirador de bandas como The Doors, como Paul e Magne tinham sido, aquela influência não desapareceria do dia para a noite. Anos depois, numa conversa com Chris Martin, que foi fã do A-ha quando adolescente, ele disse que, quando tentou tocar as canções, achou que eram a clássica música pop de três acordes. Por isso, foi um choque para ele descobrir como as canções eram complexas em termos de arranjos, acordes e tempo musical. Podiam não ser longas, mas eram ricas em detalhes. Possuíam uma profundidade que a escuta frequente recompensava. Tenho certeza de que esse é um dos motivos pelos quais nossas canções atravessaram gerações: a doçura do gancho atrai o ouvinte e o conteúdo o faz retornar, querendo algo mais.

Também havia algo acerca das melodias e das palavras. Ao passo que diversas melodias possuíam um lado melancólico, várias letras tinham conteúdo mais forte e intenso. De novo, isso transcendeu o imediatismo da música. Música é algo muito pessoal e, ao mesmo tempo, muito social. Nós compartilhávamos um impulso semelhante, mas como três personalidades individuais fortes. As canções de Magne e Paul ressoavam em mim de maneira poderosa. Em Nærsnes, sabíamos que estávamos apenas começando, que nos encontrávamos a muitos quilômetros de distância do que emergiria mais à frente. Estávamos simplesmente correndo atrás de algo com uma leitura de bússola, certos de que estávamos no caminho, mas sem saber o que nos esperava no destino.

Lógico que nosso cenário parecia bastante norueguês em termos de paisagem. Havia uma sensação de "volta à natureza" na maneira como vínhamos vivendo, pois nos achávamos conectados ao nosso ambiente, assim como aos nossos instrumentos. Contudo, a intensidade dentro da casa de campo vinha de dentro de nós. Poderíamos estar instalados num estacionamento, num prédio rústico de concreto ou no casco de um barco, e ainda assim teríamos composto aquelas canções.

Do lado de fora da casa, entre arbustos, mirtilos e céus noturnos, compusemos cerca de oito canções que sentimos ter mais apelo: entre elas, *Living A Boy's Adventure Tale*, que entrou em nosso álbum de estreia, *Hunting High and Low*; *Looking For The Whales*, que ficou para o nosso segundo álbum, *Scoundrel Days*; uma versão inicial de *Train of Thought*, então intitulada *The Sphinx*, que seria nosso terceiro grande sucesso no Reino Unido; e *Dot the I*, *The Love Goodbye* e *Nothing To It*, que se tornaram os lados B de nossos primeiros compactos.

Uma pequena peça final do quebra-cabeça que trouxemos conosco de Nærsnes se encaixou. Certo dia, eu observava o caderno aberto de Paul, onde ele anotava ideias para novas letras de música. Uma das letras brincava com diferentes palavras e frases e com os sons delas. Havia exemplos de exclamações e expressões. Entre elas, "a-ha". Por um instante, refleti — um pensamento começava a tomar forma. A banda precisava de um nome para consolidar aquela nova direção. Pensei: "Que tal ela se chamar 'A-ha'?" Era uma expressão curta, inesquecível e funcionaria em diversas línguas. Tratava-se de uma exclamação, sem dúvida incomum como nome de banda, que dizia: "Aqui estamos nós". Quanto mais eu olhava para a palavra, mais gostava também de sua aparência: havia uma simetria ali que atraía visualmente. Mas o que Paul e Magne achariam? Seria um nome idiota?

De início, o nome não os seduziu. Era uma grande mudança para quem pensava em algo como Bridges ou Poem para uma banda. A-ha era um nome "real".

No entanto, de todo modo, Paul e Magne não descartaram a ideia. Naquela ocasião, fomentávamos um ambiente bastante aberto em termos de ideias. Todos nós contribuíamos com sugestões. Pelo lado conceitual, os dois entenderam de imediato que o nome era interessante. Também concordaram que havia algo acerca de sua aplicação internacional: não era um nome inglês, tampouco norueguês. Porém, a "sensação" do nome não era o que nenhum de nós esperava, e isso exigiu algum tempo para mudarmos de opinião.

E mudamos de opinião. Ao fim de nossa estada em Nærsnes, tínhamos alcançado muita coisa. Possuíamos um novo nome e um bom conjunto de canções, todas mixadas em fitas demo para sairmos em busca das gravadoras. Talvez esse período lá na cabana nem sempre tenha sido muito confortável — e ainda posso sentir o gosto daquela geleia de ameixa —, mas foi um tempo muito especial: o da formação de um grupo, quando tudo que viemos a nos tornar começou a se reunir. Nós três contra as intempéries, não as da paisagem rural norueguesa, mas as da cena musical internacional.

♪♪

Finalmente estávamos prontos. O desejo de Paul de ir para Londres continuava forte e, àquela altura, Magne e eu também estávamos prontos. Chegara a hora de ressurgir das profundezas da mata e nos pôr a caminho da capital da música pop.

Na casa de Magne, fizemos uma festa de despedida para os nossos amigos, para a qual decidi preparar uma de minhas especialidades de marzipã. O bolo só rolou porque o padrasto de Magne adorava *rakfisk* — uma iguaria norueguesa, se iguaria é a palavra para designar o que é basicamente truta fermentada. O prato é feito com truta pescada em rio ou lago de montanha, que, depois, é embrulhada e enterrada na terra. Essencialmente, é um processo de decomposição, que requer um longo tempo. Como é possível imaginar, o cheiro é indescritível. Inúmeros noruegueses gostam muito do *rakfisk*, mas outros tantos, incluindo eu mesmo, detestam.

Havia muitos cachorros na casa dos pais de Magne, uns seis ou sete setters vermelhos, que não reagiram em silêncio àquele cheiro que dominava o ambiente. Em dado momento, quando saí em busca de Magne, encontrei seu pai pegando alguns *rakfisks* de dentro de um barril, no porão. Aquilo estava deixando os cachorros malucos. Eles latiam, salivavam e também deixavam suas contribuições para a festa: seus cocôs ao redor de todos os barris.

Enfim, para a festa de despedida, eu quis preparar um bolo de marzipã. E daquela vez, como decoração, deixei de lado minha habilidade para confeccionar diferentes partes do corpo e fiz algo um pouco mais grosseiro. No alto do bolo, em sua superfície imaculadamente branca, produzi um cocô de cachorro bastante realista. Era de chocolate, nozes moídas e um ingrediente secreto, pincelado com a clara crua de um ovo. Assim, parecia muito fresco. Ainda coloquei um pelo em sua extremidade apontada para cima. Fiquei realmente satisfeito com o resultado: de fato, parecia que um dos cães acabara de achar uma oportunidade. Era uma obra de arte.

CAPÍTULO 11

VIVENDO EM CONDIÇÕES DIFÍCEIS

SYDENHAM, SUDESTE de Londres, três da manhã. A banda gravava fitas demo num estúdio local chamado Rendezvous e eu saí com um amigo para conseguir algo para comer. Passava quase todos os meus dias vivendo num fuso horário diferente do resto da capital britânica. Como não tínhamos dinheiro, pegávamos as vagas do estúdio quando ninguém mais as queria. Aquilo significava trabalhar em nossas músicas nas primeiras horas da madrugada, jantar às duas e meia da manhã e ir para casa dormir exatamente quando o resto da cidade estava acordando.

  Naquela ocasião específica, Arild, meu amigo norueguês, viera nos visitar e, assim, senti vontade de curtir um pouco a noite. Perambulamos pelas ruas escuras desse subúrbio da região sudeste de Londres e, então, vimos as luzes fluorescentes berrantes de uma loja de *kebab*. Pedi um *shish kebab* bem apimentando e lembro de ter me parabenizado por pelo menos uma vez consumir uma comida adequada. Naqueles dias, eu sobrevivia à base de todo tipo de bolos e doces. E naquele instante, depois de ter feito minha refeição principal, podia avançar para aquilo que realmente queria: algo doce. Comprei um babá ao rum que estava na vitrine, deslumbrante e misterioso, embora não fosse um doce que eu normalmente escolheria. Paguei ao caixa e saí dali para me juntar a Arild.

Arild era um amigo pessoal, que sabia como eu adorava doces. Eles não precisavam ser deliciosos, bastavam ser interessantes.

Eu tinha dado duas grandes mordidas e aquele babá possuía uma qualidade distinta e inesperada. Era quase como uma textura sedosa e macia, sem resistência. E à medida que caminhávamos, conversando, algo tentava chamar minha atenção, mas eu não conseguia identificar o que era. Em parte, não identifiquei porque o *shish kebab*, um tanto condimentado, tinha nocauteado minhas papilas gustativas.

Quando se trata de doces, tenho grande capacidade de experimentar e testar coisas novas. Assim, para mim, não preciso gostar de cara de um doce para insistir, mas, naquele caso, era capaz de concluir que eu realmente não o apreciei. Então, parei debaixo do próximo poste de luz para dar uma olhada mais atenta, para saber exatamente o que estava comendo. Olhei para o interior do doce. Não havia mais nada da aparência externa original. A única coisa que eu conseguia ver eram camadas e mais camadas de mofo, alinhadas umas às outras como a grade de um carro. Eram tons aveludados de verde, suculentos, belos e sinistros. Era surreal: nada do lado de fora do doce poderia ter me preparado para aquela surpresa.

Foi quando achei que seria melhor esvaziar o estômago e me encaminhei para a beira da calçada para vomitar. Contudo, meu amigo e eu decidimos dar meia-volta e voltar à loja de *kebab*. De imediato, o rapaz atrás do balcão percebeu que algo estava errado. Coloquei o resto do doce sobre o balcão. Ele recuou, com uma expressão de horror. Em seguida, abriu a gaveta da caixa registradora para me devolver o dinheiro. Fiz um gesto negativo com a cabeça, indicando que não era aquilo que eu queria. Ele ficou um pouco nervoso.

— Eu quero outro doce — afirmei.

O rapaz me encarou, incrédulo. Meu amigo também. No entanto, tudo em que consegui pensar foi que tinha ansiado por um doce, tinha aguardado o instante, e não seria privado desse prazer.

♪

No início de 1983, Paul e eu pegamos um voo para Londres. Durante as festas de fim de ano, dediquei meus pensamentos àquilo que estava por vir. Sentia-me muito ansioso para mostrar nossas fitas demo para as gravadoras.

Compramos um pacote turístico da Star Tour e viajamos. Pelo mesmo pacote, Magne viria na semana seguinte, pois pediu um pouco mais de tempo para se despedir de Heidi, sua namorada. Então, Paul e eu nos encontraríamos com ele e, dessa maneira, buscaríamos um lugar para ficar nas primeiras duas semanas. Enquanto isso, procuraríamos um local mais permanente para morar.

Chegáramos ao Reino Unido com vistos de turistas. Não tenho certeza das normas que vigoravam na época, mas acho que um visto valia por três meses. Porém, no que nos dizia respeito, aquilo era o suficiente: uma vez que estivéssemos dentro, estaríamos dentro. Nunca requeremos um visto de trabalho ou algo assim. Na verdade, nem sabíamos o que era aquilo. Embora estivéssemos confiantes em relação às nossas fitas demo, não posso dizer o mesmo do departamento de imigração britânico. (A coisa do visto se tornou um problema mais adiante. Tecnicamente, anos depois, ainda vivíamos do mesmo jeito e, após nos tornarmos famosos e começarmos a entrar e sair do país com frequência, aquilo teve de ser arranjado pelos nossos advogados para não sermos deportados.)

Naqueles primeiros tempos, vivíamos com muito pouco. Com o dinheiro de nossas economias, que ajudaram nas primeiras semanas, nos hospedamos em lugares aceitáveis. Começamos a jornada em Orfali House, próximo de Queensway, na zona oeste de Londres. Era razoável, mas muito caro. Assim, logo nos mudamos e acabamos em Dalgarno Gardens, que ficava em Ladbroke Grove, mas um pouco mais fora de mão: perto de White City, onde ficava o BBC Television Centre. O lugar era menos razoável, o típico apartamento de locação barata inglês: ordinário, janelas sujas, impróprio. Como estávamos duros, desenvolvemos um método para fraudar o relógio de luz, recuperando a moeda de cinquenta centavos que usávamos: utilizando uma "vara de pescar" feita de palito de fósforo e um pedacinho de barbante, nós a resgatávamos e a reutilizávamos. Como tínhamos apenas uma lâmpada elétrica em todo o apartamento, se alguém quisesse ir ao banheiro precisaria desatarraxá-la e levá-la consigo. Ou ir às cegas.

Quando o dinheiro estava quase no fim, a comida se tornou um problema. Literalmente raspávamos o fundo do tacho. Lembro-me de certo dia, quando Paul tentou cozinhar. Tudo o que havia na casa era um pacote de farinha e um repolho, que era quase o padrão para a época. Seja como for, Paul deve ter imaginado que aqueles dois ingredientes bastariam para produzir algo. Afinal, o quão difícil aquilo poderia ser?

Entrei na cozinha e o encontrei criando aquele preparado estranho numa frigideira, mexendo a farinha com um pouco de água e, naquele instante, adicionando o repolho na mistura. Tudo o que consegui pensar foi que aquela era a única comida da casa. Se não interviesse, não comeríamos naquela noite. Assim, assumi o controle e tentei salvar a situação, confiante de que tinha um domínio melhor. No fim, o preparado transformou-se numa espécie de pão chato de repolho. Isso pode parecer mais legal do que era, mas representou uma mudança em relação a um de nossos alimentos básicos do período: sanduíches de sal e pimenta, enquanto esperávamos pela fama e fortuna como merecida recompensa.

Não preciso dizer que todos nós emagrecemos. No entanto, também adoramos aquilo. Gostamos da oportunidade de provar nossa perseverança e da nossa determinação de demonstrar autenticidade. "*Bring it on! When you realize what we're made of, you will come round!*" [Vá com tudo! Quando você se der conta do que somos feitos, mudará de opinião!]

♪

O apartamento em Dalgarno Gardens não foi o pior lugar onde moramos. Esse foi em Sydenham, na zona sudeste de Londres, onde acabamos vivendo por algum tempo enquanto gravávamos outras fitas demo. Sydenham era eclético, um daqueles distritos escondidos de Londres, que fora bombardeado na Segunda Guerra Mundial. Como resultado, apresentava aquela miscelânea entre propriedades antigas que sobreviveram à guerra e novas construções.

Pelo fedor, podíamos sentir que nos aproximávamos de nossa casa a um quilômetro de distância. Por motivos que nunca conseguimos compreender, nossa entrada era um chamariz para todos os animais da área. Os gatos de rua pareciam adorar o lugar, assim como os cachorros. Nossa varanda era considerada um banheiro. Não podia ser algo territorial, pois todos os animais compartilhavam o local. Havia um pastor alemão que regularmente fazia cocô em nossa entrada, que lhe parecia bastante apropriada. Muitas vezes, nos distraíamos e pisávamos no cocô, que sujava nossos sapatos e, em seguida, o tapete. Voltávamos das gravações e enfrentávamos uma versão da roleta-russa associada a excrementos. Percorríamos a ruela procurando evitar pisar em algo pior.

O único lado positivo de percorrer a ruela na ponta dos pés, às cinco da manhã, era que podíamos ter certeza de que ao menos não ficaríamos encharcados. O encanamento da casa era rudimentar. Em vez da água escoar por meio de um cano de esgoto, tirávamos a tampa da banheira e ela fluía através de um buraco na parede, caindo ruela abaixo. Era a nossa própria cachoeira! A água suja da banheira ficava empoçada ali, o que não podia ser bom para a casa, para a saúde pública, para nada.

O interior da residência não era muito melhor, cheio de correntes de ar e muito mal protegido termicamente. Na realidade, era bastante frio, tanto que costumávamos ligar o forno para aquecer a casa. Muitas vezes havia um cheiro de gás no ar, um odor forte de propano. Deveríamos ter pensado mais sobre aquilo, pois era muito perigoso. Tivemos sorte por nada sério ter acontecido.

Ratos e camundongos sempre apareciam para nos visitar. Em certa ocasião, capturamos um camundongo — acho que Magne conseguiu pegá-lo com um balde — e tentamos criá-lo como um animal de estimação. O momento mais bizarro ocorreu quando percebemos que tínhamos de fazer algo sobre nossas condições e, uma vez decididos a deixar o lugar um pouco mais habitável, tentamos melhorar a aparência da casa. Assim, fomos a uma loja de materiais de construção, compramos algumas latas de tinta branca e começamos a trabalhar. Por cerca de vinte minutos, a casa começou a parecer quase decente. Mas então, mesmo antes de a tinta secar, notamos algo estranho nas paredes. Em todas elas. Era como se as paredes fossem um organismo vivo — furúnculos começavam a inchar. Espantados, observamos aqueles calombos crescendo. Era como algo saído de um filme de terror. E então — pá! — uma das bolhas estourou com um espirro úmido e soltou uma secreção amarelo-acastanhada. Foi um nojo.

Ainda não sei realmente o que houve. Talvez algo na tinta tenha reagido com a argamassa da parede. Para ser honesto, não quisemos pensar muito a respeito. Tudo o que compreendemos foi que a casa não queria aquilo. Não era um relacionamento com bom potencial. Tinha um pouco de má vontade por parte dela e quanto mais rápido conseguíssemos dar o fora daquele lugar, melhor seria.

Ter dito tudo isso faz parecer que toda a área era muito ruim. Não era. Na residência ao lado, morava uma senhora maravilhosa, que nos convidava para churrascos e festas no jardim com seus amigos. Sua casa era realmente agradável, limpa e tinha uma atmosfera cordial. Assim, tenho de admitir que nós devíamos colaborar o bastante para potencializar os problemas...

CAPÍTULO 12

NA CIDADE

ERA UMA época vibrante e estimulante para a cena musical britânica. Não só em termos de discos sendo produzidos, mas também na vibração da vida noturna e na atitude em relação à moda. Talvez estivéssemos levando uma vida de Cinderela em nossa desagradável acomodação alugada. No entanto, quando chegava o fim de semana, nós caprichávamos na vestimenta, absorvíamos os sons e a atmosfera e íamos de um clube noturno a outro.

Londres era o lugar onde parecer diferente era parte essencial da cena. Para uma nova banda como a nossa, era a oportunidade de nos apurarmos no vestir e experimentarmos o que funcionaria para a nossa imagem. Podíamos parecer estrelas sem de fato sermos. Dirigir sem carteira de motorista, por assim dizer. Ser exagerados, exibicionistas. Interpretar personagens. Aproveitar ao máximo, como se fosse uma preparação para o que estava prestes a acontecer. E vivíamos uma excitação de sermos os únicos a saber do que tínhamos como plano.

Eu era, na banda, quem tinha mais consciência da importância do impacto visual que precisávamos criar e também de que aquilo seria parte importante para alcançar o sucesso. O estilo do

A-ha veio da combinação de camisetas rasgadas, jeans naturalmente desgastados e tiras de couro ao redor do pulso e do pescoço. Eu queria algo distinto, mas também que tivesse a ver com a nossa vida; eram reais — as sobreposições de camisetas estavam ali porque estávamos duros e morando em lugares sem aquecimento. Os jeans rasgados eram uma marca relativa ao fato de sermos criados na natureza, de assumirmos uma aparência de acordo com a nossa personalidade. Nunca fizemos rasgos em calças novas; eles eram autênticos. Muitos pais devem ter visto o que seus filhos e suas filhas fizeram com suas roupas e nos amaldiçoado! As tiras de couro também eram uma característica da busca pelo natural, pelo concreto e por transmitir uma imagem de força.

Em retrospectiva, era o que chamam hoje de branding, de criação de marca, mas, naquele tempo, nunca pensamos nesses termos. Tratava-se da busca por um estilo e por uma imagem tão imediatamente identificáveis conosco quanto, por exemplo, os Beastie Boys e o símbolo da Volkswagen, ou a listra branca no rosto de Adam Ant. Era simplesmente uma questão de identidade: a experiência de ser, refinando-a e a enfatizando para transformá-la em um estilo consistente e coerente. E quando os fãs começaram a copiá-lo, nós achamos muito legal.

Isso, porém, só ocorreu tempos depois. O estilo do A-ha que ficou famoso foi uma versão elaborada daquele que costumávamos usar para sair à noite e nos divertir. Às vezes, saíamos num "estilo A-ha", mas com frequência eu experimentava e procurava algo diferente e exagerado. Essa era uma das coisas estimulantes de Londres: aquele espírito de que você podia vestir o que quisesse e se expressar de verdade sem constrangimentos. Tirei bastante proveito disso. Algumas vezes minhas roupas nada ficavam a dever às de Boy George!

Também fazíamos experiências com maquiagem e eu maquiava os outros integrantes da banda. Assumo a responsabilidade: foi por eu ter maquiado Paul que ele e Lauren acabaram juntos. Certa noite, estávamos indo ao Hippodrome Casino e recordo-me que Paul queria se perder, curtir aquela noite para valer. Assim, ele me deixou preparar seu visual: escolhi suas roupas e fiz sua maquiagem. Paul ficou com uma aparência bastante selvagem: um personagem loiro-platinado depois de pisar numa mina terrestre. Usei a maquiagem para fazer seus olhos parecerem imensos. E Lauren, que também estava no Hippodrome naquela noite, estacou no meio do caminho: o que era aquele ser diante dela? De todo modo, eles começaram a namorar, casaram-se e continuam juntos depois de todos esses anos.

Desde compor músicas até encontrar gravadoras, considerávamos tudo o que nos acontecia como parte de nossa decisão de querermos virar *popstars*. Era divertido, mas também parecia um permanente treino do que estava por vir. Dei-me conta de que, se me vestisse com extravagância, haveria fotógrafos e paparazzi do lado de fora das casas noturnas, prontos para tirar fotos. Eles não sabiam quem eu era — como poderiam e por quê? —, mas eu parecia um *popstar*; assim, por via das dúvidas, eles me fotografavam. Aprendi ali a atrair o interesse deles, o que era um barato. No entanto, essa diversão não durou muito. Apenas dois anos depois, tive de aprender a habilidade oposta, a de evitar uma câmera e lugares onde poderia ser facilmente encontrado.

♪♪

Em nosso período de incubação em Nærsnes, uma parte do mundo exterior penetrou nele — a cena musical. Até aquele momento, eu nunca tinha realmente escutado muitas músicas das paradas de sucessos. Eu descobria aquelas que escutava mais por indicações ou, como em relação a Jimi Hendrix, por acaso. As bandas que eu seguia eram do tipo que não gravavam hits. Desse modo, nunca prestei atenção ao que fazia sucesso e não sabia quais eram as bandas mais bem classificadas. Nenhum de nós sabia.

Porém, se quiséssemos fazer sucesso, precisaríamos entender os mecanismos por trás das coisas. Não acho que alguma vez tenhamos desejado criar hits só por criar: para nós, isso sempre foi mais um meio do que um fim. Nos inspirávamos na maneira como os Beatles criaram a sua identidade. Os Beatles desfrutaram daquele imenso sucesso por serem novos e diferentes, por comporem suas próprias canções, por conquistarem os Estados Unidos e por se tornarem uma atração constante no topo das paradas. Mas então, à medida em que a banda progredia, seu sucesso ofereceu todo tipo de possibilidades: eles se livraram daquele ciclo álbum-turnê-álbum, passaram tempo no estúdio e tiveram a chance de experimentar e impulsionar a sua música para outras direções.

Mas isso tudo estava por vir. Em Nærsnes e, depois, naqueles primeiros meses em Londres, procuramos absorver o máximo possível de música pop. Havia muito para refletir. Às vezes, as pessoas podem torcer um pouco o nariz para as músicas das paradas, mas, entre o início e meados dos anos 1980, a cena britânica era imbatível. De fato, em diversos aspectos, era uma renascença musical, equivalente ao êxito da cena britânica dos anos 1960: o advento da MTV levou àquilo que a mídia chamou de "segunda invasão britânica". Toda uma nova geração de bandas britânicas utilizou a mídia emergente do videoclipe para abrir caminho nos Estados Unidos. Apesar de não serem tocadas nas rádios norte-americanas, conseguiram chegar ao topo das paradas de sucessos.

Havia uma vitalidade e energia na cena musical de lá que atraía as pessoas. Todos os comentários acerca de moda ou estilo, o surgimento de vídeos ou o uso de equipamentos eletrônicos não teriam nenhuma relevância se a música não estivesse presente. Também foi um período em que surgiram grandes compositores — artistas que conseguiam compor belas melodias ou criar canções pop. Eles podem ter tirado proveito da nova tecnologia, mas, se removermos os computadores, haverá uma música interessante atrelada a tudo aquilo.

Escutamos todos os tipos de música durante nossa preparação para a ida a Londres. Naquele outono, *Do You Really Want*

To Hurt Me, do Culture Club, explodiu. Eu a achava uma grande canção. *Save A Prayer* e *Rio*, de Duran Duran, também me agradavam bastante, assim como *Mad World*, do Tears For Fears, e *Young Guns (Go For It)*, do Wham!. As paradas também registravam a presença de músicas de Spandau Ballet, Human League e Adam Ant. O Soft Cell era uma banda que eu adorava: *Tainted Love* e *Say Hello Wave Goodbye* eram canções maravilhosas. Eu gostava do contraste entre a riqueza vulnerável da voz de Marc Almond e a presença do teclado de David Ball atrás dele. Em alguns aspectos, aquele casamento de sons era muito semelhante para onde estávamos nos encaminhando com o A-ha.

O New Order era outra banda à qual eu dedicava bastante tempo. O Blue Monday apareceu pouco depois de nossa chegada a Londres e foi incrível, mas o Temptation já tinha se apossado de mim. Foi uma banda que levou a jornada do som de guitarra do Joy Division para a música mais eletrônica do New Order. Também foi um grupo que sempre compôs segundo as próprias regras, dando espaço para a experimentação e produzindo algo novo e singular.

Atrás da mesa de mixagem, ficava uma das grandes influências da época: o produtor Trevor Horn. Ele também fez aquela jornada do rock para o pop, tendo sido membro do grupo de rock progressivo Yes. Também entrou nas paradas de sucessos como integrante do duo The Buggles, cujo single *Video Killed the Radio Star* foi a escolha perfeita como primeiro clipe a ser veiculado pela MTV. No entanto, seu legado real foi em termos de produção. Ele era o grande mestre, que extraía até a última gota de criatividade da nova tecnologia, como o computador Fairlight. Sua gravação do álbum *The Lexicon of Love*, do ABC, foi um grande exemplo disso; sem falar nos hits subsequentes do Frankie Goes to Hollywood. Eu não era o maior fã de seu estilo. Para mim, às vezes parecia que a produção ganhava mais destaque do que as canções. Contudo, é inegável o efeito que ele teve sobre a música daquele período. E adorei o seu trabalho com Seal.

Quanto mais músicas eu escutava, mais ficava evidente que Londres era o lugar para se estar. A capital britânica era o epicentro daquela cena multifacetada, em que as novas bandas se desenvolviam com base na rica tradição musical dos anos 1960 da Carnaby Street e no punk da King's Road. Era o lar da revista *Smash Hits*, do programa de TV *Top of the Pops* e da BBC Radio One. Era o lugar onde estavam todas as gravadoras. Tudo o que uma banda precisava para o sucesso mundial se achava no mesmo lugar.

♪

Naquela época, fiz amizade com Steve Strange, um dos manda-chuvas por trás da cena musical do início dos anos 1980. A casa noturna de Strange, The Blitz, tornou-se o ponto de partida daquilo que ficou conhecido como movimento New Romantic. The Blitz era um wine bar em Covent Garden, que promovia a noite "Club for Heroes" em homenagem à música *Heroes*, de David Bowie. Inaugurado em 1979, logo tornou-se ponto obrigatório para toda uma legião de fãs de música, aspirantes a *popstars* e fashionistas. O DJ tocava sucessos do Kraftwerk, de Bowie e do Roxy Music, e para entrar era preciso passar pelo porteiro/proprietário, que tinha uma política rígida de só permitir a entrada de gente de cujo estilo ele gostava. Quanto mais extravagante seu traje, maiores as suas chances.

Os fãs de música que frequentavam o Blitz recebiam diferentes denominações à medida que o espírito da cena emergia: Blitz Kids, Dandies, Futurists. Mas o nome que pegou foi New Romantics. E como resultado dessa cena, toda uma série de *popstars* emergiu. O Spandau Ballet era uma das bandas que frequentava regularmente a casa noturna. Na chapelaria, era possível encontrar Boy George guardando casacos, anos antes de seu sucesso como vocalista do Culture Club. Mesmo o dono da casa, Steve Strange, envolveu-se na atividade artística como vocalista do Visage, que teve uma música de grande sucesso no início dos anos 1989, *Fade to Grey*.

No momento em que o A-ha chegou a Londres, a cena New Romantic já tinha saído do *underground* e alcançado o topo das paradas de sucessos. O Blitz original, que só tinha capacidade para uma centena de pessoas, se mudou. Steve Strange levou suas casas noturnas para locais diferentes e maiores: para o Camden Palace, no norte de Londres, e para o sul do rio Tâmisa, em Clapham Grand. Foi para onde nos dirigimos e onde o acabamos conhecendo.

Embora esse relacionamento fosse útil para uma banda promissora, devo confessar que minhas motivações foram um pouco mais básicas. Em primeiro lugar, eu gostava daquele processo de seleção na porta e sabia que poderia ser admitido em sua casa noturna por causa de meu estilo. Em segundo lugar, estava interessado nas garotas que frequentavam o lugar. Sabia que minhas habilidades como maquiador ajudaram a unir Paul e Lauren, e eu era o único membro da banda sem uma namorada. O relacionamento mais longo era o de Magne, que desde muito antes de nossa partida para Londres já saía com Heidi, na Noruega. Assim, apenas eu continuava sozinho.

Nas casas noturnas a que íamos, eu trocava olhares e paquerava, mas nunca acontecia nada sério. Na cena musical londrina, havia muitas mulheres atraentes. Eu vivia sempre à procura de uma bela garota, e o fato de fazer contato visual ou até flertar e ser correspondido era quase sempre suficiente para mim. Ficava eufórico, sentia-me incrível. Nem precisava conversar com ela. Naqueles dias de juventude e sem grana, ia aonde a música me levasse: as noites de Steve Strange, o Hippodrome, os clubes gays. E não era por interesse ou orientação sexual, mas a cena musical gay de Londres era incrível na época e eu me permitia conhecer todos os lugares e captar o que estava acontecendo.

Uma garota que me atraiu foi Patrice. Ela fazia parte do séquito de Steve Strange. Se bem me lembro, Patrice se envolveu numa sessão de fotos de casamento com ele e havia retratos dos dois como recém-casados desembarcando de um jatinho, na Itália, num dia de verão. Um casamento de fachada. Coisas da mídia. Seja como for, eu a achei deslumbrante. Assim, acabei ficando amigo de Steve Strange como forma de chegar até ela. Steve era um cara legal. Expansivo, sociável e generoso. Mas também tímido. Comecei a frequentar sua casa porque simpatizei com ele, mas também porque realmente gostara de Patrice.

A certa altura, as coisas ficaram um pouco confusas entre nós. Steve passou a sentir atração por mim, dizendo-me de forma cautelosa que estava interessado em que algo acontecesse entre nós. Eu sabia que ele era gay e me lembro de Steve me perguntando se eu também era e eu lhe respondendo educadamente que não. Isso jamais foi um grande problema. E fiquei imensamente grato pela maneira como ele me tomou sob sua proteção.

Steve era um cara interessante para se conhecer. Era influente, tinha contatos e grande conhecimento sobre a indústria fonográfica. No entanto, jamais fiz amizade com ele por esses motivos. Meu foco, tenho de admitir, era por exibicionismo, para participar de suas festas, por vaidade.

Em fevereiro de 2015, Steve morreu depois de sofrer um ataque cardíaco no Egito. Foi uma notícia bastante triste e os tributos que ele recebeu de inúmeras estrelas da música foram muito merecidos. Sempre me lembrarei dos momentos que passamos no início de minha carreira.

CAPÍTULO 13

A&R

A DECCA Records foi a primeira gravadora importante que nos recebeu. Assim que chegamos à sua sede, sentimos um imediato espírito de distância em relação a nós. Fomos conduzidos ao escritório de um rapaz que concordou em nos ver, um cara do departamento de Artistas e Repertório (A&R), cuja função era descobrir e contratar novas bandas. Ainda consigo descrever a cena com muita clareza: no centro da sala, havia uma mesa imensa, que estava literalmente coberta de fitas cassete empilhadas. O rapaz, sentado à mesa, inclinava-se para trás, com os braços cruzados e uma aparência de pouca motivação.

Contei-lhe que éramos uma banda norueguesa chamada A-ha, que tínhamos vindo de Oslo e trazido algumas músicas pelas quais achávamos que ele poderia se interessar. O rapaz disse que escutaria a fita assim que tivesse uma oportunidade. Sorriu para nós educadamente e apontou as pilhas de fitas à nossa frente.

Nós três nos entreolhamos, pouco confiantes a respeito daquilo. No total, tínhamos produzidos apenas três cópias das fitas e não queríamos que uma delas fosse depositada ali, com grande chance de nunca ser escutada. Assim, fizemos esta sugestão ao rapaz: nós sairíamos da sala e esperaríamos do lado de fora, para que ele escutasse a fita naquele momento. Ele sorriu educadamente para nós e apontou para as pilhas de fitas cassete sobre sua mesa.

Então o cara nos fez uma longa preleção sobre a quantidade de fitas que tinha de escutar e que não seria justo que ele furasse a fila para ouvir a nossa antes das outras. Ainda afirmou que iríamos lhe dizer que éramos diferentes, brilhantes e assim por diante. Desse modo, embora fosse incrível o fato de termos vindo da Noruega para encontrá-lo, ele não estava disposto a nos dar nenhuma prioridade.

Paul, Magne e eu conversamos rapidamente. Devíamos deixar a fita com ele? Decidimos que, se ele não era capaz de aproveitar o momento, então não estávamos interessados em ouvir o que ele tinha a nos dizer. Música envolve paixão e impulso. Assim, dissemos a ele que aquele era o momento; se ele não pudesse dedicar dez minutos de seu tempo para ouvir nosso material, nós o levaríamos conosco. De fato, perguntei-me o que ele estava pensando. Tenho certeza de que não esperava que levássemos a fita. Seja como for, recolocamos a fita cassete em nossa bolsa e agradecemos pela sua atenção.

De volta à rua, sentimos que nosso objetivo de avançar rumo ao sucesso fora interrompido. Fiquei frustrado e perplexo. Uma coisa é um fulano ouvir uma fita e rejeitá-la; outra, bem diferente, é ele nem se interessar em escutá-la. Era um pouco difícil saber se tínhamos feito a coisa certa. Mas, ora bolas, o cara revelou total indiferença. E isso é algo com que não consigo lidar.

Naquele momento, Paul lembrou dos Beatles e algo interessante: trinta anos antes, aquela mesma gravadora rejeitara aquela que se tornaria a maior banda do mundo. Assim, será que não era o caso de relevarmos o ocorrido e considerarmos como um sinal positivo?

Na realidade, as situações não foram exatamente iguais. A Decca rejeitou os Beatles sob circunstâncias bem distintas. Em vez de a fita dos Beatles ser posta numa pilha e esquecida, a banda conseguiu se apresentar para os caras da Decca. E a gravadora não os contratou, dizendo ao empresário dos rapazes que "grupos de guitarristas estavam ficando fora de moda". Tempos depois, Paul McCartney afirmou que sentiu que a rejeição foi uma atitude "muito míope" da parte deles e que só "aumentara a determinação da banda" de seguir em frente.

Imediatamente entendi que minha percepção de que as gravadoras estavam com a faca e o queijo na mão e que as bandas que elas contratavam tinham sorte estava equivocada. Era o contrário: as gravadoras que precisavam de gente como nós. Óbvio que uma grande banda precisa de uma gravadora ou ao menos algum tipo de estrutura para ajudar a produzir seus discos. Porém, uma gravadora precisa muito mais de uma grande banda. Sem nós, sem os músicos, nenhuma gravadora existiria. Se a gravadora não nos contratou foi porque ela não fez seu trabalho direito. O fato de aquele sujeito do A&R nem mesmo ter escutado nossa fita era problema dele, e não nosso. Após aquela reunião, em vez de nos desanimarmos, acabamos fortalecendo nossa crença a respeito de nós mesmos.

♪

Apesar do fracasso de Paul e Magne em sua viagem anterior a Londres, nós acreditávamos de verdade que daquela vez as coisas seriam diferentes. Eu tinha tanta confiança em nosso trabalho que em minha cabeça bastava alguém de uma gravadora ouvir nosso material e um contrato seria posto na nossa frente. Para mim não havia dúvida, alguém com alguma sensibilidade musical perceberia nosso potencial e nos contrataria na hora.

Mas a realidade provou ser bem diferente. Com o sucesso internacional do pop britânico, o A-ha não era a única banda a aparecer em Londres com sonhos de estrelato. Gravadoras como a Decca transbordavam de fitas demo e bandas querendo mostrar como eram maravilhosas. O desafio, portanto, era convencer as pessoas de que éramos diferentes e achar uma maneira de conseguir alguma atenção. Em 1983, um dos grandes sucessos era *Too Shy*, o single de estreia do Kajagoogoo, que alcançou o primeiro lugar nas paradas mais ou menos um mês após nossa chegada ao Reino Unido. A oportunidade para o Kajagoogoo surgiu quando, certa noite, seu vocalista, Limahl, que trabalhava como garçom, atendeu Nick Rhodes, tecladista do Duran Duran. Limahl deu uma fita demo para Rhodes, que a escutou, gostou e acabou se oferecendo para produzi-los. Era o tipo de oportunidade que precisávamos, estávamos decididos.

Passávamos dias ao telefone, ligando para gravadoras e tentando convencê-las a nos receber para uma reunião. Deixávamos esse contato a cargo de Magne — em parte, porque ele estivera no Reino Unido antes e, àquela altura, seu inglês era melhor do que o meu; e porque ele tinha aquele jeito calmo e relaxado ao telefone que achávamos que funcionava melhor. O encontro na Decca fora o primeiro que ele conseguira marcar. Como não deu certo, ele voltou às ligações telefônicas.

O encontro seguinte foi com uma companhia chamada Lionheart Music. Era uma editora musical, como uma agente e não uma gravadora, o que era outro caminho para se obter um contrato. A editora musical comprava os direitos das músicas, e os compositores e a editora procuravam uma gravadora para chegar a um acordo. Frequentemente, a editora musical ajudava financeiramente na produção de fitas demo e as remetia às gravadoras. Era de seu interesse que a banda conseguisse um contrato.

Magne havia entrado em contato com a Lionheart Music da última vez em que estivera em Londres com Paul. Assim, ele telefonou, falou com seu contato e marcou uma reunião. Até aí, tudo bem. No entanto, na noite anterior à do encontro, as coisas saíram um pouco de controle. Paul tinha esticado a noite e acabou esquecendo num apartamento uns escritos, poesias e outras coisas que deixara para trás. Então, Magne e eu voltamos para casa sem ele — mas com duas garotas italianas. Nós as conhecêramos no hotel onde nos hospedamos na primeira quinzena em Londres, quando nosso pacote de viagem ainda valia. Acho que as reencontramos por acaso. De todo modo, nós as convidamos para nos acompanhar e Magne achou uma garrafa de conhaque em casa.

Foi uma boa diversão, inocente, alegre e com algumas liberdades. Magne e eu fomos perfeitos cavalheiros. Tanto que, quando as moças começaram a falar em ir embora, Magne insistiu em conseguir um táxi para elas. Antes que soubéssemos o que estava acontecendo, Magne já tinha saído do apartamento e descido para a rua, usando suas meias grossas de lã, em busca de um táxi. Magne logo avistou um se aproximando e, um tanto alto pelo conhaque, começou a correr sobre os capôs dos carros estacionados para fazê-lo parar. Pouco depois, ele aterrissou no asfalto, bem diante do táxi, que teve de frear bruscamente. Foi uma cena realmente impressionante.

Mas não para os dois policiais que surgiram do nada e o cercaram. E, bêbado, Magne saltara direto nos braços deles. Então, ele foi detido por embriaguez e desordem pública e, ainda de meias, levado para a delegacia. Se bem me recordo, Magne foi posto numa cela e passou a noite com uma prostituta e um irlandês. Só pude vê-lo de novo no dia seguinte.

Nesse meio tempo, as garotas italianas foram para suas casas e Paul voltara do apartamento aonde fora pegar suas coisas. Expliquei o que acontecera — era tudo bastante ridículo —, mas o resultado foi que, na manhã seguinte, em vez de todos nós irmos à Lionheart para a reunião, alguém teria de ir sozinho (decidimos que deveria ser eu), enquanto Paul iria à delegacia para ajudar a soltar Magne. Assim, logo cedo, ele se encaminhou para lá com o dinheiro necessário. Acho que Paul teve de pagar uma multa de vinte e cinco libras ou algo assim, que não era uma soma insignificante, dada nossa precária situação financeira.

Nesse ínterim, na Lionheart, entrei com minha habitual autoconfiança, perguntando-me como iria explicar ao sujeito o motivo de Paul e Magne não estarem comigo.

O rapaz que me recebeu na Lionheart chamava-se Hugh. De imediato, gostei dele. Hugh não tinha aquele ar esnobe do cara da Decca. Quando perguntei se ele gostaria de escutar a fita, Hugh não apontou para uma grande pilha de fitas demo, simplesmente respondeu: "Claro." Abri um sorriso quando ele colocou a fita cassete em seu gravador, porque tinha certeza de que iria gostar. Essas reuniões são sempre um pouco estranhas: você está sentado escutando algo que gravou e quer começar a falar ou explicar, mas tem de ficar quieto e deixar o outro escutar. Assim, estávamos sentados ali, com a fita ressoando. Não consigo me lembrar de quantas músicas Hugh ouviu, mas me recordo dele desligando o gravador, virando-se para mim e dizendo:

— Acho que podemos fazer alguma coisa aqui!

— Acho que podemos — confirmei.

Hugh captou a mensagem, eu podia sentir. O que ele tinha de fazer era conversar com seu chefe e tocar a fita para ele, e ao ouvir isso eu me senti muito confiante — o chefe também iria gostar.

Hugh me pediu para deixar a fita com ele. Daquela vez, eu sabia que ela não ficaria esquecida numa pilha.

Voltei para casa para contar as novidades a Paul e a um Magne ainda meio de ressaca. Foi um grande momento. De fato, parecia que estávamos chegando a algum lugar.

Hugh telefonou dizendo que já apresentara o material a seu chefe e que ele também tinha gostado. Fiquei achando que tudo estava resolvido e perguntei sobre a assinatura do contrato, que, na minha cabeça, seria o próximo passo. A Lionheart, porém, tinha outras ideias. Hugh me disse que, se dependesse apenas dele, nos contrataria imediatamente. Seu chefe, porém, era um pouco mais cauteloso, achou a fita demo boa, mas queria ver algo melhor. Uma coisa era gravá-la numa cabana de madeira no meio da mata. O que a Lionheart queria era que gravássemos algumas das canções num estúdio profissional. Se pudéssemos fazer aquilo, Hugh afirmou, teríamos uma grande chance de fechar o contrato.

Perguntei de novo disso, queria garantias, mas, segundo Hugh, nada seria decidido antes da Lionheart escutar a nova fita demo. Porém, ele me assegurou que aquilo seria apenas uma formalidade. E havia outro aspecto preocupante: a Lionheart queria ter acesso a essa fita demo com exclusividade. Ou seja, não deveríamos entrar em contato com mais ninguém a partir daquele momento.

Pensando depois, talvez tenhamos sido um pouco ingênuos em concordar com a "proposta" de Hugh: ele nos estava pedindo muito sem nos dar nenhuma garantia. O chefe era alguém que não conhecíamos e, para um trio de jovens, não era fácil compreender as razões dele. Nesse momento eu segui minha intuição. Gostei de Hugh e podia afirmar que sua reação e seu entusiasmo em relação à música eram genuínos. Dessa maneira, convenci o grupo e concordamos em seguir adiante. Paramos de telefonar para gravadoras e editoras musicais e começamos a consultar os pequenos anúncios de estúdios de gravação.

Não consigo me lembrar da revista em que achamos o anúncio do Rendezvous Studios, em Sydenham, na zona sudeste de Londres — talvez na *Music Week*, na *Melody Maker* ou outra. Ficava um pouco longe de onde morávamos, mas os custos cabiam em nosso orçamento e tinha tudo que precisávamos em termos de estúdio. E chegáramos à Inglaterra sem nenhum equipamento musical. Portanto, não precisávamos apenas de um estúdio, mas também de instrumentos emprestados. O Rendezvous Studios dispunha de tudo isso.

Eu estaria mentindo, no entanto, se dissesse que aquele foi o único fator decisivo. O decisivo para nós — e para Magne, em particular — foi que o estúdio possuía sua própria máquina de jogo, era do videogame Space Invaders!

CAPÍTULO 14

ASSINANDO O CONTRATO

É UMA experiência bastante estranha fazer um show para apenas uma pessoa. Como músicos, interagimos com a plateia: as pessoas se envolvem com aquilo que você está tocando e você se envolve com o que elas estão obtendo daquilo. Quando, numa sala, há meia dúzia de pessoas e um sujeito importante sentado com o mesmo olhar do início ao fim, sem esboçar nenhuma emoção, você se sente como um objeto e não um indivíduo.

O "show" de estreia do A-ha ocorreu no estúdio, em Sydenham, perto da máquina de Space Invaders. Eu disse "show", mas foi uma apresentação para a Warner Brothers e a primeira vez que tocamos juntos ao vivo como banda, mesmo havendo tantas pessoas na plateia quanto no palco: John Ratcliff, o dono do estúdio; Terry Slater, nosso empresário recém contratado; e Andrew Wickham, o homem da gravadora com poder de dizer sim ou não.

O evento todo foi um tanto estranho: nunca tínhamos nos apresentado ao vivo como banda em Londres e estávamos fazendo aquilo agora em busca de um possível contrato. Foi esquisito não haver uma plateia para criar um pouco de atmosfera, dar um retorno para a gente, criar um clima. De qualquer maneira, foi nossa primeira apresentação. Só voltaríamos a tocar ao vivo em público num evento um tanto diferente: a cerimônia de premiação do *Grammy*, em 1986. Mesmo que não tenha sido propriamente "ao vivo" — eu cantei as minhas partes, mas Paul e Magne acabaram fazendo uma dublagem com a música em *playback*. Era o esquema técnico da premiação. Depois disso, voltamos a nos apresentar adequadamente naquele verão, quando demos início à nossa primeira turnê mundial. Primeiro, na Austrália, três anos após o nosso mini "show" em Sydenham.

É curioso como se deu o desenvolvimento da banda. De início, não foi uma decisão consciente de não ser uma banda 100% ao vivo. Isso aconteceu mais por circunstâncias e acaso do que algo planejado. Não era como se algum de nós tivesse aversão de tocar ao vivo. Afinal de contas, Paul e Magne fizeram muitas apresentações com o Bridges e eu cumprira minha missão com o Souldier Blue. De fato, àquela altura, foi apenas a casualidade que nos levou a ser mais uma banda de estúdio. A tecnologia nos permitiu isso e o fato de haver a complicação, as exigências de vistos de trabalho, algo que não possuíamos, isso impossibilitou a realização de muitos shows ao vivo.

No entanto, a apresentação no estúdio em Sydenham foi um sucesso. Ficou claro ali que o ânimo de Andrew se apresentou finalmente, e assim tive uma sensação de que algo muito bom iria finalmente acontecer pra gente.

♫

Sydenham não podia ter sido mais diferente de Nærsnes. Embora o cenário do estúdio fosse muito menos espetacular do que naquela bela cabana cercada de floresta, os equipamentos eram melhores. Pudemos usar uma caixa de ritmos Lynn, por exemplo, que era espetacular. E tínhamos um supervisor — John Ratcliff — para nos ajudar na gravação e registrar o trabalho na fita. Começamos tanto a regravar o material criado em Nærsnes como a registrar novas canções. Os horários de trabalho não eram os melhores, mas o produto final nos deixou empolgados.

Mesmo antes de nos assistir no fatídico show, John Ratcliff também se mostrava animado. Ele estava confiante e nos disse que apostava em nós. John conhecia o cara certo que poderia nos ajudar e ligou para ele para marcar uma reunião. Terry Slater é uma dessas figuras lendárias da indústria fonográfica, que já estava envolvido com música havia cerca de vinte e cinco anos quando John lhe telefonou. Terry começara como músico, tocando com o Everly Brothers, e depois tornou-se figura importante do departamento de A&R da gravadora EMI. Sua influência se estendeu a bandas e artistas como Queen, Kate Bush, Sex Pistols, Blondie e Duran Duran. No início dos anos 1980, ele se tornou empresário e era exatamente o tipo de pessoa que queríamos do nosso lado.

Quando John se ofereceu para nos colocar em contato com Terry, houve um pouco de discussão na banda a esse respeito. Tínhamos assumido aquele compromisso com a Lionheart e com Hugh. Demos nossa palavra de que não falaríamos com mais ninguém. Mas, ao mesmo tempo, sempre que telefonávamos para Hugh e perguntávamos acerca de um contrato, a resposta era de que precisava de mais tempo, que "ainda não tínhamos convencido o chefe" e que as fitas demo precisavam "ser mais bem trabalhadas". Toda vez que ligávamos, sempre parecia haver uma razão diferente, um atraso por outro motivo, algo que servia para justificar por que as coisas ainda não tinham acontecido. Lendo nas entrelinhas, suspeitei de que a dificuldade era de que Hugh gostava muito mais de nossa música do que seu chefe e estava se esforçando para convencê-lo a nos assumir. Estávamos presos naquela espécie de limbo, quando apareceu a oferta para conversarmos com Terry. Senti-me mal de quebrar a promessa feita a Hugh, mas, ao mesmo tempo, achei que não havia nada de errado com aquilo. Era apenas uma conversa.

Assim, encontramos Terry no Abbey Road. Era difícil não ficar impressionado por aquilo — atravessar aquela famosa faixa de pedestres como os Beatles na capa do álbum *Abbey Road*. Dava para enxergar de longe o prédio onde ficava o estúdio: as paredes da fachada estavam rabiscadas com grafites dos fãs dos Beatles. No interior do prédio, podíamos quase sentir a história do lugar, os espaços onde tantos álbuns famosos foram gravados ao longo dos anos. Não apenas os diversos LPS dos Beatles, mas também *Dark Side of the Moon*, do Pink Floyd, e, tempos depois, *The Bends*, do Radiohead. Havia um clima, uma atmosfera no lugar. Ao entrar dava para sentir que estávamos percorrendo a história da música.

Terry era uma pessoa singular. Ele morava no campo e, como viera direto de casa, ainda usava macacão e galochas. Devia ter deixado de lado o que fazia, entrado no carro e vindo para o estúdio do jeito que estava. Terry era carismático, uma figura com presença, alguém que parecia real e muito agradável. Tinha aquela vitalidade que mobilizava as pessoas ao redor. Estávamos ansiosos. Quem não ficaria ao se encontrar com alguém que poderia impulsionar ou interromper sua carreira? No entanto, Terry logo nos deixou à vontade. E foi muito direto conosco, numa abordagem sem rodeios — depois de termos sido jogados de um lado para outro, só com promessas dos caras da Lionheart, aquilo era como um sopro de ar fresco.

Ainda diante dele, senti que era alguém com quem estávamos destinados a trabalhar. Ele tinha autoridade devido à sua experiência na indústria fonográfica, mas era uma autoridade serena, que usava de modo suave — e ele poderia fazer o que quisesse, bastaria contar histórias de como era íntimo de algum cantor ou da vez em que contratou uma banda, mas não era o seu estilo. Contamos a Terry sobre nosso trabalho com John, o dono do estúdio, e ele entendeu na hora.

Terry era ação, enquanto a Lionheart era hesitação. E ele nos apoiou. Disse que queria que voltássemos para o estúdio e continuássemos gravando com John. Afirmou que precisava ir para os Estados Unidos, onde ficaria por dois meses, mas que, quando voltasse, a primeira coisa que ele queria fazer era escutar o que tínhamos preparado. E para firmar tudo isso, ele nos bancaria — Terry daria o dinheiro para pagar o estúdio e o aluguel. Não era uma fortuna. Ele estava nos financiando para garantir que tivéssemos tempo de gravar adequadamente, compor outras canções e aguardar por ele. Aquele tempo, Terry insistiu, era importante e deveria ser bem aproveitado.

"Quando a banda decolar", ele afirmou, "vocês nem vão saber como tudo aconteceu. Vão acordar daqui a um ano achando que foram atropelados por um trem, com a gravadora cobrando material novo e vocês sem tempo para compor uma única estrofe. Assim, escrevam as canções agora, enquanto podem. Não haverá a mesma tranquilidade daqui em diante. É um momento muito importante!"

A presença e a objetividade de Terry realmente surtiram grande efeito. Além de estar passando das palavras aos atos de uma maneira que a Lionheart jamais fizera, ele também, mesmo naquela primeira conversa, falava do que iria acontecer dali a seis, doze, dezoito meses. Eu, Paul e Magne saímos daquele encontro e nos entreolhamos, como se disséssemos: "Isso realmente aconteceu?"

Não é exagero dizer que o envolvimento de Terry com a banda foi fundamental para o nosso sucesso. Sem ele, quem sabe o que teria acontecido? Duas décadas e meia depois, quando o A-ha se apresentou no que achávamos que seria o nosso último show, no Oslo Spektrum, Terry estava na plateia e não deixamos escapar a oportunidade de reconhecer seu papel central em tudo o que tínhamos alcançado. Quando voltamos para o bis, eu o apresentei à multidão: "Senhoras e senhores, temos um convidado nosso aqui esta noite. Um convidado especial. Ele é o homem que nos levou à fama internacional em 1985. Sua importância foi vital na carreira de muita gente. Ele tem estilo próprio, por isso nos escolheu. Ele acreditou que tínhamos algo que perduraria. Seu nome é Terry Slater..."

Houve uma grande ovação da plateia, que foi mais do que merecida. Com Paul e Magne nos violões tocando ao vivo, fizemos nosso tributo para Terry, apresentando uma versão de *Bowling Green*, clássico do Everly Brothers, composta por Terry. Não foi a canção mais íntima que apresentamos alguma vez, mas sem dúvida uma das mais emocionantes. Desde aquele primeiro encontro no Abbey Road, nós três sabíamos que Terry desempenharia um papel definitivo na história do A-ha.

♪

Depois desse encontro, tudo se acelerou. No dia seguinte à conversa com Terry, Paul voltou à Lionheart. Ele pediu para ver o chefe de Hugh e apresentou as mesmas músicas que apresentamos no Abbey Road. De novo, como antes, houve toda aquela conversa fiada de "ainda acho que precisam ser mais trabalhadas". Daquela vez, porém, animado pelos comentários de Terry, Paul disse ao cara que tínhamos obtido uma segunda opinião. Quando ele soube que a pessoa com quem estávamos conversando era Terry Slater, ficou furioso, parecendo um personagem que muda de cor. Gritando, apontou a porta para Paul e o mandou sair.

Não sei o que passou pela mente dele. Talvez tenha achado que fora enganado ou ficou irritado consigo mesmo por não ter fechado antes conosco um contrato. Talvez aquele tenha sido o momento em que ele se deu conta do erro cometido — que tivera a chance de nos contratar, que deveria ter escutado Hugh, mas a hora passara e Terry nos levaria para outro lugar. De qualquer maneira, ficou bem claro que ele não queria nos ver de novo. Senti pena de Hugh. Ele era um sujeito decente e fora a primeira pessoa da indústria a enxergar que nós tínhamos algo especial.

A primeira coisa que Terry fez foi conseguir para nós um acordo com a editora musical ATV Music. Depois disso, ele agendou aquela apresentação de que já contei para Andrew Wickham, da Warner Brothers. Após a exibição, foi difícil conter o nervosismo enquanto esperávamos por uma resposta, mas Terry chegou com a notícia sem demora: Andrew adorara a banda e concordara em assinar conosco. Sem dúvida, foi um grande momento, mas ao mesmo tempo, depois de nossa experiência com a Lionheart, ficamos desconfiados: sabíamos que havia uma diferença entre algo que parecia certo e a assinatura concreta de um contrato.

Em relação à Warner, aconteceu algo assim.

Continuamos gravando e compondo enquanto Terry prosseguia negociando os detalhes com Andrew. O tempo passava, o contrato não chegava e nossa preocupação e ansiedade só aumentavam. Será que a Warner era séria? A gravadora iria nos contratar ou não?

No entanto, tudo acabou bem. Pouco antes do Natal, assinamos o contrato com a Warner Brothers, em Burbank, na Califórnia, e pudemos voltar para casa a tempo de celebrar a data com aquela notícia há tanto esperada.

CAPÍTULO 15

Take on Me

MEU PRIMEIRO encontro com a canção que se tornou *Take on Me* foi naquela tarde, na casa dos pais de Paul, no porão, com Magne ao piano e Paul ao violão de cordas de náilon. Um grande momento para nós, em minha opinião, porque achei o refrão não só diferente do material incrível e melancólico do Bridges, que me atraiu de início, mas também animado e instantaneamente contagiante. Eu senti que era a música que poderia fazer nossa carreira decolar. Fiz na mesma hora associações com a vibração jovem dos comerciais do chiclete Juicy Fruit, do final dos anos 1970.

Nos dias seguintes, continuei pensando na música — aliás, eram os primeiros dias reais do A-ha —, e cantarolei os versos de abertura para os outros rapazes. Apenas a melodia, não a letra. Era nosso bilhete de entrada, o hit mundial que precisávamos para nos tornar conhecidos. Paul e Magne, que já estavam mais familiarizados com o refrão, demonstravam menos excitação. Para Paul, era algo que fora escrito algum tempo antes e seu maior interesse estava no novo material que compusera. Porém, minha opinião era diferente e eu lhes disse que, apesar de todo o material que eles haviam apresentado ser incrível, aquela canção tinha algo a mais.

Em seguida, fizemos algumas experiências realmente bizarras, em busca de novos ângulos relativos à canção, mas só fomos achar a forma definitiva muito tempo depois, em Dalgarno Gardens. Estou me referindo ao tempo anterior ao principal período em Sydenham, pouco após o encontro com Terry. Ao mexer na música de novo, Paul sugeriu para o coro um vocal em ascensão, que exploraria minha extensão de voz. Como *Assim Falou Zarathustra*, de Strauss. Concordei, mas propondo elevar a segunda nota para onde ela está em *Take on Me*, com isso também mudando o caráter de todo o segmento. Paul seguiu o exemplo e fez mudanças similares nos dois saltos seguintes, e com um rodopio final. Foi como um gol de placa. Essa canção é um raro exemplo de nós três compondo juntos.

Em Nærsnes, a gestação seguinte da canção foi rebatizada como *Lesson One*. O refrão tocado no teclado estava ali para arrastar o ouvinte e, daquela vez, o verso também tomava forma, no estilo Juicy Fruit que reconhecemos na versão final. No entanto, ainda não tínhamos o coro — em vez de acelerar no final, a primeira versão da canção se tornava mais serena, mais reflexiva. Não apenas isso. Na antiga, a parte do refrão dava a impressão de que Magne espancava o teclado mais barato do mercado. E talvez o mais estranho de tudo, por motivos perdidos no tempo: eu resolvi cantar o segundo verso gritando como um galo jovem. Isso pode soar bastante embaraçoso, mas era a parte incrível do processo. Estávamos dispostos a experimentar, a explorar tudo o que pudéssemos.

Naquele momento, precisávamos de algumas palavras. Algo simples, sugestivo e fácil de lembrar, um pouco incomum, algo que tivesse aquele tanto de ambiguidade que qualquer grande letra pop tinha. Aquele pequeno espaço que permitia ao ouvinte fazer a canção dizer algo a respeito dele.

No outono de 1984, a gravadora lançou *Take on Me*. Você não deve se lembrar disso. Poucos se lembram. O lançamento foi um desastre absoluto. Em vez de brigar com *The Wild Boys*, do Duran Duran, *Pride*, do U2, *Freedom*, do Wham!, e *The Power of Love*, do

Frankie, o single afundou sem deixar vestígios, vendendo meras duzentas cópias. Atualmente essa versão se tornou um item de colecionador. Não alcançou a lista dos dez singles mais vendidos, nem dos quarenta, nem mesmo dos cem. Quando Bob Geldof começou a convocar os *popstars* da época para gravarem *Do They Know It's Christmas*, nós não precisamos esperar ao lado do telefone.

Foi o nosso primeiro disco. Ou seja, estávamos no início de uma curva de aprendizado em termos de como as coisas funcionavam. O que aprendemos bem rápido foi que aquele era o jeito como as coisas não funcionavam. Aquele lançamento foi um curso intensivo de como fazer tudo de um modo totalmente equivocado. Tudo o que poderia ter dado errado deu. Aparecemos na TV uma vez, no horário do almoço, o que nos deu muito retorno. No entanto, houve um atraso na entrega do disco nas lojas. Assim, mesmo se as pessoas tivessem visto o programa e quisessem comprar o disco, as cópias não estavam disponíveis. Durante todo o tempo, pareceu que a gravadora agiu sem muito empenho e envolvimento. Em vez de promover a nova banda, o fato de que não éramos "seus" contratados mostrou que não éramos prioridade para eles.

O primeiro single não foi um sucesso. O único lugar em que teve algum êxito foi na Noruega. Ali, nós nos apresentamos na TV, num programa chamado *Lørdagssirkus*, ou "Circo de sábado à noite", e a canção virou um hit. Acho que alcançou a terceira posição na lista dos mais vendidos. Foi legal para as nossas famílias, mas não correspondeu às nossas expectativas. Não transmitiu para nós nenhuma percepção de sucesso.

Decidimos fazer uma nova revisão em *Take on Me*, o que faria a canção passar pela mudança definitiva e se tornar a que o mundo conhece hoje. Não estávamos satisfeitos com a versão do primeiro lançamento. Nesse ponto, o trabalho de Terry foi fundamental. Ele foi buscar outro produtor, Alan Tarney. Talvez Alan não fosse a escolha mais óbvia. Ele tinha um currículo bastante variado atrás da mesa de mixagem e também como compositor, trabalhando com o

Squeeze, Cliff Richard, Leo Sayer e o Shadows. No entanto, Terry o respeitava muito e não demorou para entendermos por quê. Alan era humilde, gentil, tranquilo e, como logo nos demos conta, tinha muito talento musical. Também era respeitoso conosco como banda e com aquilo que queríamos alcançar enquanto músicos. Em vez de tentar impor um estilo, seu foco era compreender o que eram realmente as canções e trazer aquilo à tona.

Assim, voltamos uma última vez para *Take on Me*. Escutamos a versão que lançamos como single e, então, ouvimos as diversas gravações demo que fizéramos antes. Alan conseguiu perceber imediatamente o que a canção tinha perdido. Para ele, o incrível em relação às gravações demo era a simplicidade da composição. Toda a produção acabara por sobrecarregar o trabalho. A canção tinha perdido sua vitalidade.

Assim que Alan disse aquilo, eu soube que Terry fizera a escolha correta. Alan era mais chegado em cortar coisas do que em adicioná-las. Ele deixava a canção respirar. Desse modo, nós a refizemos, mas, daquela vez, deixando tudo mais próximo da última versão demo. Havia aquela construção no início, apenas com a bateria e depois com a inclusão dos demais instrumentos. Assim, tudo ficou com mais textura. A maior diferença da versão de Alan é que era muito menos programada: as partes eram tocadas. A primeira versão foi muito programada no Fairlight e os sons produzidos ficavam colados um no outro. E essa fora mesmo a intenção de Tony Mansfield, que também era brilhante. O problema com ele foi que se tornou mais o show de um único homem. Por mais que Tony tivesse muitas ideias, elas eram dele, e não nossas... E nós éramos o A-ha, também cheios de ideias, descontentes com o fato de sermos deixados de lado nas escolhas que ele fez.

Agora, finalmente, a canção original estava de volta: fora uma jornada, reunindo os acordes do Bridges, o estilo Juicy Fruit, a versão cacarejo de galo de *Lesson One*, em Nærsnes, o novo coro e o título *Take on Me* que gravamos em Sydenham para a versão de

Tony Mansfield, que tínhamos criado em Twickenham. A versão de Alan Tarney, portanto, foi como a quinta encarnação completa da canção. Uma música cujo período de gestação foi maior do que as carreiras de muitas bandas. Porém, ela captou a essência do que era e se tornou um sucesso imenso em todo o mundo, acabando por ter uma carreira independente.

♪♪

Contudo, a história de como *Take on Me* se desenvolveu é apenas a metade dela. Um músico compõe, grava e lança uma canção. Nesse momento ela se torna uma coisa viva, orgânica, que ganha vida própria. Passa a fazer parte da vida das pessoas, adquirindo um contexto no qual ela passa por experiências muito além do que se pode imaginar. Três décadas depois, devo dizer que é um tanto estranho olhar para trás e ver o quanto uma canção pode significar para tantas pessoas.

No decorrer de trinta anos, desde que consagrou-se como sucesso mundial, *Take on Me* se tornou uma canção que aparentemente continua a ser descoberta em todo o mundo, reimaginada e apresentada para diferentes gerações. Algumas das versões podem ser bastante incomuns: quartetos de cordas, grupos *a capella*, conjuntos de gaita norte-coreanos, *covers* básicos como o piano lento de Aqualung (Matt Hales) e grupos de heavy metal. A todo momento surge uma nova versão em todos os cantos do mundo: há um time de beisebol norte-americano, o Washington Nationals, que a utilizou como hino durante anos. Ver isso é muito divertido para nós!

Ainda hoje são feitos pedidos para uso da canção. Em 2013, recebemos um telefonema do rapper Pitbull e da cantora Christina Aguilera. Eles compuseram a canção *Feel this Moment* usando a batida original de *Take on Me*. A canção deles se tornou um megassucesso, uma das maiores do ano, indicando mais uma vez quanto fôlego *Take on Me* pode ter e o poder de alcançar fãs de música que nem eram nascidos quando foi lançada.

Assim que *Feel this Moment* estourou, Pitbull e Christina foram convidados a se apresentar no *Billboard Awards*, um grande evento televisionado de Las Vegas. Então, recebi uma ligação, perguntando se eu me juntaria aos dois no palco, cantando o coro original de *Take on Me*. Eu teria de voar meio mundo para cantar por trinta segundos — eis o quão divertido o negócio da música pode ser. Mas Las Vegas, bem... Nunca foi um lugar para se fazer as coisas pela metade! Tenho de dizer, foi uma viagem que valeu a pena.

Foi um megashow, grande, brilhante e estridente. Numa entrevista coletiva após o evento, perguntaram-me por que *Take on Me* sobrevivera por tanto tempo. "Porque ela é uma sacana resiliente", respondi, para brincar com os jornalistas, mas também falei sério e de forma carinhosa. Sem dúvida, sentir o calor daquela arena por algo que tínhamos criado muitos anos atrás, com uma plateia constituída de fãs jovens, cujos pais tinham idade suficiente para se lembrar de quando *Take on Me* apareceu, e ver até colegas músicos de épocas diferentes cantando junto... Nossa, foi um momento incrível!

CAPÍTULO 16

QUERO A MINHA MTV

A HISTÓRIA de *Take on Me* não envolve apenas a música, mas também o clipe que o diretor Steve Barron produziu — que, merecidamente, conserva sua reputação como um dos melhores vídeos de divulgação de música pop de todos os tempos. A verdade, porém, é que, se *Take on Me* tivesse alcançado o sucesso logo de cara, esse vídeo de Steve Barron jamais teria sido produzido e a canção teria ficado para a eternidade por meio de um vídeo muito menos inesquecível, que provavelmente jamais teria sido mostrado para tanta gente.

O "conceito" original do vídeo, se podemos chamar assim, era o A-ha apresentando a canção contra um fundo de chroma key — o tipo de tela azul utilizada para projetar qualquer filmagem que se queira. Assim, você pode aparecer tocando no alto da Torre Eiffel ou no fundo do oceano. Para o nosso vídeo, porém, em vez disso, o fundo ficou simplesmente azul. Que, como se revelou, foi a escolha apropriada de cor para o vídeo que o diretor tinha em mente.

Além da apresentação do A-ha, a ideia era incluir diversas dançarinas se movendo ao nosso redor. Não tenho muita certeza do que isso tinha a ver com a letra da música... Lembro-me de que a

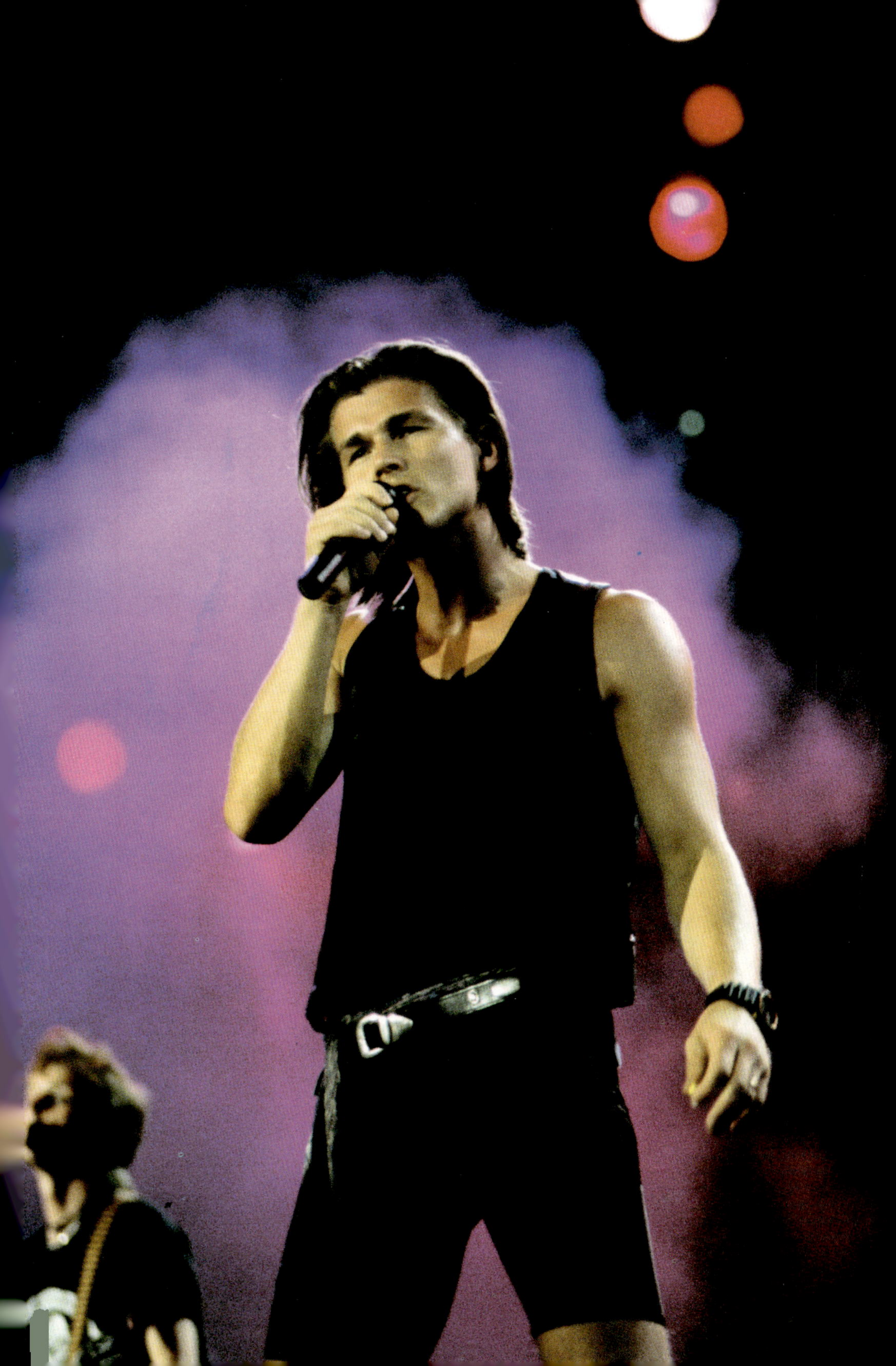

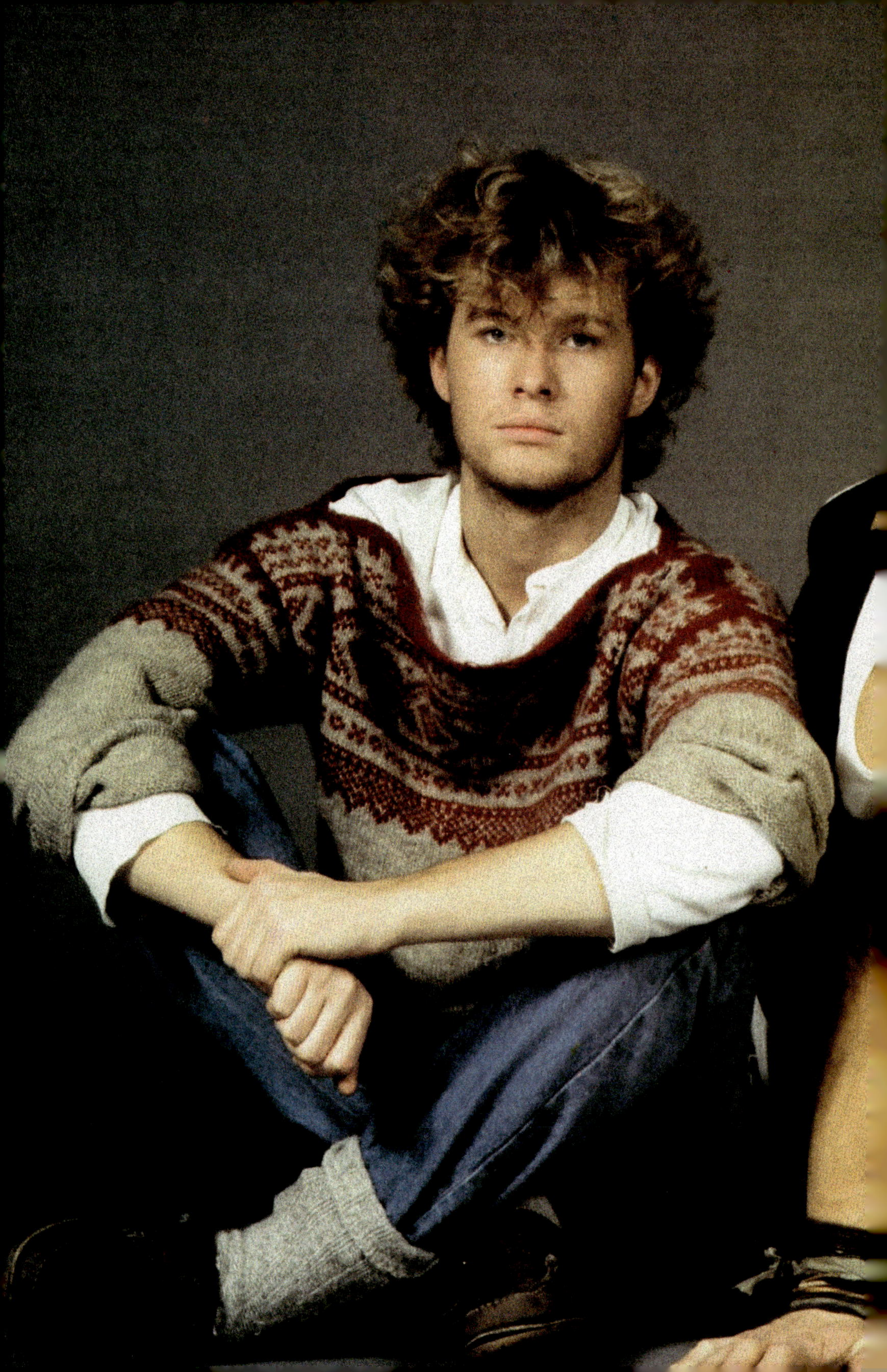

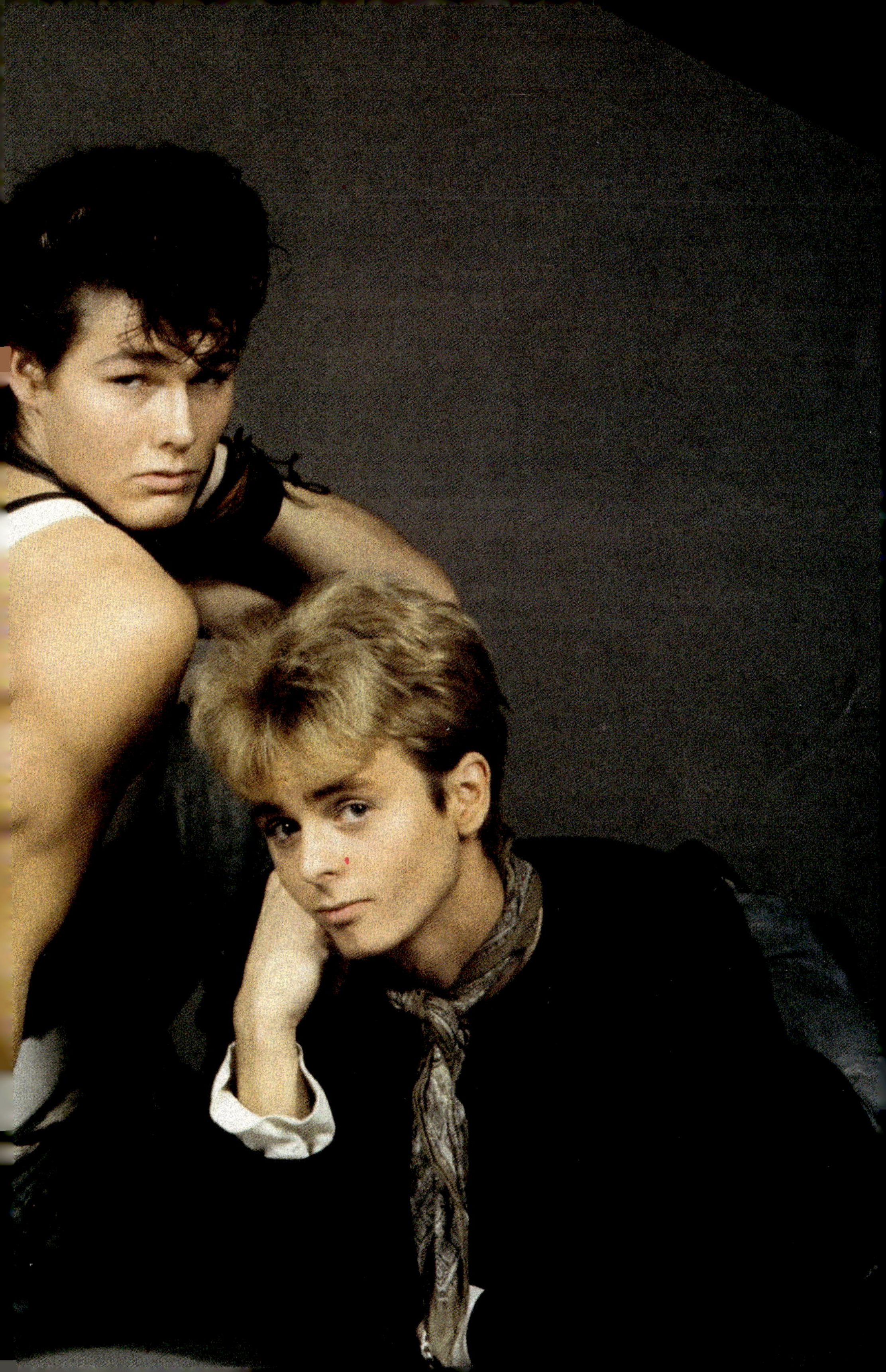

A-ha com o produtor Tony Mansfield (sentado à direita, na mesa de mixagem), durante a gravação de seu primeiro álbum, 'Hunting High And Low' nos Eel Pie Studios, Twickenham, Londres, Reino Unido, 1984.

John Barry (1933-2011) com o trio pop norueguês A-ha, e três Bond Girls em uma filmagem para promover o filme de James Bond, 'The Living Daylights', para o qual o grupo criou a canção-tema. Da esquerda para a direita: John Barry, Karen Seeberg, Pal Waaktaar (na frente), Morten Harket, Femi Gardiner, Patricia Keefe e Mags Furuholmen.

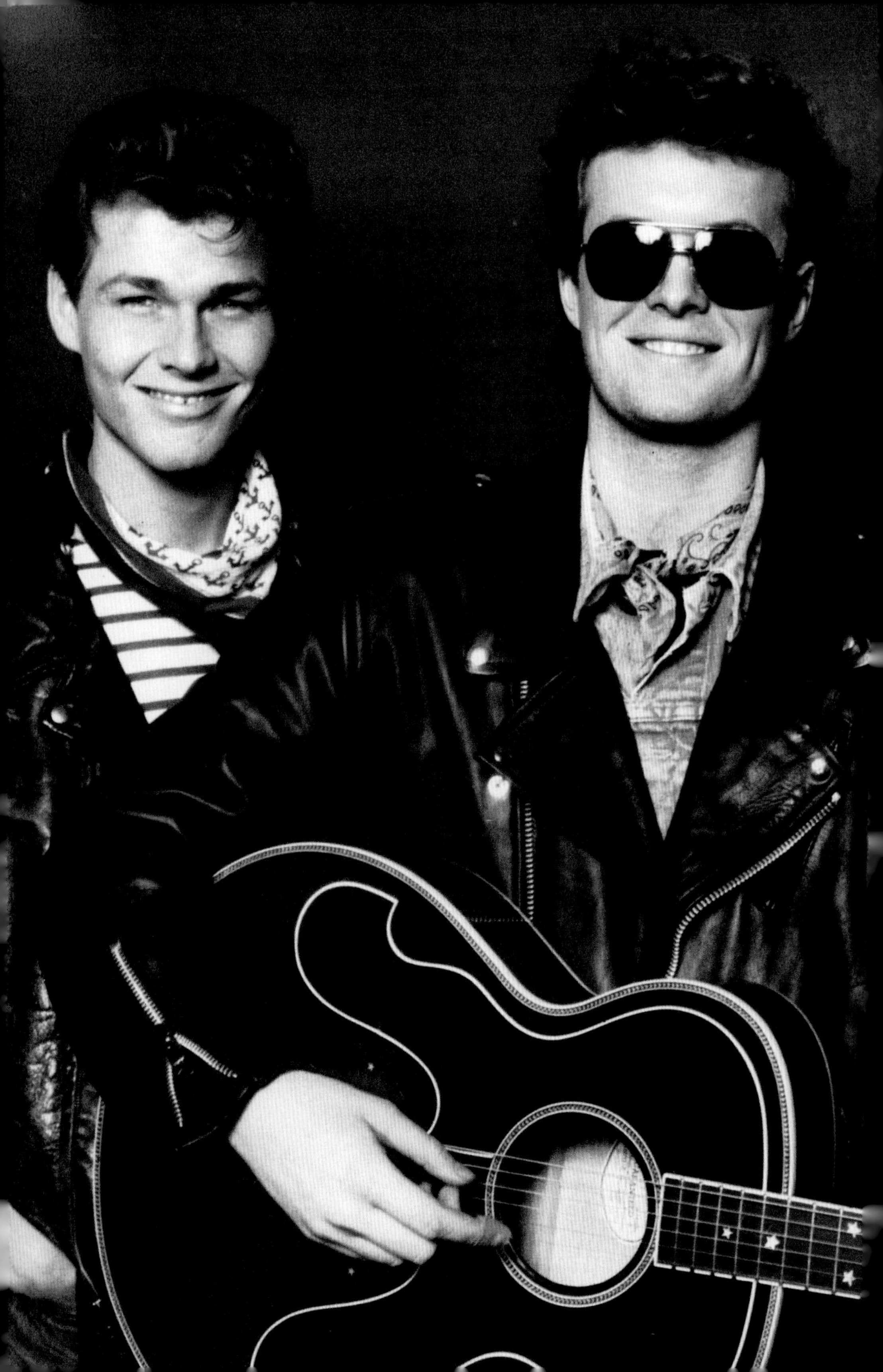

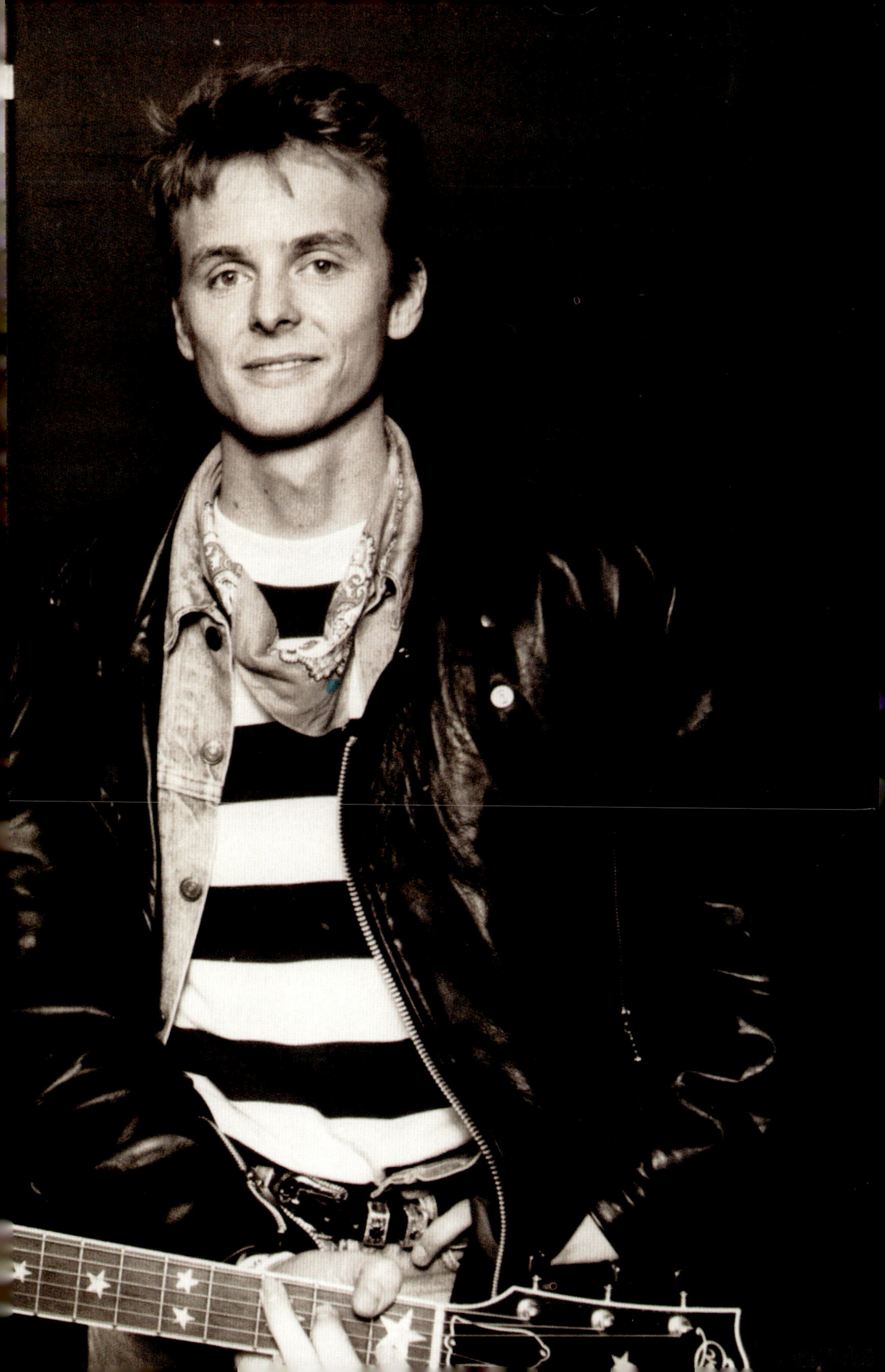

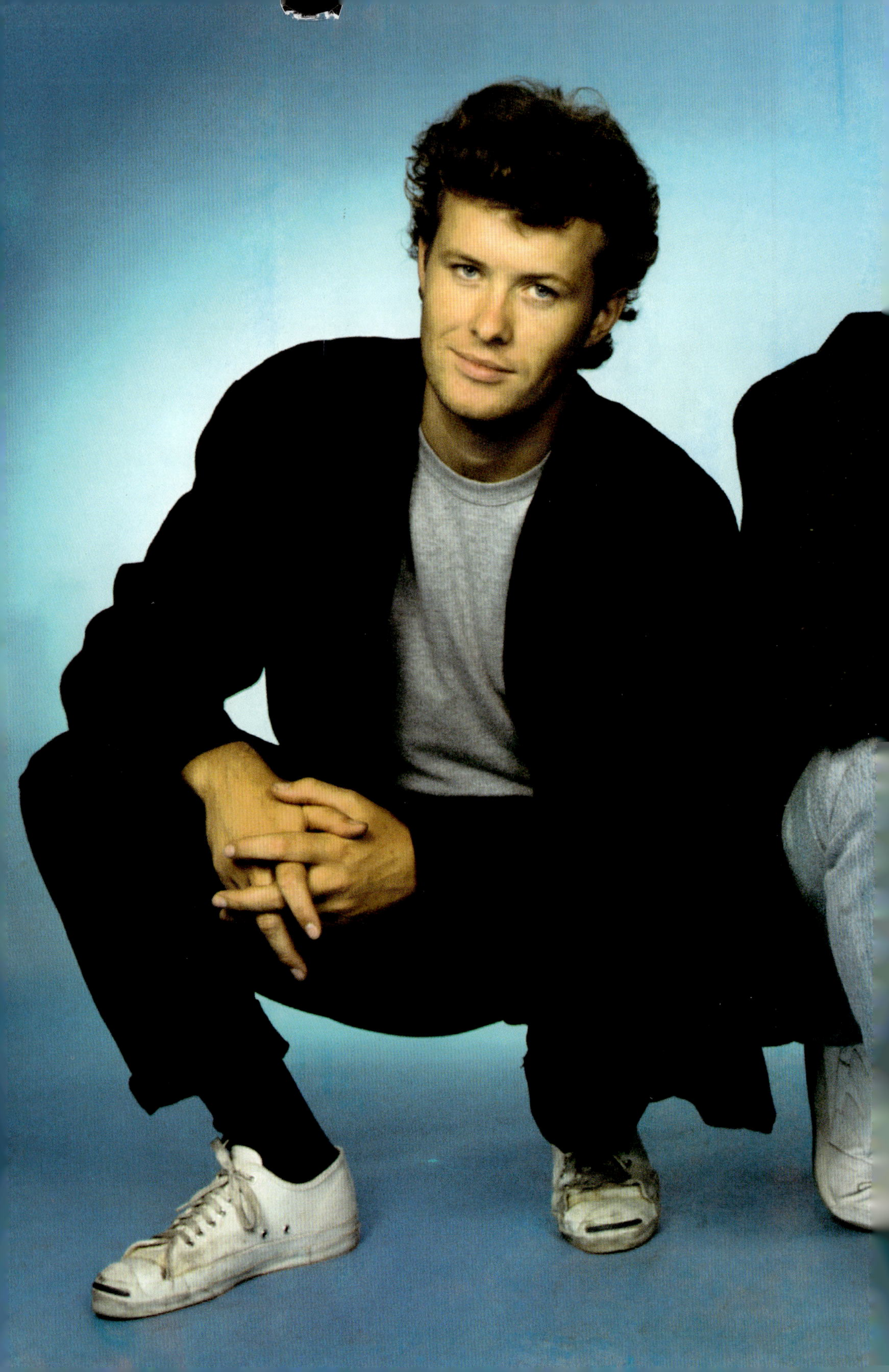

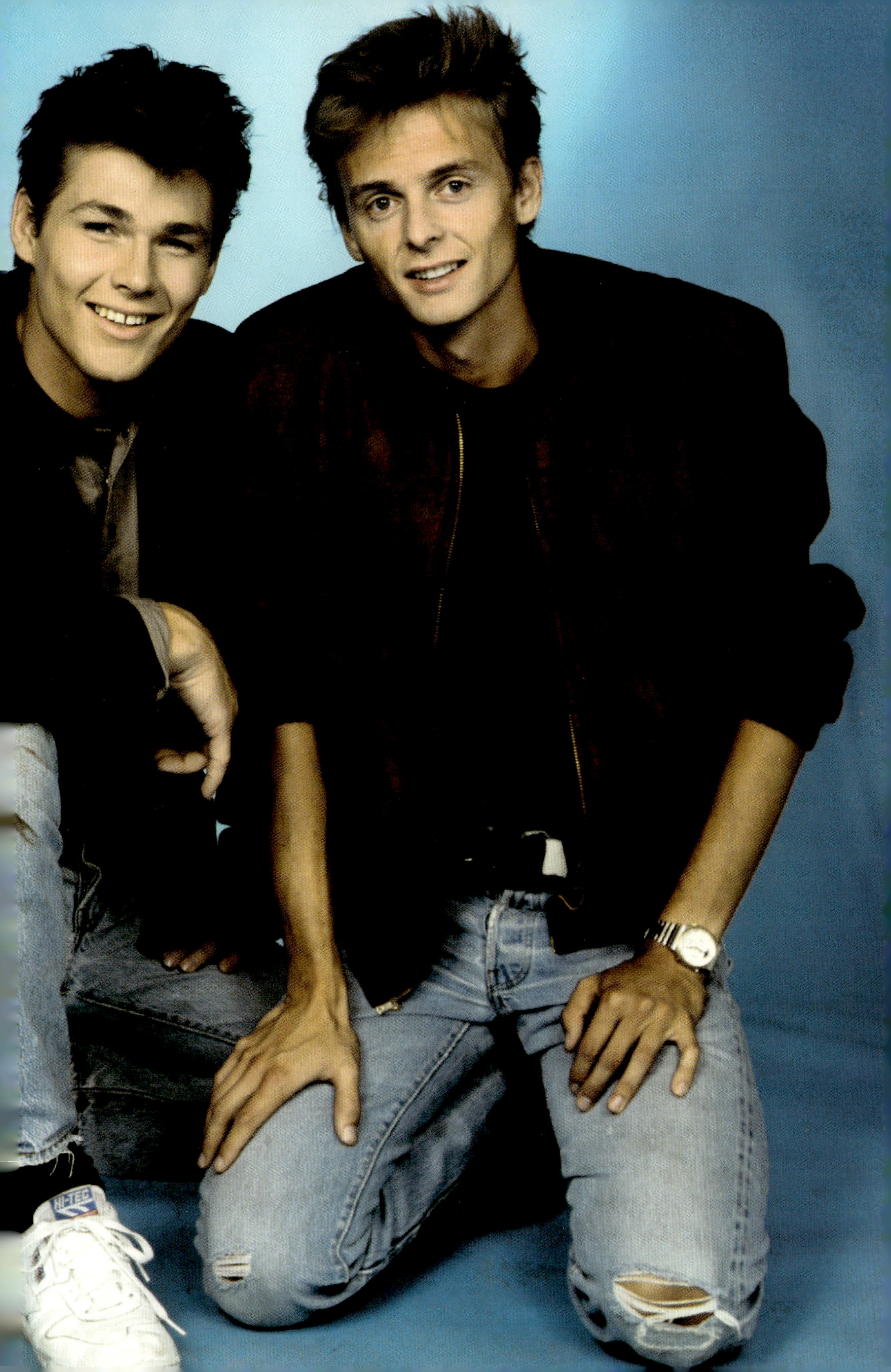
HI-TEC

Morten Harket, em seu papel de Christoffer no filme norueguês, Kamilla e o ladrão, dirigido por Grete Salomonsen, em julho de 1988.

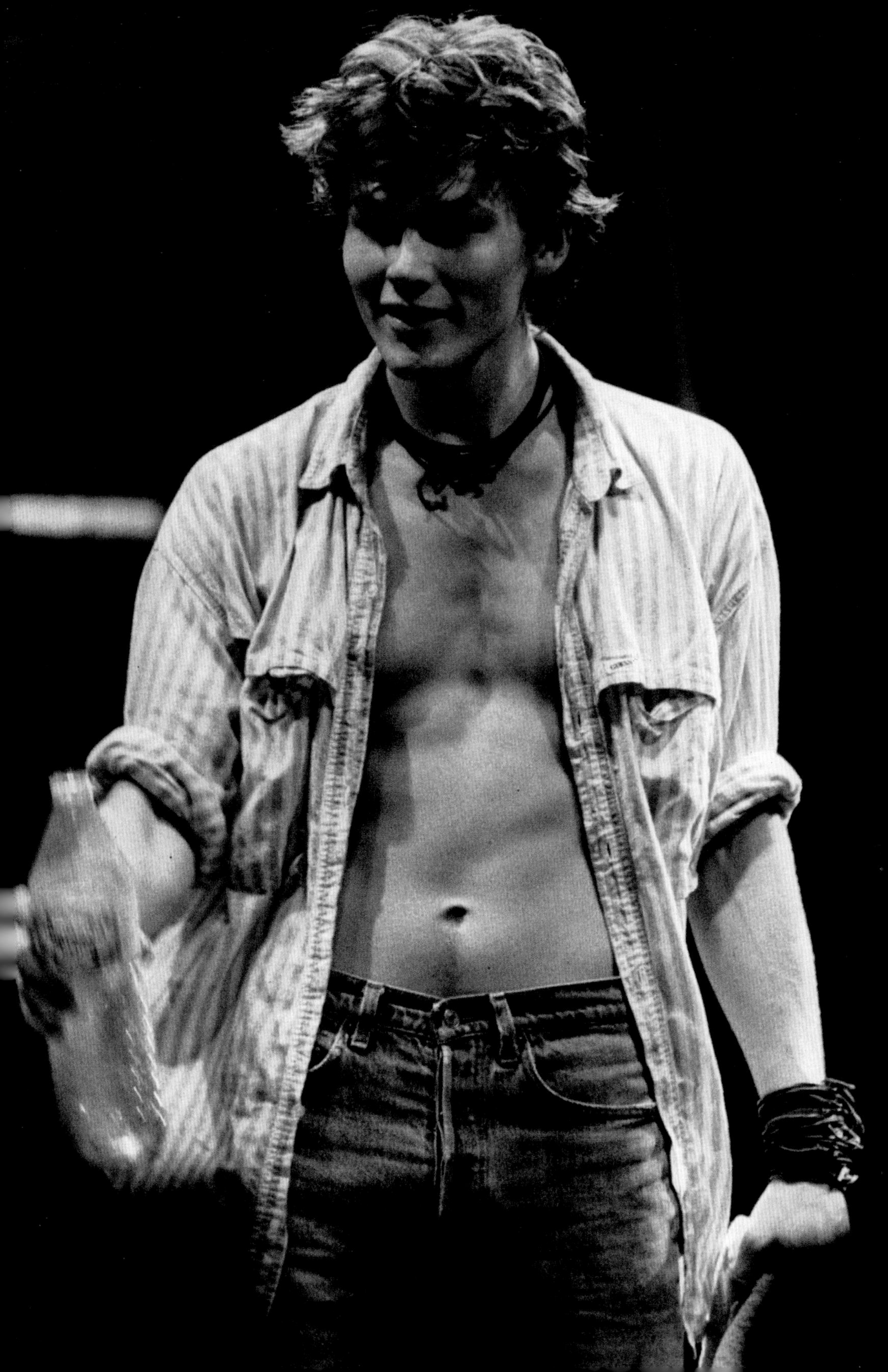

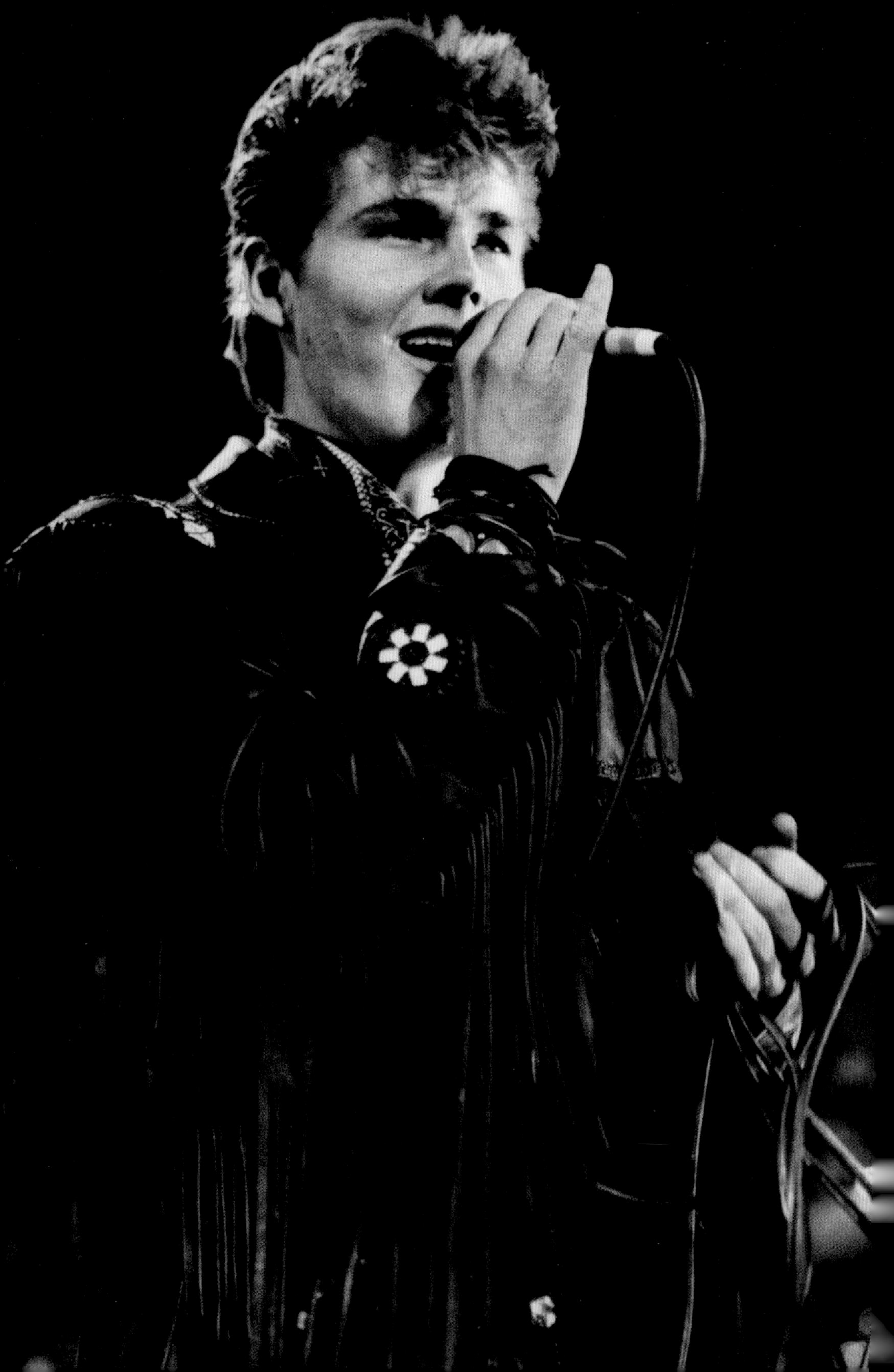

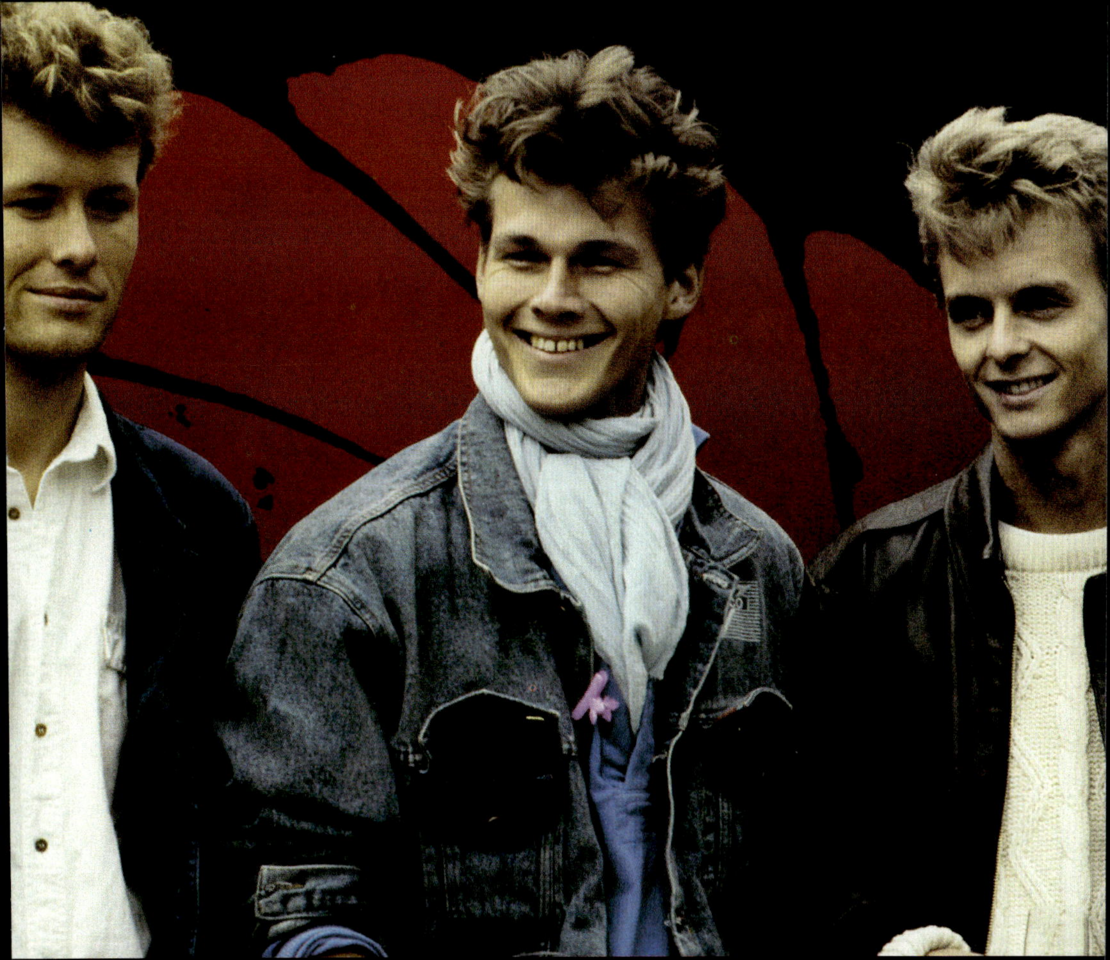

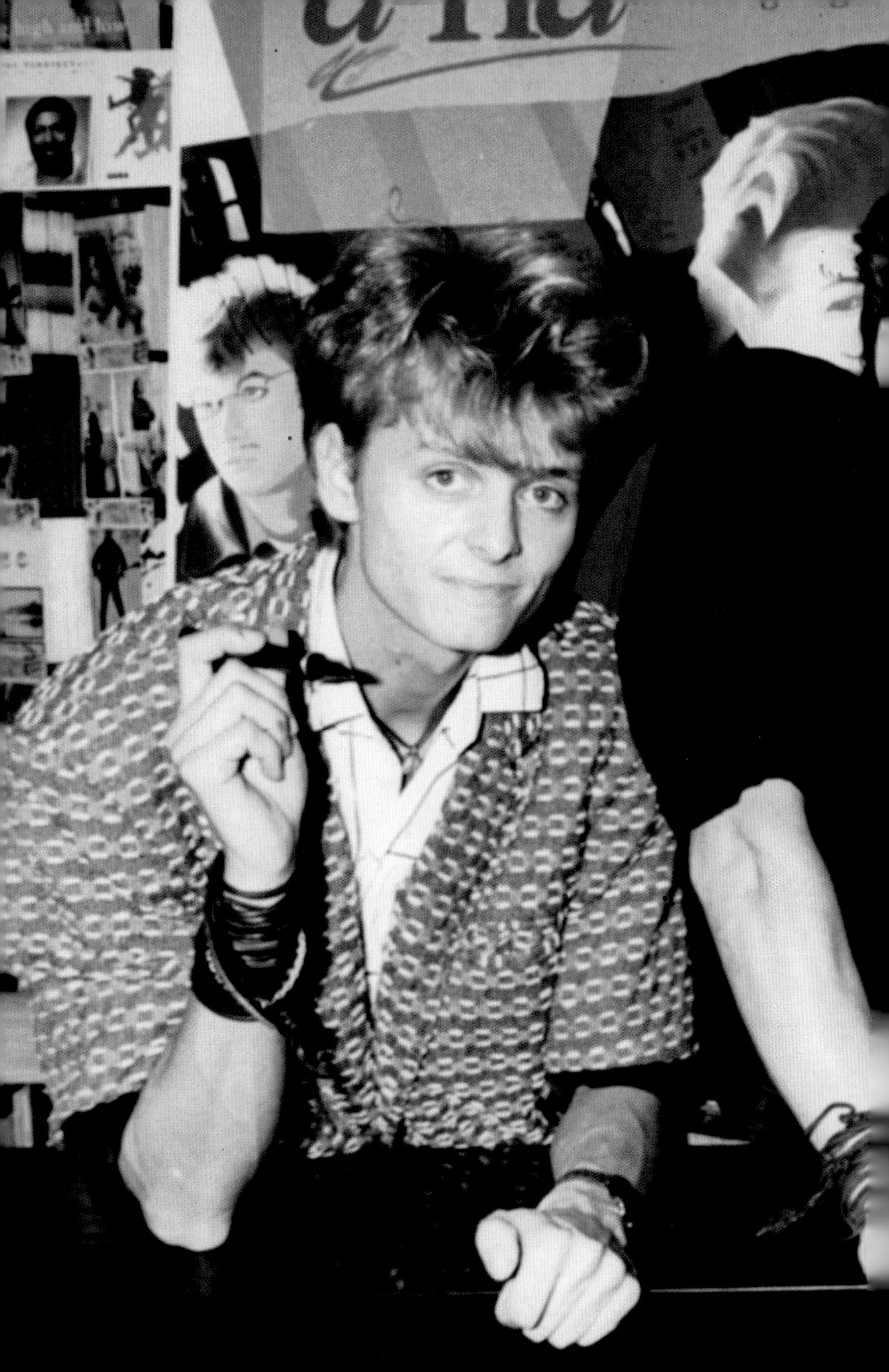

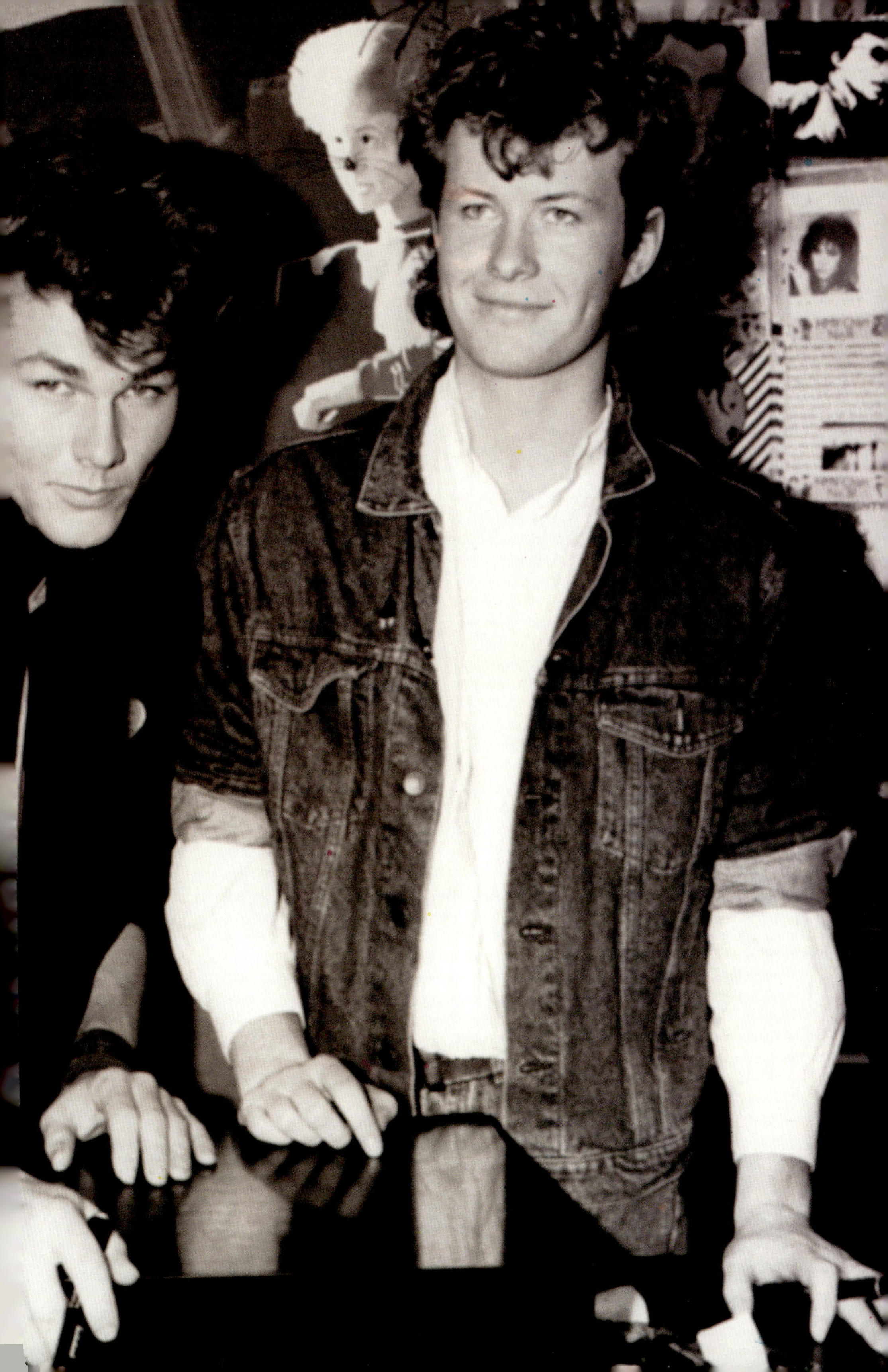

Morten em apresentação do A-ha no The Royal Albert Hall, em dezembro de 1986, Londres, Inglaterra

gravação estava marcada para muito cedo — como costumam ser as gravações de vídeo, segundo o que aprendi —, e às cinco da manhã, mais ou menos, estávamos no *trailer*, tentando acordar com um café da manhã tipicamente inglês, quando as dançarinas começaram a chegar. Estávamos todos batendo papo quando, de repente, elas começaram a se despir. Não de modo sedutor, mas de maneira bastante trivial. Elas continuavam conversando conosco e, ao mesmo tempo, iam tirando as roupas íntimas. Lembro que Paul surtou, largou seu prato na mesa e saiu em disparada do *trailer*.

Uma bela ruiva deixou cair sua calcinha no chão, perto de mim. Aquilo era como ter sua comida favorita se exibindo enquanto desce pela sua garganta. Perguntei o que ela fazia quando não participava de clipes. "Ah, sou *stripper*", ela me respondeu, animada. "Algumas são dançarinas", prosseguiu. "Outras fazem filmes", completou, certificando-se de que eu entendera a que tipo de filmes ela se referia.

Continuamos conversando, embora fosse difícil saber para onde dirigir o olhar. Por toda parte, havia outra mulher atraente deixando cair sua última defesa. Fiquei totalmente confuso, com um gosto inconfundível na boca. O diretor, descobrimos depois, estava realizando duas gravações ao mesmo tempo. Após ter conseguido aquela estrutura, ele a estava usando para uma pequena gravação extra para si mesmo. Desse modo, todas as dançarinas contratadas para o nosso vídeo tinham isso em mente. Todo mundo parecia estar por dentro do que estava rolando. Exceto Paul, Magne e eu!

Toda a situação era um tanto cômica. Mas, ao mesmo tempo, tive aquele lampejo diante de mim — meus amigos e familiares sentando-se para assistir ao primeiro clipe do A-ha e arregalando os olhos quando aquelas mulheres seminuas começassem a se sacudir ao nosso redor. De repente, senti-me bastante norueguês sobre a coisa toda. Ali estávamos nós, mostrando ao mundo que podíamos fazer música da melhor qualidade, e tudo pelo que trabalhamos sendo apresentado numa espécie de programa de variedades de TV.

Onde Terry se enfiara? Foi meu pensamento seguinte. Será que ele tinha conhecimento daquilo? Mas eram cinco e meia da manhã e Terry se encontrava nos Estados Unidos numa viagem de negócios, sem possibilidade de contato. Teríamos de solucionar aquilo sozinhos. Foi um daqueles momentos em que me dei conta de quão verdes ainda estávamos em relação à indústria. Eu pedi para ler o roteiro, para tentar entender o papel das garotas. Alguém escutara a música ou lera a letra? Sabia a natureza da canção em si? Ficaria bem claro quem eram as dançarinas contratadas. Não havia nada de inocente nelas. Tê-las ao meu redor, como se eu fosse o centro das atenções, pareceria algo vulgar, para ser honesto. Irreversivelmente vulgar. Tudo bem se houvesse algum tipo de ligação entre a vida delas e a nossa. No entanto, tudo aquilo era de um tremendo mau gosto.

Acabamos resolvendo as diferenças com o diretor. "Não podemos usar as dançarinas", eu concluí, dirigindo-me a ele, "simplesmente não seria apropriado". Ele bufou de raiva, mas não abrimos mão de nossa decisão. Na edição final, as moças quase não apareciam: uma silhueta no fundo dando piruetas ou lançando os cabelos para trás em câmera lenta. Eram todas imagens cheias de clichês, mesmo para a época. O resto do vídeo mostrava apenas nós três tocando, parados numa linha, com monitores na nossa frente. Apresentávamo-nos na TV, isso era tudo. Todos os três parecendo suados contra um fundo azul. O Sky Channel foi o canal que veiculou isso, o que nos daria uma pista sobre o que iria acontecer depois, em outro vídeo. Um vídeo muito diferente.

♪

Ainda houve outra tentativa de lançamento da primeira versão do single pela WEA. Ocorreu em abril de 1985, mas também não alcançou as paradas de sucessos pelas mesmas razões de antes. Foi um trabalho feito pela WEA sem o menor capricho. Logo aprendemos o quão importante era ter uma equipe da gravadora motivada apoiando a banda. Significava tudo. *Take on Me* é um dos melhores exemplos disso.

Quem mudou tudo foi Jeff Ayeroff. Ele era diretor de marketing em Burbank, na Califórnia, uma personalidade lendária da indústria fonográfica, com um currículo impressionante. Jeff estava em Londres, numa viagem de negócios, visitando os escritórios da WEA, quando percebeu algumas fotos sobre a mesa de alguém.

— Quem são esses caras? — Ele quis saber. — Serão tão bons quanto parecem?

— São contratados de Andrew Wickham — informaram-lhe.

Assim, Jeff pediu uma audição para Andrew. Em seguida, telefonou para Terry dizendo que queria assumir o comando e levar a banda para os Estados Unidos. Isso significava que a apresentação do A-ha dali em diante estaria nas mãos de Jeff Ayeroff. E que mãos elas demonstrariam ser! Terry e Andrew sabiam muito bem quem Ayeroff era e se encheram de confiança. Aquilo poderia mudar tudo!

Da perspectiva da WEA (o braço inglês da Warner), houve um aspecto inconveniente em relação ao contrato: tivemos de assiná-lo com Andrew Wickham, vice-presidente da Warner nos Estados Unidos, em seu escritório londrino. Assim, embora Andrew fosse a pessoa que nos contratou, ele iria nos devolver para a WEA, no Reino Unido, para que cuidassem de nós. Embora isso não parecesse algo importante, acabou criando problemas. A WEA não gostou do fato de que a decisão fora tirada de suas mãos e que teria que seguir a ordem de seus chefes nos Estados Unidos. Também houve a sensação de que não éramos uma banda "dela". Percebemos estar no meio de um conflito, uma questão de política interna, que deve existir em qualquer grande empresa. Era algo que tínhamos de entender e aprender como lidar da melhor forma possível. De um jeito estranho, estávamos no radar da Warner internacionalmente, mas tínhamos de obter a mesma atenção da WEA na Inglaterra.

A dura verdade era que *Take on Me* fora lançada duas vezes e as duas versões venderam uma quantidade reduzida de cópias. No entanto, estávamos todos convencidos de que a canção era um mega-hit, sobretudo com a nova versão de Alan Tarney. Felizmente, Jeff Ayeroff achou a mesma coisa. A Warner não quis desistir também e aprovou a realização de um novo clipe, em combinação com a nova versão — agora, nada de telas azuis e dançarinas. Um diretor muito interessante foi contratado: Steve Barron.

Em meados dos anos 1980, Steve Barron era um dos principais nomes em termos de videoclipe — seus clipes, que alcançavam grande audiência na MTV, tinham ajudado inúmeras canções a chegar ao topo das paradas. Ele criara o vídeo para *Don't You Want Me*, do Human League, um clipe brilhante, com duração de três minutos e meio, baseado num filme de Truffaut. Ao assistir ao vídeo, Michael Jackson gostou tanto que pediu para Steve dirigir o clipe para *Billie Jean*, a primeira música do álbum *Thriller*! De novo, o vídeo se tornou um clássico, com aquele caminho ao estilo de *O Mágico de Oz* sobre o qual Michael dança. Havia um interesse por narrativas para envolver o telespectador, em vez de uma abordagem mais cheia de clichês, que era muitas vezes predominante nos clipes.

Para o vídeo de *Take on Me*, Steve Barron teve a ideia de produzir uma semianimação. Alguns anos antes, o animador Michael Patterson criara o curta-metragem *Commuter*. É um filme simples, mas cativante, a respeito de um homem indo para o trabalho. Patterson usa um estilo singular de animação de desenho à mão livre, em preto e branco. Ayeroff, que havia comprado os direitos de uso da técnica fazia pouco tempo, esperava o momento certo para usá-la. Barron trouxe Patterson e a mulher dele, Candace Reckinger, para trabalharem juntos no vídeo. O conceito criado pelos dois foi algo que tornou-se bastante popular em pouco tempo.

O vídeo demandou bastante trabalho. A animação utilizou uma técnica chamada rotoscopia, em que o animador desenha sobre uma sequência ao vivo, quadro a quadro, para criar o efeito de semianimação. Mesmo para algo tão curto quanto um videoclipe, há muitos desenhos a fazer. Acho que eles levaram mais de dois meses apenas para produzir os desenhos e, incluindo a produção do começo ao fim, a coisa toda levou uns quatro meses.

No encontro que tivemos com Steve, ele apresentou todo o vídeo em *storyboards* para explicar o que iria fazer. Gostei de Steve de imediato e, ao longo dos anos, ele fez diversos outros vídeos para o A-ha. Ele é um grande sonhador, extremamente sociável e bastante amável. O tipo de pessoa que está sempre disponível para os amigos. Também tem muita garra, sendo capaz de fazer as coisas acontecerem.

Steve tinha paixão de verdade por vídeos musicais. Era uma época em que os vídeos de divulgação começavam a desempenhar um papel fundamental na promoção de uma banda, devido ao sucesso da MTV e à abertura que a emissora dava para as bandas estrangeiras nos Estados Unidos. Isso facilitou a ligação dos artistas com uma audiência mais jovem, que até então só era possível alcançar por meio de mídias mais tradicionais, como o rádio.

No entanto, podia ser algo artístico e também comercial. Na época, os clipes eram vistos como uma forma de arte. Vídeos como *Thriller*, de Michael Jackson, pareciam filmes de curta duração e, à medida que uma quantidade cada vez maior de videocassetes domésticos eram vendidos, isso criou novas possibilidades. Falava-se de bandas lançando álbuns em vídeos e coisas semelhantes. Para um diretor como Barron, era uma época estimulante. Ele desempenhou um papel muito importante na modelagem disso tudo. A mídia ainda estava engatinhando, o que possibilitava tanto a liberdade de experimentação como a introdução de uma marca na direção.

Para mim, embora me impressionasse com o trabalho realizado por gente como Steve, nunca me interessei tanto pelos vídeos quanto pelas canções. O problema que sempre tive com os clipes — e talvez esse seja o motivo pelo qual sua influência se reduziu muito — era que, para mim, o ponto de partida e chegada sempre fora a música. Quando você começa a pensar nas imagens e em como tudo se encaixa, isso desvia sua atenção do que deveria ser o foco. Ou seja, a música começa a se tornar uma tela de fundo em vez de ser o primeiro plano.

Acredito que a música possua uma capacidade maior de despertar a imaginação das pessoas. A música é melhor para isso. Quando você começa a acrescentar imagens, já está definindo muitas coisas para os outros. O resultado é que o observador se torna mais passivo, vira mais um espectador do que alguém plenamente envolvido. Quando há apenas música, existe espaço para o ouvinte se conectar consigo mesmo, se envolver e tornar-se parte daquilo. Assim, nunca passei horas assistindo a vídeos musicais ou à MTV. E jamais me envolvi no processo criativo de produção dos clipes. Poderia ter participado disso, mas, para valer mesmo a pena, eu precisaria me envolver de verdade e já tinha muito o que fazer em relação à música.

Em vez disso, achei melhor deixar esse trabalho para pessoas como Steve, que sempre admirei e em quem confiei. Logo no primeiro encontro, tive a sensação de que iríamos nos dar bem e que ele era um cara com quem poderíamos trabalhar. De imediato, apreciei sua apresentação: a explicação de como a animação funcionaria, como ele criaria uma narrativa para o vídeo e como isso ajudaria a manter a audiência envolvida. Ele também explicou o conceito por trás de toda a abordagem — a alternância entre realidade e fantasia. O clipe foi realizado com alegria e havia algo pensado por trás dele.

O papel que desempenhei no vídeo foi bastante limitado: apenas duas sessões de fotos, um dia no início e um dia no fim. De fato, foram os animadores que realizaram o trabalho duro. Na sessão no início do processo, foram tiradas diversas fotos nossas, por cima das quais os artistas desenharam para criar a história em quadrinhos da corrida e para começar a história principal. Então, eles trabalharam nisso e, alguns meses depois, voltamos para gravar as sequências ao vivo: as partes que acontecem no café e no quarto de dormir, as cenas de perseguição e da banda tocando. Algumas ocorreram em locação: o café era de verdade — era o Kim's Café, em Wandsworth, no sul de Londres. O resto foi produzido num grande salão, que foi revestido com todas as ilustrações feitas pelos animadores.

A atriz escolhida para representar a mulher foi a bailarina Bunty Bailey. Ela era radiante, uma garota realmente meiga, e nós nos demos bem muito rapidamente. Em uma dessas situações em que a vida imita a arte, acabamos saindo juntos. No vídeo, há um momento em que Bunty volta a si no chão do café, percebendo-se de volta à realidade e com todos a encará-la. Ela pega a história em quadrinhos da lixeira e sai correndo para sua casa. Durante a realização da cena, fiquei do lado de fora para pegá-la quando ela saísse em disparada. De forma ostensiva, eu estava ali para impedi-la de ser atropelada por algum carro, mas, na verdade, estava usando a situação para conseguir que ela caísse em meus braços. Por um tempo, devemos ter ficado agarrados, pois me lembro de Steve Barron me dizendo: "Muito bem, já pode soltá-la." Ele sorriu quando se deu conta do que estava rolando.

Ao longo dos anos, Steve Barron produziu diversos vídeos de alta qualidade, mas *Take on Me* é um dos mais intensos e inesquecíveis. Basta ver quantas vezes foi imitado no decorrer dos anos, incluindo o seriado norte-americano *Family Guy* e anúncios da Volkswagen. Como clipe, ajudou a definir o que os vídeos de divulgação musical podiam fazer, um fato enfatizado pela maneira como arrebentou na premiação dos melhores clipes de 1986, da MTV, ganhando oito troféus.

CAPÍTULO 17

Estados Unidos

NO FIM de agosto de 1985, desembarcamos em Los Angeles e logo me dei conta de que tudo estava diferente. Sobre aquela viagem aos Estados Unidos para promover *Take on Me*, o mínimo que poderia afirmar é que foi algo revelador. Naquele momento, tínhamos dois lançamentos fracassados de *Take on Me* no Reino Unido e eu ainda podia ir à loja de conveniência para comprar um litro de leite sem que ninguém me olhasse. Nos Estados Unidos, porém, estávamos por toda parte. Na MTV, o vídeo passava sem parar — foi a primeira coisa que vimos ao ligar a TV no quarto do hotel. A canção tocava a cada vez que ligávamos o rádio do carro. Em certo momento, a loucura atingiu tal ponto que nós três começamos a competir para ver quem conseguia achá-la em mais estações.

Eu disse "carro", né? Foi força de expressão. O nosso meio de transporte era uma limusine branca. Surreal, uma vez que não tínhamos visto nem um único centavo do dinheiro relativo ao sucesso da música até então. Ali estávamos nós, sendo transportados como grandes estrelas de cinema, mas ainda totalmente duros. Era divertido, com certeza. E parecia um tanto idiota.

A viagem começou estranha, com aquela limusine nos transportando de nosso hotel para a estação de rádio, para a nossa primeira entrevista, e ficou ainda mais esquisita. Quando chegamos à sede da rádio KROQ, escutei uma algazarra ainda no estacionamento. Assim que abrimos as portas, esse ruído se elevou. Gritaria. Muita gritaria. Minha primeira reação foi de perplexidade. No entanto, o vozerio vinha de um grupo de garotas adolescentes que esperavam a nossa chegada. Elas estavam gritando por nós. Era muito estranho. E um tanto embaraçoso. Contudo, foi algo com que logo tivemos de nos acostumar. Em todo lugar a que íamos, passamos a ser recebidos da mesma forma.

Daquele dia não consigo me lembrar de muita coisa, de tão perplexo que fiquei. Acho que entramos na estação de rádio e demos a entrevista. Não me recordo de muito, exceto das luzes vermelhas piscando na mesa de som do estúdio, com os ouvintes ligando para nos fazer perguntas. Algumas fãs que nos recepcionaram no estacionamento foram convidadas para nos conhecer. Então, nós as abraçamos e distribuímos autógrafos.

Quando a entrevista terminou e nós saímos, a quantidade de garotas à nossa espera era ainda maior, e os gritos, ainda mais altos. Era tudo muito desorientador, como ir de zero a cem quilômetros por hora numa fração de segundo. Tudo estava acontecendo tão rápido! Havia uma sensação real de que tínhamos sido levados para o olho do furacão. Mas, ao mesmo tempo, eu não sentia que era algo controlado: havia um *frisson* em relação ao processo, porque ninguém se achava no controle dos acontecimentos. Aquilo tudo era maior do que nós — restava-nos apenas aguentar o tranco.

A reação dessas primeiras multidões era algo que o A-ha experimentaria em todo o mundo nos anos seguintes. É algo com que a gente não consegue se acostumar. Meu modo de lidar com isso foi tentar entender de onde aquelas pessoas vinham. E me dei conta de que me olhavam da maneira como os homens olham para uma mulher: como um objeto de desejo, como um pedaço de carne atraente. Ao mesmo tempo, era tanto lisonjeiro quanto impessoal. As pessoas passam a falar a seu respeito como se você não estivesse presente — e não fica melhor quando uma multidão começa a querer um pedaço de você. Vou lhe dizer uma coisa: algo que pode parecer a coisa mais inofensiva do mundo — um bando de adolescentes vindo em sua direção, com volúpia e total falta de inibição — é de fato uma das coisas mais assustadoras. O entusiasmo lhes proporciona uma força incrível, que não deve ser subestimada.

É algo bastante primitivo. E, na realidade, não é bem a seu respeito. Não mesmo. Porém, posso dizer honestamente que isso nunca foi algo que o A-ha discutiu antes que começasse a acontecer. Estávamos completamente despreparados para essa atenção maciça. Ingenuamente achávamos que, por sermos uma banda, as pessoas iriam querer se sentar e conversar conosco sobre música. Tínhamos muito a aprender!

♪♫

Foi nos Estados Unidos que *Take on Me* finalmente decolou. Houve uma reunião na WEA, em Londres, após *Take on Me* ter sido lançada pela segunda vez — Terry estava furioso com o andamento das coisas. Nós não participamos da reunião — ficamos sentados do lado de fora esperando por ele —, mas conseguimos ouvir cada palavra que foi dita. Não me recordo se a bronca que Terry estava dando era nos caras do departamento de A&R ou de marketing, mas lembro de seu último comentário até hoje: "Vocês poderiam ter sido os primeiros, mas agora serão os últimos!" Terry saiu da sala, sem desacelerar os passos, acenando para que o seguíssemos.

Terry cumpriu com sua palavra: trouxe Jeff Ayeroff para junto de nós e dirigiu toda a atenção para os Estados Unidos. Assim que o vídeo foi finalizado, eles não perderam tempo: enviaram-no para todas as emissoras norte-americanas antes do lançamento do single e ele rapidamente se tornou um sucesso em todo o país. Em meados de junho, *Take on Me* foi lançada, ao mesmo tempo que o álbum *Hunting High and Low*, e não parou de tocar, tornando-se uma das músicas do verão.

Nos Estados Unidos, as paradas de sucessos funcionam de um jeito completamente diferente do que em outros países. Na época, no Reino Unido, por exemplo, as paradas se baseavam apenas nas vendas, que eram obtidas por meio do uso de uma rede representativa de lojas de discos. Nos Estados Unidos, a posição de uma canção nas paradas de sucessos da revista *Billboard* era obtida por meio do uso de uma fórmula que incluía não só as vendas, mas também a frequência de execução da música na programação das rádios (nos últimos anos, essa fórmula mudou, para adicionar fatores como número de visualizações no YouTube, execuções no Spotify e assim por diante). O que tudo isso significava em termos práticos era que, numa parada como a British Top 40, as mudanças eram muito mais rápidas: uma canção podia entrar numa posição bastante elevada na parada e se tornar hit do dia para a noite. Na Billboard Hot 100, em comparação, as mudanças eram muito mais lentas. A adição da frequência de execução da música na programação das rádios retardava o avanço das canções: elas começavam numa posição inferior e, aos poucos, iam subindo. Depois que alcançavam as posições superiores das paradas, porém, podiam ficar ali por um tempo bem maior.

Isso foi o que aconteceu com *Take on Me*. Nos Estados Unidos, no início de julho, ela estava em quarto lugar das paradas de sucessos de clipes, mas apenas em nonagésimo primeiro lugar na Billboard Hot 100. Pode não parecer muito, mas era a primeira vez que uma banda norueguesa chegava às paradas de sucessos norte-americanas.

Conforme o verão avançava, a música subiu para as posições 86, 79, 67, 57, 48. E seguiu para o alto e para a frente: no início de agosto, apareceu no Top 40 e, no fim do mês, alcançou a posição 28. Ao mesmo tempo, o álbum também subia e entrou no Top 60. Enquanto isso, na parada de sucessos de vídeos da MTV, a canção já cravava firmemente o primeiro lugar.

Foi quando propuseram que fôssemos aos Estados Unidos para fazer divulgação. Começamos num ritmo grande, com a ida àquela emissora, e passamos nosso primeiro dia numa sequência de limusine, garotas histéricas, entrevista de rádio, garotas histéricas, limusine, entrevista de rádio, garotas histéricas e assim por diante. Em uma das entrevistas, encontramos o cantor britânico Paul Young, que também fazia trabalho de divulgação. Ele nos convidou para seu show na noite seguinte e para a festa que daria depois.

  No dia seguinte, o turbilhão continuou. No entanto, em vez de entrevistas de rádio, participamos de programas de TV. De manhã, estivemos na gravação de *Solid Gold*, importante programa musical da época, cuja apresentadora era Dionne Warwick, e executamos *Take on Me* com Gina Schock, da banda de rock feminina The Go-Go's, na bateria. Fizemos uma dublagem, algo que geralmente se fazia nesses programas e que nunca tive grande problema em realizar. Sempre estou disposto a cantar ao vivo, mas, para ficar bom, é preciso ter a estrutura mínima no lugar: o equipamento correto, algum tempo para passar o som e assim por diante. A última coisa que se quer é que, ao vivo, o desempenho fique aquém do desejado. Com o tipo de agenda em que estávamos metidos, porém, não havia tempo para nada daquilo. Assim, em geral, sincronizar a boca com a canção era a única opção.

  A pessoa que elaborou nossa agenda nos fez percorrer uma verdadeira maratona, cuidando para que não perdêssemos um segundo sequer. À tarde, nós nos apresentamos no *Soul Train*, outro programa de TV importante. No dia seguinte, estivemos no *American Bandstand*, completando a participação nos três programas musicais mais importantes da TV norte-americana. À noite, fomos ao show de Paul Young e tentamos assisti-lo com discrição, mas não conseguimos. Então, mais gritos e mais caos. Horas depois, na festa, voltamos a encontrar Paul Young, Dionne Warwick e também gente como Britt Ekland e Elton John. Lembro que Elton foi muito amável e respeitoso. Vindo de um astro como ele, significou muito. E foi maravilhosa a oportunidade de ter uma conversa sobre música, para variar, e não acerca de tudo o mais que estava rolando.

Na noite seguinte, saímos de novo. Daquela vez, num comboio de fuscas, por motivos que não me recordo, e assistimos aos shows de Lone Justice e Chris Isaak. As coisas aconteciam tão rápido, que era difícil absorver tudo.

A agenda era apertada. De Los Angeles, voamos para Miami, onde a Warner Brothers estava promovendo uma conferência de vendas. Em seguida, Nova York, e rumamos para outras entrevistas, incluindo uma para a revista *Rolling Stone*, e para outras festas. Fomos ao lançamento do primeiro álbum solo de David Lee Roth, que reuniu artistas como George Michael e Brooke Shields. Também fomos à premiação da MTV, onde conhecemos Tina Turner. Em seguida, voltamos para Los Angeles, para realizar gravações para o vídeo de um de nossos próximos singles, *Train of Thought*.

A agenda foi cruel — implacável, focada e excitante. Retornamos à Europa e procuramos recuperar o fôlego. Mas a canção e o vídeo estavam provando seu valor. À medida que *Take on Me* continuava subindo nas paradas dos Estados Unidos, o sucesso ali era um argumento de vendas indubitável; no Reino Unido, onde a canção foi lançada pela terceira vez, a capa do disco recebeu um selo que alardeava: "The US Smash Hit" — o grande sucesso dos Estados Unidos.

Como resultado de toda aquela publicidade, *Take on Me* chegou à lista das dez mais tocadas nos Estados Unidos: sétimo lugar, depois quarto, terceiro... Finalmente, no início de outubro, recebemos o telefonema pelo qual tanto esperávamos.

Estávamos de volta a Londres, hospedados no John Howard Hotel, em Kensington, passando o tempo relaxando. Na manhã seguinte, teríamos de acordar cedo para gravar o vídeo para o que seria o nosso segundo single, *The Sun Always Shines on TV*. Então, o telefone tocou, e acho que foi Paul quem atendeu. Era Terry do outro lado da linha: "Parabéns, rapazes, vocês são a banda número um nos Estados Unidos!"

Paul soltou um grito. Em seguida, veio uma sensação de triunfo, calmo e sereno. Bunty, a atriz do clipe, estava conosco, e nós nos abraçamos. Eu abracei Paul — algo que nunca tínhamos feito até aquele momento. Logo, escutamos uma batida na porta do quarto. Era Erling Johansen, de uma gravadora da Noruega, um cara importante, que tinha pirado com a notícia. Ele vinha acompanhado de Fred Engh, o responsável pelo A-ha no selo norueguês. Os dois estavam mais loucos do que nós com o fato de uma música da Noruega ter alcançado a primeira posição. Lembro-me de Bunty ligando para a mãe e lhe contando com toda a doçura que éramos a banda número um em Nova York. Não só em Nova York, eu a corrigi: nos Estados Unidos. Em todo o país.

Embarcamos em alguns táxis e fomos ao West End para celebrar. O problema era que não sabíamos para onde ir. Nunca alcançáramos o primeiro lugar nas paradas de sucessos antes. Na verdade, jamais havíamos chegado às paradas de sucessos. Assim, ficamos dando algumas voltas até que acabamos num restaurante de estilo americano, o Joe Allen's, em Covent Garden. Pedimos champanhe e brindamos. Teríamos comemorado mais se nossa agenda não estivesse tão apertada. Sem dúvida, a gravadora estava mantendo os nossos pés no chão, fazendo-nos acordar com o nascer do sol no dia seguinte para a gravação do vídeo para o nosso próximo single.

♪♪

Devido ao sucesso de *Take on Me* nos Estados Unidos, foi preciso que tomássemos uma decisão importante o quanto antes. Lembro-me de Terry nos dizer que teríamos de escolher entre os Estados Unidos e o resto do mundo. Não era possível cuidar dos dois mercados ao mesmo tempo. O mercado norte-americano era o maior território musical do planeta e possuíamos a plataforma perfeita para conquistá-lo. No entanto, se quiséssemos fazer isso ali, do jeito certo, teríamos de lhe dedicar toda a nossa atenção. Não era o caso de uma visita rápida de vez em quando. Terry sabia que precisaríamos nos mudar para lá, para início de conversa.

Terry estava bastante confiante a respeito de nossas chances de sucesso. Depois de *Take on Me*, se quiséssemos mesmo ganhar a América, seria possível. Porém, era tanto uma opção de vida quanto uma carreira. Terry, que nos conhecia bastante bem àquela altura, não achava que era a coisa certa a fazer. Seria um desenraizamento e uma distância muito grande de casa por um longo tempo à frente. A Noruega ficava próxima de Londres, mas Los Angeles estava a meio mundo de distância. Ele não escondeu seus pensamentos, mas deixou para nós a decisão quanto ao que queríamos.

Meu instinto era de concordar com Terry. Acreditava — e ainda acredito — na diversidade da vida. Por mais importante que minha carreira fosse, eu não queria que toda a minha existência fosse definida por ela. Não estava preparado para sacrificar tudo por sua causa. A vida consiste em buscar o equilíbrio e abrir espaço para aquilo que importa. Para mim, pôr em foco o resto do mundo me dava esse equilíbrio. Não significava que não havia trabalho a fazer ali — havia mais do que o suficiente para continuar me desafiando naquela frente de batalha. Mas também significava que eu podia ficar instalado na Europa e continuar levando o tipo de vida que queria. Eu deixara a Noruega, mas Londres parecia um segundo lar para mim. Sentia-me integrado à cidade. Algo que nunca senti nos Estados Unidos.

Paul e Magne tiveram menos certeza disso. Com o tempo, mostraram-se um pouco ressentidos com a decisão de não ficarmos com os Estados Unidos. Em particular, Paul, que teria ficado bastante feliz com a mudança, pois Lauren, sua namorada, era americana; e, além disso, ele tinha um caso de amor com a cultura norte-americana. Mais tarde, foi onde Paul acabou indo morar. Por Paul, nós teríamos ido. Acho que o fato de termos decidido não fazer isso foi motivo de arrependimento para ele.

Para mim, talvez o aspecto mais difícil da decisão de não ir teve a ver com a atenção incrível que a gravadora nos dera nos Estados Unidos. Jeff Ayeroff e sua equipe foram fundamentais para o lançamento de nossa carreira. Eles assumiram riscos por nós, enquanto o braço britânico da gravadora foi evasivo. Jeff estava cercado de pessoas brilhantes e todos tinham feito um trabalho notável. É bem provável que a decisão de não concentrar todos os nossos esforços ali os tenha desapontado. Porém, o caso é: os Estados Unidos são assim, oferecem as alternativas de embarcar ou desembarcar. A questão não era de não querermos trabalhar nos Estados Unidos, mas sim de nos dedicarmos exclusivamente àquele país.

    Tudo isso dificultou muito a decisão. Na época, também acho que ninguém se deu conta da importância da resolução que estávamos tomando. Pareceu algo do tipo: "Bem, vamos concentrar nossa atenção ali por um tempo, mas nada de nos dedicar inteiramente aos Estados Unidos". Havia a ideia de que poderíamos ainda fazer algo ali, que poderíamos de alguma maneira ter tudo ao mesmo tempo. No entanto, com o desenvolvimento de nossa carreira, a importância de nossa decisão pesou cada vez mais, sobretudo sobre Paul e Magne. Após o lançamento de cada álbum, ficava cada vez mais difícil reavivar o interesse nos Estados Unidos. Estávamos presos na mente norte-americana como a banda de *Take on Me*. Era difícil mudar essa percepção. Então, foi uma decisão que teria um efeito de propagação no resto da carreira do A-ha — como previsto, mas não plenamente compreendido. Contudo, afirmo que, se fosse hoje, minha decisão seria a mesma sobre aquele dilema.

CAPÍTULO 18

Hunting High and Low

EXATAMENTE COMO a lembrança de Magne tocando o refrão de *Take on Me* está bem gravada em minha memória, também consigo me recordar claramente da primeira vez em que Paul tocou para mim o que seria a faixa título de nosso álbum de estreia, *Hunting High and Low*. De fato, as primeiras encarnações da música eram bem diferentes da versão final e nunca chegaram a me fisgar. Para começo de conversa, a música tinha um ritmo acelerado. O coro cantava com o dobro de velocidade e os versos eram totalmente distintos. Como demo, não era uma música a que eu daria muito valor.

Então, naquele momento, Paul se aproximou de mim com seu violão, dizendo que tinha uma nova versão de *Hunting High and Low*. Ele não havia composto a letra ainda, por isso, acompanhado pelo violão, Paul apenas cantarolou e assobiou a melodia. Fiquei espantado. Parecia outra totalmente diferente, com os acordes e uma melodia com peso e volume, o que transformava o que fora uma música sem ênfase numa peça épica. Percebi que teria condições de se tornar um clássico — isso ficou muito claro para mim na mesma hora. E consolidou todo o sucesso de público que nos aguardava. Como faixa título, o título do álbum, tudo aquilo se tornou evidente para mim. Fiquei muito impressionado por Paul ser capaz de criar aquilo sobre os escombros de uma outra peça musical.

Em 1984 foi que começamos a estabelecer as faixas do que seria o nosso álbum de estreia. A gravação ocorreu no Eel Pie Studios, em Twickenham, na zona sudoeste de Londres. Foi um belo progresso sobre o que tínhamos produzido até aquele momento. O Eel Pie era um gigantesco passo adiante em relação ao Rendezvous Studios, bem como Twickenham em relação a Sydenham: ele ficava às margens do rio Tâmisa e era um local mais arborizado e mais próspero.

O estúdio pertencia a Pete Townshend, lenda musical como guitarrista e compositor do The Who, uma das grandes bandas de rock britânicas. Pete ficava no andar superior, cuidando de suas coisas e, então, descia para nos cumprimentar e ver como estávamos progredindo. Um cara realmente legal. Às vezes tínhamos de nos beliscar para acreditar que aquilo tudo não era um sonho: estávamos gravando no estúdio de Pete Townshend.

Trabalhamos duro, muito duro. Houve ocasiões em que gravamos por até vinte horas seguidas. Eu chegava a ficar tão cansado que dormia durante a gravação — lá estava eu cantando, e de repente adormecia e caía da cadeira, direto no chão. Certa vez, Magne sumiu e eu acabei por encontrá-lo em posição fetal dentro do estojo de um contrabaixo. Também me lembro da febre do feno (renite). Foi um verão particularmente ruim por causa do pólen, pois nós três sofremos de rinite alérgica. Ficávamos sonolentos devido aos olhos vermelhos, aos narizes escorrendo ou aos medicamentos. De qualquer modo, não ajudou a nossa causa.

Tony Mansfield foi o produtor que a gravadora escolheu para trabalhar conosco. Ele era um produtor promissor, nos moldes de Trevor Horn, e alguém muito interessado em música eletrônica e tecnologia. Tony estava familiarizado com os equipamentos da época e como tirar o máximo da então emergente tecnologia digital. Naquele tempo, Frankie Goes to Hollywood era a banda número um no Reino Unido com *Relax*, seu single de estreia — uma canção em que Trevor Horn trabalhara muito, acabando por eliminar muita coisa da banda e substituindo por *samples* e material programado. Assim, ter conosco alguém como Tony pareceu fazer todo o sentido para a gravadora.

Eu disse *pareceu*. Eu nunca fui grande fã do estilo de Trevor Horn, porque às vezes a produção acabava ganhando o maior destaque no trabalho. Os produtores têm seu estilo próprio e tendem a imprimir sua personalidade na música, e Tony não era exceção. Ele gostava de música pop eletrônica complexa e essa tendência não estava expondo as diferentes facetas do A-ha, ou ao menos nossa concepção a respeito do A-ha. Com o avanço das sessões de gravação, foi ficando cada vez mais claro que tínhamos uma diferença de opinião em relação a que rumo seguir. Tony pegava as fitas demo originais que tínhamos gravado e as transformava em algo distinto, à sua própria maneira. Era fantástico, mas bem diferente da direção que achávamos que a música deveria seguir.

Quem sabe se tivéssemos dado a Tony mais liberdade de ação, ele teria espaço para produzir o álbum plenamente. No entanto, assim como os diversos produtores com quem trabalhamos ao longo dos anos, Tony logo soube que o A-ha não era uma banda que ficava sentada de braços cruzados no estúdio. Talvez por nossa verve de nunca ficarmos plenamente satisfeitos com nosso material, o estúdio não era um lugar aonde chegávamos e fazíamos apenas o que era pedido. Paul e Magne tinham muitas ideias e eu não ficava atrás, apesar de ter um papel um tanto diferente a desempenhar.

Desse modo, o resultado final não foi nem a visão pura de Tony sobre como ele achava que as canções deviam soar, nem o reflexo integral de nossas próprias ideias. Acabou sendo um pouco dos dois pontos ou muito de nenhum dos dois. Um monte de ideias empilhadas e, como resultado, uma confusão. Isso nem sempre ficava imediatamente óbvio quando se ouvia: algumas canções ainda se destacavam; em outras, o foco estava no arranjo. É bastante difícil separar as duas coisas, então outras pessoas que não conhecem as versões originais acabam escutando bons pedaços das canções e não encontram problemas.

Sem dúvida, Tony era um grande produtor. Ele pegou aquelas demos de *Hunting High and Low* e converteu as canções em algo novo, com os maravilhosos sistemas técnicos que o Eel Pie Studios tinha para oferecer, incluindo o computador Fairlight, que era o equipamento musical mais avançado da época. Muitas das canções que acabaram no álbum possuem sua marca: *Train of Thought*, que se tornou nosso terceiro single, é um bom exemplo daquele som característico do Fairlight. *Here I Stand and Face the Rain* é outra canção que apresenta o toque de Tony.

♪

Embora a produção de Tony Mansfield tivesse criado bastante da sonoridade do álbum de estreia, foi o toque de Alan Tarney que elevou os singles a outro patamar. Em primeiro lugar, ele usou seu talento singular em *Take on Me*, trazendo a canção de volta aos fundamentos da fita demo. Na sequência, veio nosso segundo single: *The Sun Always Shines on TV*, a última música que gravamos para o álbum e a primeira que fizemos com Alan do começo ao fim. Tivemos de insistir com a gravadora para incluí-la no álbum: Paul propôs a canção já ao final do processo e tivemos de batalhar para incluí-la em *Hunting High and Low*. No entanto, assim que a canção ficou pronta e o pessoal da gravadora a ouviu, as discussões quanto a ser incluída ou não acabaram.

The Sun Always Shines on TV é outra canção característica do A-ha, de um jeito completamente diferente de *Take on Me*. Essa última é mais uma canção de leveza e recuperação, ao passo que *The Sun Always Shines on TV* é pesada e intensa. Houve muito trabalho de estúdio para levá-la a um ponto em que ficássemos satisfeitos. Há muita coisa acontecendo nessa canção. Lembro-me de quando Paul a tocou pela primeira vez, apenas com seu violão. Era muito mais lenta, quase uma balada na forma. Porém, quando entramos no estúdio, ele deu aquele ritmo ondulante que realmente conduz a música. Eu amei! Paul é capaz de produzir essas coisas brilhantes.

Em seguida, Alan remixou os outros dois singles do álbum: *Train of Thought* e *Hunting High and Low*. Achei que *Hunting High and Low* devia ter saído primeiro — é a clássica terceira canção para mim —, mas já tínhamos o outro vídeo produzido, com a nossa parte realizada quando estávamos nos Estados Unidos naquela viagem de divulgação. O vídeo se baseava em *Commuter*, o curta-metragem de animação que inspirou o vídeo de *Take on Me*.

Alan fez sua versão de *Train of Thought* e, depois, também utilizou seu talento singular em *Hunting High and Low*. Para a versão do single, adicionamos uma parte com orquestra. Paul e Magne são loucos por uma grande seção de cordas e adicionarão uma em qualquer oportunidade. Eu sou da opinião de que precisamos economizar os sons orquestrais para a canção correta. Do contrário, nós os desvalorizamos. Há a tendência de utilizá-los simplesmente como recheios. No caso de *Hunting High and Low*, o uso das cordas era bastante acertado.

As cordas foram gravadas no Abbey Road Studios e estávamos lá durante as sessões. É um trabalho arriscado quando o vídeo ecoa a gravação — e havia muitas cenas no vídeo de divulgação de *Hunting High and Low* com aqueles arcos de violino subindo e descendo. É difícil separar o que eu via do que realmente acontecia no vídeo. Tudo começa a se misturar na minha memória.

O conceito por trás do vídeo de *Hunting High and Low* era outra ideia de Steve Barron. Nesse caso, o conceito de *"hunted"* [caçado] recebia um toque ambiental, com o uso da tecnologia digital da época para me transformar numa águia, depois num tubarão e, finalmente, num leão. Os efeitos especiais eram de alta tecnologia naqueles tempos, embora pareçam bem toscos atualmente. Não tive de viajar para as montanhas de neve, para o deserto ou mergulhar no oceano para a gravação do vídeo. Fiz minha parte num estúdio. Para virar uma águia, inclinei-me para baixo, tirei a jaqueta e estendi os braços, com os computadores fazendo o resto. Para virar um tubarão, não fiz muito mais do que saltar sobre um colchão. O resto foi obtido por um mergulhador, que fez tomadas debaixo d'água. Esse é o encanto das gravações de vídeo: não há nenhuma necessidade de você correr riscos reais e, para fazer algumas cenas, há sempre pessoas mais bem preparadas...

O fato de Steve ser o responsável pelo vídeo de *Hunting High and Low* era tranquilizador e acabamos por tê-lo na realização de três vídeos para o nosso álbum de estreia. Além dos vídeos de *Take on Me* e *Hunting High and Low*, ele também dirigiu o vídeo de *The Sun Always Shines on TV*, que começamos a gravar no dia seguinte àquele em que recebemos a notícia do primeiro lugar alcançado por *Take on Me* nas paradas norte-americanas. A maior parte do vídeo foi gravada numa igreja abandonada que Steve encheu com manequins. Era para mostrar um contraste entre aquelas imagens estáticas e as pessoas reais, de carne e osso: nós três nos movendo no interior da construção. Dessa maneira, assim como no vídeo de *Take on Me*, ele brincava de novo com ideias de imagem e realidade, mas de uma maneira um pouco diferente. Não havia nada de religioso nos conceitos subjacentes ao vídeo; era apenas um lugar melancólico e envolvente para fazer a gravação, mas o uso da igreja nos trouxe problemas nos Estados Unidos.

Steve quis tornar o vídeo uma continuação do clipe de *Take on Me*. Assim, desde o início, a intenção era que Bunty — a bailarina — e eu estivéssemos ali, refletindo sobre o que acontecera no vídeo de *Take on Me*. O vídeo começava com o meu corpo granulando, o que remontava à versão completamente animada do nosso primeiro sucesso, e eu, correndo na noite, deixava Bunty sozinha junto a uma árvore. O letreiro The End brilhava na tela, como se fosse o encerramento de um filme de Hollywood. Da mesma forma que no clipe de *Take on Me*, onde a vida imitava a arte e eu acabava saindo com Bunty, no caso do vídeo de *The Sun Always Shines on TV*, ele refletia a vida real e nós dois acabávamos separados.

♪♪

    Passados trinta anos, continuo sentindo muito orgulho de *Hunting High and Low*. É um grande álbum de estreia e há inúmeras memórias naquelas canções: foram elas que lançaram nossa carreira, cada uma contando sua própria história de nossa ascensão, desde os nossos quintais até o topo das paradas de sucessos. Foi um disco que vendeu muito e continua vendendo ao redor do mundo. Refletiu as emoções de muitas pessoas e influenciou diversos músicos ao longo do caminho. Sou imensamente grato por fazer parte dele.

CAPÍTULO 19

FÃS

EM ABRIL de 1986, foi marcada uma entrevista coletiva para divulgar nossa primeira turnê mundial. O evento ocorreu em Piccadilly Circus, no centro de Londres, e esperávamos uma boa repercussão da mídia internacional. O que não esperávamos era que os fãs aparecessem. Antes da entrevista coletiva, fui entrevistado por Linda Devere para uma matéria a ser veiculada na BBC. Nós conversávamos quando percebi que algo chamava a atenção dela através da janela: "Você já viu como está lá fora?", Linda me perguntou. Fiz que não com a cabeça e, em seguida, me virei na direção da janela e a abri para dar uma olhada.

Havia gente até onde a visão era capaz de alcançar. O centro de Londres estava totalmente congestionado, com carros e táxis parados, buzinando sem parar, incapazes de se mover. Tempos depois, o U2, durante uma performance de seu filme *Rattle and Hum*, de 1988, escreveu com spray a seguinte frase: "O *rock-and-roll* para o trânsito." Bem, eu pensei, às vezes isso acontece mesmo.

Então, minha presença na janela foi notada.

— MORTEN! MORTEN!

— Ele está lá em cima!

— Na janela!

Naquele momento, as buzinas foram abafadas pelos gritos das adolescentes. Aquele barulho de fundo, agudo e penetrante, tomou conta do ar de Londres. Como eu me senti? Desconcertado, para ser honesto. Realmente, não sabia o que fazer. Assim, acenei, e isso fez toda a coisa parecer ainda mais *non sense*. Os gritos se tornaram um zumbido profundo.

♪

Com o sucesso de *Take on Me*, minha vida começou a mudar de maneira surreal, contundente e inexorável. Chegar ao topo das paradas norte-americanas foi apenas o início disso. O êxito do single ali nos abriu portas em todo o mundo: Austrália, Áustria, Bélgica, Canadá, Alemanha, Holanda, Itália, Noruega, Suécia, Suíça... A lista de lugares onde a canção alcançava o primeiro lugar não parava de crescer. Ao que se revelou, o Reino Unido foi um dos poucos países em que *Take on Me* não alcançou o topo das paradas de sucessos. A canção subiu rapidamente na lista, atingindo o segundo lugar, mas sem conseguir superar *The Power of Love*, de Jennifer Rush, que foi o single com maior vendagem do ano. Foi a primeira vez que escutei o termo "*crossover*", que é a junção de dois ou mais gêneros musicais. *The Power of Love* foi um grande single pop desde o início, mas atraiu um robusto mercado adicional quando as donas de casa se apaixonaram pela canção.

A Grã-Bretanha, porém, compensou o fato de ser o único país que destoava sobre nossa repercussão quando o nosso segundo single, *The Sun Always Shines on TV*, saltou direto para a primeira posição, superando *West End Girls*, do Pet Shop Boys, em janeiro de 1986. Foi um grande começo de ano, mesmo para mim que, naquele momento, quase esperava aquilo. É uma pena que os programas de milhas aéreas não existissem naquela época, pois, se existissem, com a quantidade de voos que fizemos divulgando os singles e os álbuns, eu jamais teria de pagar por mais um voo na vida. Tenho a impressão de, entre o final de 1985 e o início de 1986, ter passado a maior parte do tempo num saguão de embarque, voando de país para país, dando entrevista após entrevista, aparecendo em programas de TV. Ficamos um tempo na Austrália, em seguida, partimos para o Japão, voltamos para o Reino Unido e percorremos toda a Europa, sem interrupções. A agenda era tão apertada que não tive tempo nem mesmo de conhecer um pouco todos esses lugares. Havia sempre outro programa de TV, outro evento de divulgação a fazer, outro hotel do qual eu via apenas a entrada de serviço. Nunca o saguão, nunca a cafeteria, nunca um lugar público.

Era assim e pronto. Mas tenho de admitir que era estimulante, inebriante: cada vez era outro país ou cidade se abrindo para nós, outra rodada de possibilidades. E quando íamos a um país, assim como aconteceu na viagem para os Estados Unidos, era notável a diferença na divulgação e venda do disco. O problema — no caso, um problema bom — era quando as coisas estavam decolando ao mesmo tempo em muitos lugares e tínhamos de determinar as prioridades.

O que aprendi bem depressa foi que não há mais privacidade quando a gente se torna famoso. Na Inglaterra, onde vivíamos, tudo mudara. De pessoas anônimas, passamos a ser conhecidos por todos. No final de 1985, na pesquisa com os leitores da revista *Smash Hits*, ganhamos os prêmios de melhor vídeo e de revelação do ano, ficamos em segundo lugar como melhor single e em sexto como melhor grupo, apesar de só termos lançado *Take on Me* àquela altura. Programas de TV, como *Top of the Pops*, que era praticamente uma instituição na época, tinham altíssima audiência em todos os segmentos. Assim, desde garotas adolescentes até operários, todos nos olhavam e gritavam nossos nomes.

Tive de desenvolver uma maneira nova de estar em público. Algumas vezes, tentei sair usando disfarces e foi um desastre absoluto: os disfarces nunca funcionaram e, como resultado, eu ficava duplamente exposto. Aprendi que velocidade era essencial. Sempre carregava dinheiro comigo e pagava tudo com ele. Dessa maneira, podia entrar e sair de uma loja o mais depressa possível, em vez de entrar numa fila para usar meu cartão. Aprendi a maneira de andar ligeiro, prestando atenção continuamente às pessoas ao redor e sempre procurando uma rota de fuga para o caso de necessidade. Tudo isso é muito aprisionante, pois acabamos nos preparando psicologicamente e forjando esse estado de onipresença só para ir à loja de conveniência comprar um pão. No entanto, eu sabia que, assim que saísse pela porta da frente da minha casa, haveria alguém ali, esperando em vigília, pronto para me seguir aonde quer que fosse. Na realidade, nunca foi assustador ou algo assim: eram apenas fãs, com a melhor das intenções. Quase sem exceção, eram pessoas cordiais e compreensivas. Os fãs do A-ha sempre foram incríveis. Porém, ainda assim, ter de lidar com isso a todo momento era desgastante.

  Sempre que os fãs descobriam que íamos a um lugar específico, surgia um problema com multidão potencialmente perigoso. Em janeiro de 1986, voltamos ao *Saturday Superstore* para divulgar *The Sun Always Shines on TV*, na TV. Como nossa presença fora anunciada com antecedência, havia centenas de fãs à nossa espera. De novo, isso pode parecer bastante inofensivo, mas tente dizer isso aos seguranças na porta, esforçando-se para conter aquela quantidade de pessoas sem que ninguém se machucasse. Então, houve uma sessão de autógrafos na loja HMV, na Oxford Street, a principal rua comercial de Londres. A coisa foi maior do que simplesmente "parar o trânsito", pois toda a loja ficou ocupada por fãs, que gritavam sem parar. A comunicação se tornava quase impossível em situações assim.

  Com tanta gente aparentemente fora de controle, existe sempre a possibilidade das coisas ficarem perigosas. As pessoas podem ficar histéricas e, às vezes, são capazes de perder a consciência. Em certas ocasiões, dentro de um carro ou uma limusine, víamo-nos completamente cercados por fãs. De repente, uma menina avançava, com os olhos esbugalhados. Em seguida, achatava o rosto contra a janela e distribuía beijos para nós, deixando uma trilha de muco e saliva no vidro. Isso podia parecer bem brutal. Aí, a segurança se certificava de que estava tudo bem com a garota e que havia alguém para cuidar dela.

Certa vez, em Belfast, na Irlanda do Norte, as coisas ficaram realmente sérias. Havia tanta gente que um dos portões foi derrubado e as pessoas caíram umas sobre as outras. Algumas desabaram sobre o portão e outras ficaram debaixo dele. Tínhamos um grande produtor — Mel Bush, um cara sensacional, que estava no ramo havia muito tempo —, e eu me lembro de que ele e o produtor irlandês ficaram bastante perturbados com os acontecimentos. O produtor irlandês, que também estava no ramo fazia décadas, afirmou que não via nada parecido desde os Beatles.

Quando o portão foi derrubado, achamos que tudo escapara totalmente do controle. Quem resolveu a situação foi um time de rúgbi, que acabava de sair do vestiário. A comunicação rápida entre eles e a nossa segurança levou a uma ação resoluta, que encerrou o drama na hora H. Foi uma sorte o incidente ter acabado com apenas algumas poucas pessoas machucadas. Muita gente poderia ter morrido naquela ocasião.

♪

Na Noruega, a casa de meus pais tornou-se local de peregrinação para indivíduos de todo o mundo. Era relativamente fácil de encontrar, primeiro porque o sobrenome Harket não é comum. Além disso, meu pai era médico e, assim, ele precisava divulgar seu número de telefone e outros detalhes para que os pacientes entrassem em contato. Desse modo, bastava uma rápida consulta à lista telefônica e... *pronto!* O telefone não parava de tocar, o que era difícil para os meus pais, mas também para mim, pois eu não conseguia falar com eles porque o telefone vivia ocupado. Um dos efeitos colaterais do sucesso do A-ha foi que aquela casa, em Asker, onde cresci, virou algo parecido a um santuário para os fãs da banda.

Os fãs chegavam a Asker de todas as partes do mundo. Os japoneses eram muito peculiares: chegavam, sentavam-se do outro lado da rua e ficavam apenas observando. Às vezes meus pais os convidavam para entrar. Sentados na beira do sofá, eles, muito nervosos, não diziam nada — apenas sorriam. Porém, alguns fãs eram menos reservados. Minha irmã, Ingunn, recorda-se da ocasião em que, sozinha em casa, ouviu uma batida na porta. Ao abrir, ela se deparou com uma família de fãs italianos que entrou direto, sem pedir licença. Espantada, Ingunn viu a família se espalhar pela casa, subir a escada, abrir a porta de cada quarto, tirar fotos, pegar retratos de nossa família, dedilhar o piano. Enquanto isso, o telefone tocava, com outro fã perguntando se aquele era o número da casa onde eu tinha crescido.

E havia os presentes. A todo lugar que o A-ha ia, todo país que visitávamos, muitas pessoas nos esperavam com presentes, sempre em enormes quantidades. Os fãs japoneses nos traziam bordados: desenhos complicadíssimos e detalhados, frequentemente de nossos rostos, que demandavam meses de trabalho. Alguns deles levavam esses bordados quando visitavam a casa de meus pais na Noruega. Ali, entregavam os presentes por meio de uma cerimônia formal e, em seguida, partiam.

Por que eu iria querer um bordado de mim mesmo? E quantos eu iria querer? Você teria espaço para colocar cinquenta mil cópias de si mesmo? Logo me dei conta de que era a única maneira concebível deles se ligarem pessoalmente, fornecendo algo de valor e fazendo uma declaração de amor. Eu enxergava os presentes por aquilo que eram, mesmo se os fãs não fossem capazes disso: eram a ligação deles comigo e, enquanto eles os faziam, isso lhes dava significado.

Ganhamos muitas luvas, cachecóis, meias e gorros. Às vezes, eu me perguntava se o sucesso do A-ha mantinha viva a indústria do tricô. Também recebemos uma grande quantidade de garças de origami. Os quimonos eram outro presente popular. Era tanta coisa que seria impossível guardar. De cada show, saíamos com um caminhão carregado de mimos. Aonde quer que fôssemos, sempre havia gente com presentes, um para cada membro da banda. Toda vez que chegávamos a um aeroporto ou descíamos de um carro, encontrávamos um grupo de fãs à nossa espera com pacotes.

Vez ou outra, os presentes tinham a ver com literatura, e não com trabalhos manuais. Ganhamos poemas, contos, até romances escritos a nosso respeito. Lembro-me de uma estudante norte-americana que escreveu um livro sobre a banda, que terminava com ela viajando para a Noruega, batendo na porta da casa de meus pais e entregando um exemplar. Depois que ela acabou de escrever o livro, fez exatamente isso: viajou para a Noruega, bateu na porta e o entregou. Foi um pouco estranho. Por acaso, na ocasião, eu estava na casa de meus pais e não consegui lidar com aquilo. Pedi para meu irmão aceitar o exemplar. Eu tinha de proteger o que restava de minha sanidade.

Vez por outra os presentes eram as próprias fãs. Elas escreviam cartas perguntando se eu sairia ou se me casaria com elas. A quantidade de propostas que eu recebia era absurda. E não eram mensagens improvisadas. Algumas cartas revelavam detalhes das finanças e dos bens das fãs, como se fosse algum tipo de negócio. Eu recebia seus atestados médicos, que entre outras coisas afirmavam que elas continuavam virgens. Pois bem...

As cartas vinham dos quatro cantos do mundo. Pela quantidade, era impossível sequer pensar em respondê-las. De certo modo, isso foi difícil no início. Contudo, logo entendi a realidade de minha situação. Nos dois primeiros meses de existência de um fã-clube ativo, para onde as pessoas podiam escrever, recebemos cerca de trezentas mil cartas. Dei-me conta de que só a abertura dessas cartas, sem sua leitura, demandaria uma quantidade de tempo quase infinita de um funcionário em tempo integral. Provavelmente, o ato de lamber trezentos mil selos desidrataria o rapaz, deixando-o à beira da morte.

Em outras palavras: a tarefa seria desumana. Além do mais, o que eu poderia dar em retorno? Sendo assim, resolvi direcionar meus recursos para a criação de músicas. Essa foi a decisão que tomei e que poderia aceitar.

CAPÍTULO 20

Grandes no Japão

O TERRAÇO panorâmico de um hotel em Tóquio, na beira da piscina, foi onde consegui ficar sozinho pela primeira vez depois de um bom tempo. Estava sentado numa cadeira reclinável, usando apenas um calção de banho, com os olhos fechados atrás dos óculos escuros, e tomando o sol do Oriente. Eu precisava de espaço para respirar.

Estávamos em nossa primeira turnê mundial e tudo parecia um pouco absurdo. Aquele ótimo filme, *Encontros e desencontros*, da Sofia Copolla, dá uma boa ideia do que estávamos passando. Em todos os lugares a que íamos, um jornalista surgia de repente, do meio do nada. Sério, o carro parava num semáforo, a porta se abria, e um jornalista entrava e começava a fazer perguntas. No próximo semáforo, esse jornalista saía e o seguinte entrava. Ninguém da gravadora nunca nos alertou de que coisas assim aconteceriam; era de pirar.

Certa noite, voltávamos para o hotel e, como sempre, para evitar o caos dos fãs na frente do prédio, demos uma volta e entramos pela entrada dos fundos. Passamos por dentro da cozinha e nos dirigimos ao elevador de serviço para chegarmos aos nossos quartos.

Então, quando a porta do elevador se abriu, havia uma mulher lá dentro. Era uma jornalista que ficara circulando de elevador à nossa espera. E não tivemos como escapar.

A entrevista durou o tempo da viagem entre o térreo e o andar de nossas acomodações.

Mas comecemos do início.

♪

Se 1985 foi um ano dedicado a *Take on Me* e ao ingresso nas paradas de sucessos, 1986 foi dedicado a viagens. Em abril, quando os fãs ocuparam as ruas ao redor de Piccadilly Circus, divulgamos os detalhes de nossa primeira turnê mundial para toda a imprensa. Começaríamos em Perth, na Austrália, no início de junho, e depois passaríamos por Japão, Estados Unidos, Canadá, Áustria, Suíça, França, Alemanha, Bélgica, Holanda, Dinamarca, Suécia, Reino Unido, Irlanda e, finalmente, Noruega. Seriam quase cento e cinquenta shows no período de nove meses, com catorze datas adicionais no Japão e na França, dois meses depois.

Não era apenas nossa primeira turnê mundial, mas também nossa primeira turnê. De fato, era a primeira vez que tocaríamos ao vivo diante de uma plateia, além daquela ocasião em que nos apresentamos para Andrew Wickham, da Warner Brothers. Jamais houve algum plano de não tocarmos ao vivo até aquele momento. Simplesmente foi como as coisas se desenrolaram. Mas estávamos prontos para começar nossa carreira como banda ao vivo de verdade. Em parte, era para nos "vingarmos" do Ministério do Interior inglês, que nunca permitiu a realização de apresentações ao vivo sem vistos de trabalho; em parte, para mostrar ao mundo que éramos reais; e, por fim, porque estávamos morrendo de vontade de começar a tocar, pois tudo o que fizéramos antes era menos para tocar música e mais para conseguir acessos, empresário, gravadora, etc. Como músicos, o que mais queríamos era tocar para as pessoas.

Não queríamos ser uma banda de programas de TV ou de videoclipes. A realização de mais de cento e cinquenta shows poria fim rapidamente àqueles pensamentos.

Também tínhamos uma série de novas canções que estávamos ansiosos para testar ao vivo. Em particular, Paul compusera muita coisa e possuíamos algumas canções que acabariam entrando em nosso segundo álbum, *Scoundrel Days*, que foi gravado e lançado durante a turnê. O novo material exibia exatamente o tipo de banda que éramos e o tipo de música que queríamos fazer. Dispúnhamos de muitas opções para incluir na *setlist* dos shows: eram dezenove ou vinte canções que tínhamos ensaiado, das quais tocaríamos cerca de quinze na maioria das noites. Abriríamos o show com *Train of Thought* e fecharíamos com *Take on Me*, tocando uma mistura de canções dos dois primeiros álbuns no meio.

Tocamos como um sexteto: além de Paul, Magne e eu, a banda era composta também por Leif Karsten Johansen, no baixo, Michael Sturgis, na bateria — ambos norte-americanos —, e Dag Kolsrud, norueguês que vivia nos Estados Unidos, nos teclados adicionais. Aquela primeira apresentação em Perth foi muito importante para todos. Ensaiamos duro, mas nenhum de nós tinha muita certeza do que esperar. Topamos com aquela parede impenetrável de gritos e tínhamos de nos acostumar rapidamente àquilo.

É como um ataque em diversas frentes. Há muito barulho como resultado da expectativa. Então, quando estamos prestes a subir ao palco, as luzes diminuem e tudo parece irromper. É mais do que uma experiência — caminhar no escuro até aquela explosão de sons à queima-roupa. Em seguida, as luzes sobre o palco se acendem, finalmente o público consegue vê-lo e, de maneira inacreditável, a recepção que recebemos ofusca todo o arsenal pirotécnico. O coro produzido pelas pessoas é tão alto que é fisicamente desafiador — e nos alcança em cascatas. É tão contagiante que se apodera de nós, como se pulsasse através de todo o nosso corpo. É como ser atingido por uma carreta sônica.

Não fiquei assustado, mas preso àquilo. Como poderia não ficar, vendo aquele fenômeno de pessoas se soltando, algumas pirando, totalmente fora de controle? A coisa toda é avassaladora, mesmo se o artista está acostumado. No primeiro show, quando as luzes se acenderam, nós trememos nas bases. Leif, o baixista, não segurou a barra e fugiu do palco. Logo, porém, ele voltou. Era necessário ter a postos uma equipe de segurança adequada, como tínhamos, para garantir que ninguém se machucasse. No entanto, a gritaria também tinha um efeito sobre a performance: os Beatles interromperam uma turnê porque não conseguiam escutar o que tocavam devido aos gritos dos fãs. Vinte anos depois, embora com uma tecnologia mais aprimorada, a situação ainda era a mesma. Não havia ainda os fones de retorno — tudo o que eu ouvia era por meio dos monitores na minha frente. Porém, quando os gritos estavam a plenos pulmões, era melhor economizar energia e desligá-los. Afinal, não era possível ouvir nada. Não dá para competir com a multidão. Houve momentos em que aqueles primeiros shows pareceram um tipo de disputa — a música *versus* os sons do público — para ver quem ganhava.

♫

Após a abertura da turnê na Austrália, que incluiu catorze shows em Perth, Adelaide, Melbourne, Brisbane e Sydney, fomos para o Japão. Ficamos ali por quase um mês, e foi uma experiência extraordinária. O Japão é diferente de qualquer outro lugar onde tínhamos estado. Cada país que se visita é diferente à sua maneira, mas a cultura que conhecemos ali e a forma como as pessoas se comportavam pareceram particularmente peculiares: a linguagem corporal, as expressões faciais e o comportamento em relação a nós eram diferentes de qualquer outro lugar. Havia aquela mistura estranha de humildade e intensidade selvagem que experimentamos diversas vezes: os fãs se aproximavam com ímpeto e numa onda, mas, então, paravam na nossa frente. Nada de agarrões nem toques, como na Europa e nos

Estados Unidos. Os fãs ficavam na nossa frente e sentiam a situação, a nossa presença e a proximidade conosco. Era o olho do furacão. Uma experiência não menos vigorosa que aquela com os fãs ocidentais, mas bastante incomum.

Quando as pessoas pensam no Japão, muitas vezes imaginam Tóquio e toda a coisa da alta tecnologia. Mas tivemos a sorte de conseguir ver bastante da paisagem rural. Realmente, é uma bela parte do mundo. Também pudemos apreciar refeições fantásticas em todo canto; às vezes, os lugares mais simples foram os mais encantadores para nós. De fato, apreciei os distintos elementos que compunham a comida. Um arranjo complexo, mas com algo em comum: uma serena simplicidade. Provamos muitas iguarias, incluindo o fugu, um baiacu japonês, que exige uma licença para se preparar porque é altamente venenoso se preparado de forma errada.

Os shows não tiveram nada a ver com os da Austrália. Em vez de ficar em pé e dançar, a plateia permanecia sentada, em silêncio, e, em seguida, explodia, ainda no lugar. Em parte, era convenção; em parte, regra. Se alguém tentasse se levantar, poderia haver uma resposta um tanto áspera da segurança, que parecia preparada para disciplinar. Tinha a impressão de que as mulheres e os homens eram treinados para manter os hormônios bem-comportados.

Um dos momentos mais engraçados foi quando meu irmão Kjetil veio ao Japão para nos ver e assistir ao nosso show. À vontade, ele entrou no auditório para se acomodar. Acontece que, como nós somos meio parecidos, todos ao redor dele assumiram imediatamente que ele era eu, de uma maneira bastante japonesa: com gritinhos e gemidos, enquanto Kjetil se esforçava para encontrar a saída o mais rápido possível. Foi seu batismo em relação àquilo pelo qual estávamos passando.

As mulheres tinham um jeito de conter a emoção, pelo menos até certo ponto, quando poderiam perder o controle de verdade. Em certo incidente, um dos membros da equipe me perguntou se eu poderia dar um autógrafo para uma garota. Estávamos no último andar de nosso hotel, no piano-bar do restaurante. Levantei-me da cadeira para cumprimentá-la e me dirigi até onde ela estava. Quando a mulher me viu, senti seu abalo, ela quase desmaiou diante de mim e emitiu um gemido estranho, quase como se não fosse humano. Tentei pegar a mão dela, mas não houve meio de a segurar, pois ela caiu para trás. Surpreso com tal atitude, o membro da equipe se mostrou um tanto constrangido, achando que talvez devesse ter pressentido que aquilo poderia acontecer.

Tenho de dizer algo sobre mim: sou uma das pessoas mais normais que eu conheço. Sempre fui. Nem toda a fama que alcancei e o resultado dela em minha vida mudaram quem sou. Porém, mudaram a impressão das pessoas a meu respeito e também a atitude delas em relação a mim. Nos últimos trinta anos, isso me colocou em todo tipo de situações e incidentes.

Recuso-me a enxergar as pessoas em termos de multidões. Vejo indivíduos e me relaciono com eles. Há sempre um ser humano diante de mim, e não uma forma ou uma função. A única exceção que enfrento são fotógrafos em bando ou paparazzi. No entanto, esse fenômeno daria um outro livro.

De todo modo, tenho muito respeito pela força de uma multidão. Porém, como ser espiritual, uma multidão jamais alcançará o mesmo nível que alcançamos enquanto indivíduos. Nunca se esqueça disso quando encarar uma multidão — de ambos os lados! Todos nós somos responsáveis pela vigilância dela.

E, como filhos de Deus, somos dotados de livre-arbítrio. Somos destinados a escolher e responsáveis pelas escolhas que fazemos. Mas sempre livres para mudar.

As mulheres se permitem relaxar. Pensam: "Cumpri meus deveres. Então, vou me soltar hoje à noite." Elas querem ficar à vontade, querem realizar suas fantasias. Mas se conseguem chegar perto de seu ídolo, tudo fica bastante diferente. Elas voltam a se controlar. Na multidão, porém, não há nada com o que se preocupar.

E isso não necessariamente desaparece com a idade. Num show em Londres, anos depois, eu estava cantando quando um sutiã verde voou em minha direção e se enroscou em mim. Após a apresentação, fui abordado por um homem atrás do palco. Ele me disse que sua mulher era minha fã e quis saber se poderia tirar uma foto. Foi quando ele percebeu o sutiã, que uma das funcionárias da equipe de apoio tinha pego. "O sutiã é dela", ele disse. "É da minha mulher! Você pode autografá-lo? Sabe como é... vou ganhar um monte de pontos com isso..." E ele piscou um olho. Assim, eu o autografei. Essa é a vida do marido de uma fã do A-ha!

CAPÍTULO 21

NA ESTRADA

BEM NO começo da etapa norte-americana da turnê mundial, perdi a voz, literalmente, no Canadá, e metaforicamente, quando chegamos aos Estados Unidos.

Nosso primeiro show dessa etapa da turnê seria no World Expo Theatre, em Vancouver. Na noite anterior, na reunião de ensaio, tentei explorar novos territórios com minha voz. E cheguei a um novo território. No dia do show, assim que acordei, descobri que nada saía de minha garganta. Não só não conseguia cantar como também era incapaz de falar. Era como um desenho animado para crianças: eu abria a boca e tentava dizer algo, mas nenhuma palavra era emitida. Fiquei reduzido a escrever coisas numa folha de papel para me comunicar. Era isso ou mímica. Minha primeira atitude foi ligar para o quarto de Terry. Ele atendeu ao telefone, mas não houve resposta. No entanto, o instinto falou mais alto e sua reação foi: "Mort, é você? Só um instante, eu estou indo!"

A perda de minha voz causou consternação. Vancouver era a primeira data de uma agenda cheia: depois daquele show, em 15 de agosto, tínhamos apresentações nos dias 17, 19, 20, 22, 23, 26, 27, 28 e 30, antes de outras vinte e uma datas em setembro e outras dezessete em outubro. Quando não estávamos tocando, estávamos viajando. Não havia datas para a adição de novos shows no final da etapa, pois, uma semana depois do encerramento, a agenda estava cheia do mesmo jeito, ziguezagueando pela Europa por outros três meses e meio. Não havia flexibilidade. Por mais cansado ou doente que eu me sentisse, o show tinha de continuar.

Fui levado a uma consulta arranjada às pressas com um especialista local. Ele examinou minha garganta e me revelou o diagnóstico: eu tinha calos nas cordas vocais. Perguntei — bem, escrevi numa folha de papel — qual era a melhor linha de procedimento. O especialista foi claro: eu precisava repousar de um a dois meses. Expliquei que teria de fazer um show dentro de seis horas. Os ingressos estavam todos vendidos e eu teria de me apresentar. Perguntei: "Se são calos, não podem ser puncionados?"

A primeira reação do médico foi rir. Então, ele disse que, se eu não tivesse perguntado, ele jamais teria sugerido — mas, sim, era tecnicamente possível. Em seguida, ele advertiu que a voz não era algo a ser mexido. Minha garganta estava numa situação que, se eu não cuidasse dela de modo adequado, corria o risco de encarar danos permanentes às cordas vocais. Mas ele sugeriu um plano: poderia operar minha garganta naquela tarde. Ele puncionaria os calos para que eu pudesse fazer o show, mas apenas sob uma condição: que encontrássemos alguém para viajar comigo durante a turnê que me desse algumas aulas sobre como cuidar de minha voz.

Assim, fui operado. Após a anestesia geral, o médico introduziu um tubo em minha garganta e estourou os calos. Em relação a qualquer calo, não é a melhor prática, mas, naquele caso, não havia opção. Foi uma experiência esquisitíssima: adormeci incapaz de dizer uma palavra e acordei da anestesia com a voz cristalina. Seis horas após a cirurgia, eu estava no palco. No show daquela noite, senti-me bastante desorientado e confuso, tanto por causa da anestesia geral como devido aos antibióticos, ministrados para compensar a redução da capacidade do sistema imunológico, decorrente da cortisona aplicada na área inflamada. Durante toda a apresentação, cantei quase normalmente, mas tomei cuidado em alguns momentos. A multidão me acompanhou, e isso me ajudou. Um tabloide inglês afirmou que eu tinha operado um tumor do tamanho de uma uva e me apresentado na mesma noite.

Cumpri com o prometido ao médico e uma pessoa foi trazida para me ensinar a cuidar da voz. Não acreditei quando vi a professora de canto que contrataram: era uma beldade de vinte e oito anos, ex-miss Iowa. Jerry, chefe de nossa segurança, não perdeu tempo e logo jogou todo o seu charme irlandês para cima dela. A professora nos acompanhou durante a semana, enquanto continuamos a turnê pela América do Norte. E lá estava eu, sentado no meu quarto, praticando com afinco meus exercícios de canto para proteger a voz, enquanto Jerry flertava descaradamente no quarto ao lado.

Até aquele momento, eu jamais tivera um ensino formal de canto, e também não prossegui depois daquela ocasião, mas utilizei o que aprendi para manter minha voz em boas condições. Basicamente, desenvolvi uma carreira de trinta anos depois daquela semana. Para lidar com as áreas constantemente irritadas da garganta, como resultado da técnica incorreta, eu tomara diversos medicamentos à base de esteroides, que foram tão eficazes em mascarar o problema que não dá para saber se prejudicaram minha voz no processo, pois a garganta não ficava dolorida quando deveria ficar. Assim, tive de aprender rápido.

A professora me mostrou como ajustar minha voz do jeito certo, usando-a para limitar os possíveis danos. Como ela explicou, eu sabia o que estava fazendo. Eu emitia minha voz quase conscientemente, levando-a além de certo ponto de forma um tanto quanto intuitiva. Tentava fazer um som específico e, ao ultrapassar aquela barreira, exigia demais dela com impertinência, e isso não era correto. A professora me ensinou que aquela barreira física tinha pouco a ver com os sons que eu podia alcançar. E eu era seu aluno mais consciente; mas, afinal, o interesse era todo meu — minha carreira, para o que tinha me preparado tanto, dependia de meu empenho em usar minha voz corretamente, então eu daria o melhor de mim nesse sentido.

Assim, ela me ensinou a maneira de focar a voz e ajustar o tom. Explicou a importância dos músculos do diafragma e de como eu precisava me esquecer da garganta e concentrar meu impulso na barriga, na base do tórax. Garantiu que eu não precisava usar muita força na garganta para emitir um grande som, pois ele se desenvolvia a partir da ressonância. Passou-me alguns exercícios e logo se interessou pelo meu falsete, reconhecendo aquela minha maneira de cantar como a mais correta. Ela revelou que, se eu exercitasse meu falsete diariamente antes dos shows, aquilo ajudaria a "limpar" minha voz. A explicação: ao forçar a voz, a garganta fica irritada. Então, começa a se formar o catarro, que lesiona a membrana mucosa e deixa a garganta vulnerável. O canto correto, e as vibrações criadas por ele, impede isso e limpa as cordas vocais. Em meia hora, é possível passar de um canto horrível para um canto cristalino.

Desde aquela época, sinto grande respeito pela voz como instrumento. Assim que reconheço os sinais de advertência, de que estou começando a tensioná-la, trato de cuidar mais dela. Consegui manter a voz ao longo de minha carreira porque observei aquelas regras básicas. Parei de fazer exercícios de aquecimento antes do início do show. Em vez disso, usava minha energia para assegurar que a monitoração funcionaria e que obteria os níveis corretos da música retornando para mim por meio das caixas de som. Desde que isso estivesse em ordem e eu pudesse escutar as frequências certas, nunca forçaria muito a voz. Não é diferente de estarmos num lugar barulhento e termos de falar alto: na manhã seguinte, acordamos roucos porque elevamos o tom, tensionamos e forçamos a voz.

🎵

Em Vancouver, posso ter salvo minha voz, mas o restante da turnê norte-americana consumiu o resto de mim. Foi a típica turnê de estrada: fazer o show, embarcar no ônibus, tentar dormir na cama-beliche e acordar em outro estado. Se era terça-feira, então deveria ser Connecticut. De vez em quando, parecia que minha sanidade ziguezagueava, acompanhando as curvas do caminho.

Os shows eram barulhentos. Os sentidos, bombardeados todas as noites. O acúmulo disso e a exaustão resultante das viagens começaram a cobrar seu preço. No meio da turnê, passei a perder meu senso de realidade, de orientação. Sentia-me como uma trouxa de roupas, levando a vida no interior de uma máquina de lavar. Era cruel, sem interrupção. Eu estava ficando entorpecido. Na realidade, hoje em dia, não consigo me lembrar de quase nada daquela turnê.

O que as pessoas não imaginam é que, quando se está numa turnê, não é apenas uma questão de fazer shows. Em todos os lugares, antes e depois da apresentação, há o *meet and greet* [encontro pago com os fãs] e as horas de conversa com o DJ da rádio, com o pessoal da gravadora ou com o pessoal da loja para divulgação — algumas bandas são excelentes nisso, mas, sinto muito dizer, isso costumava me entediar. Como nos Estados Unidos, de estado para estado, há uma infinidade de meios de comunicação, o circuito referente ao *meet and greet* era muito importante. No entanto, por estarmos muito cansados e não gostarmos daquilo, fugíamos sempre que podíamos, sempre que aquilo não fosse causar prejuízos para a banda a longo prazo.

Talvez seja importante participar de eventos, mas a verdade é que a maior parte deles é pura perda de tempo, só para marcar presença naquele momento por causa da notoriedade e da fama. Muita gente comparecia simplesmente para circular ao meu redor e poder dizer: "Eu estava lá." Isso nos torna um animal enjaulado, posto atrás das grades para as pessoas se aproximarem e observarem. Não há comunicação, nem contato: envolve apenas fama e nada mais. Não que eu esperasse que tal coisa fosse diferente. Só que não me atraía.

Não sou avesso àqueles que pedem um autógrafo ou uma foto. Acho que é justo dizer que assinei mais autógrafos do que a maioria dos artistas em minha posição. Creio até que sou reconhecido por isso. Porém, por mais autógrafos que se dê, há sempre uma hora em que temos de dar um basta. Mas nunca dizer que não pode é suficiente. É uma situação que não há como vencer. Todos querem trinta segundos. Faça as contas e verá como é impossível deixar todos satisfeitos.

Não ando por aí à toa, mas algumas pessoas me tratam como se eu estivesse sempre disponível. "Ei, você está aqui. Vamos fazer algo." Acontece que nunca estou efetivamente livre. Na verdade, eu sempre devia estar em outro lugar há cinco minutos.

♪♪

O show final da turnê norte-americana foi numa escola católica para garotas, em Metairie, na Louisiana. Houve uma competição na região — o prêmio era uma apresentação do A-ha numa escola e uma das alunas dali ganhara. De antemão, tivemos um encontro com o diretor da instituição e Jerry, chefe de nossa segurança. Jerry era um sujeito muito sociável e amigável, mas sabia o que estava fazendo: ele já nos livrara de muitas enrascadas e tinha consciência do que poderia acontecer. Com toda a gentileza, Jerry explicava as medidas de segurança que gostaria de adotar quando foi interrompido pelo diretor, que afirmou que tais medidas não eram necessárias naquela escola. As alunas eram de "um calibre muito elevado" e bastante disciplinadas. Poderíamos esperar uma plateia de jovens muito bem-comportadas.

Jerry e eu nos entreolhamos. "Você não tem ideia, tem?", nós dois pensamos em relação ao diretor. De novo, Jerry tentou explicar a situação, mas o diretor, um homem um tanto arrogante, continuou discordando. Sem dúvida, ele esperava que suas alunas de dezesseis anos ficassem sentadas e batessem palmas no fim de cada canção. Jerry não era o tipo de pessoa que se ofendia, mas, naquele dia, eu o vi irritado pela primeira vez. O diretor era mandão e deixou claro que não iria tolerar as insinuações de Jerry. Não havia nada que pudéssemos fazer, exceto nos preparar para o espetáculo.

A primeira indicação que tive de para onde as coisas estavam indo foi quando subi ao palco no escuro. Senti uma onda de expectativa quando fui identificado. Na sequência, eu percebi que estava sendo tocado na altura de minhas pernas. Era uma espécie de toque frenético, pouco abaixo dos joelhos e na direção dos pés. Num reflexo, recuei um pouco, tentando descobrir o que estava acontecendo. Ao baixar os olhos, vi que agora meu jeans estava completamente coberto por bottons. Uma grande quantidade deles, presos em minhas pernas. Que estranho! Como elas conseguiram prendê-los ali?! Não tinha doído. Nenhum dos fechos perfurara minha pele. E tudo aconteceu em poucos segundos. Fiquei bastante impressionado e enxerguei as garotas sob uma nova perspectiva.

Então, os holofotes se acenderam e, de imediato, as meninas perderam o controle. A gritaria aumentou. Calcinhas choveram sobre o palco. Muitas começaram a desmaiar. Ao caírem no chão, seus vestidos de verão se erguiam, deixando tudo à mostra. Foi uma cena e tanto: selvagem e descontrolada. Jerry e os demais seguranças retiravam as garotas desmaiadas, mas toda vez que puxavam uma, outra caía. A situação ficou bastante séria. Assim, embora aquilo parecesse uma espécie de sonho, era mais uma situação de emergência que requeria uma solução.

O reitor invadiu o palco. Estávamos no meio de um número e ele veio correndo em minha direção. O homem nem mesmo me olhou — simplesmente arrancou o microfone de minha mão e, gritando, ordenou o fim do espetáculo.

Paramos de tocar.

Era tudo ligeiramente cômico. O diretor gritava, pedindo que as luzes fossem acesas. Porém, quando sua ordem foi atendida e ele pôde ver as garotas em variados estados de nudez, mudou de ideia e mandou que as luzes fossem apagadas de novo — e ordenou o baixar das cortinas da escola católica.

CAPÍTULO 22

SCOUNDREL DAYS

TIRAMOS AS fotos para a capa de nosso segundo álbum, *Scoundrel Days*, no Havaí. Passamos alguns dias lá, entre as etapas japonesa e norte-americana da turnê mundial, junto com o fotógrafo e amigo Knut Bry. A ideia da foto foi dele. Knut nos convenceu a acordar ainda de madrugada para a realização da sessão de fotos. No começo, hesitei um pouco. Àquela altura da turnê, eu estava muito cansado e procurava aproveitar cada momento de descanso que podia.

As fotos foram tiradas em Haleakalā, cratera vulcânica na ilha de Maui. O nome significa "casa do sol" ou algo assim: sem dúvida, ali você tinha a sensação de estar acima das nuvens, de observar o sol surgir e o dia começar. As cores eram incríveis, as tonalidades ainda mais intensas com a luz da manhã. Knut captou tudo isso de maneira incrível. Foi um momento de tranquilidade, uma chance de escapar de tudo, de abrir bem os olhos e absorver aquele cenário estonteante. Também foi maravilhoso estar no meio da natureza de novo. Senti-me muito bem ali, no alto, e acho que as fotografias captaram isso — bem como a maneira como nos sentíamos a respeito de nosso segundo álbum: confiantes, relaxados, em nosso caminho.

O *Scoundrel Days* foi um álbum importante para nós como banda, um dos álbuns mais importantes de nossa carreira. No início do A-ha, o plano era ficarmos famosos e, então, utilizarmos o sucesso para fazer a música que queríamos. No entanto, aquilo foi mais uma ideia, e não o que realmente fizemos, pois também procuramos ser o mais autênticos possível em nosso primeiro álbum. Apenas éramos menos experientes. O problema foi que, devido ao sucesso de *Take on Me* e *Hunting High and Low*, nosso primeiro álbum deu muito certo. O sucesso foi tamanho, que tudo o que se queria de nós para o segundo álbum era mais do mesmo. Ou seja, nada de mexer em time que estava ganhando.

Ainda sinto muito orgulho de *Hunting High and Low*. É um grande álbum de estreia, e há muitas memórias naquelas canções. Embora tenha vendido milhões de cópias em todo o mundo e se tornado importante para muitas pessoas, é um álbum que também representou o trampolim para a fama. Para o bem e para o mal. Foi quase como se, no momento em que fizemos aquele disco, tivéssemos deixado de ser uma banda: Magne, Paul e eu simplesmente viramos adereços. Passamos a ser distinguidos de acordo com a nossa aparência, com as cores que gostávamos e com qualquer outro truque que os outros conseguissem colar a nossas imagens. As entrevistas que dávamos eram todas sobre isso. Respondíamos às perguntas de modo respeitoso e sério, mas, ao mesmo tempo, tínhamos total consciência de quão pouco estávamos comunicando.

Em outras palavras, se eu não fosse membro da banda e tivesse lido sobre ela numa revista ou visto na TV, teria desprezado o A-ha. Teria rejeitado o A-ha, considerando-a uma banda para adolescentes, e deixado por isso mesmo. Se eu não era capaz de superar aquela imagem e alcançar a música real, por que a banda deveria esperar que mais alguém conseguisse? Assim, tínhamos um desafio diante de nós em termos de nosso segundo álbum: sair do buraco em que estávamos e produzir o trabalho que realmente queríamos mostrar.

♪

Na segunda vez, fomos mais assertivos no estúdio. No primeiro álbum, acho que não avaliamos totalmente a importância do processo de gravação e produção e a diferença que isso podia promover. Achávamos que, se as canções originais fossem boas, então tudo simplesmente se desenrolaria bem. Não tínhamos entendido que a grande diferença poderia ser a maneira como as canções eram realmente produzidas. As horas no estúdio e o modo como se decidia editar a gravação eram parte do processo criativo tanto quanto a própria composição da canção.

Na primeira vez, Alan Tarney intuiu que deveria levar *Take on Me* de volta para o que fora a gravação demo original. Aquilo correspondeu ao que queríamos. Então, fazia sentido trabalharmos com ele de novo em *Scoundrel Days*. Ele "entendia" o A-ha de uma maneira como a gravadora não era capaz. Aquilo o deixou numa posição difícil. Alan percebia que nós e a gravadora tínhamos posições distintas e ele estava no meio, com a gravadora desejando que ele fizesse o álbum soar como uma coisa e o A-ha não querendo aquilo de jeito nenhum. Acho que Alan não sabia se era o produtor certo para nós, pois estava sob pressão para produzir outro álbum de sucesso, e, no estúdio, encarava três indivíduos muito determinados, que estavam pensando em objetivos bem diferentes.

Talvez as canções de *Scoundrel Days* sejam ainda mais sombrias que as de *Hunting High and Low*. São o som de uma banda começando a flexionar seus músculos e a mostrar a que veio. No entanto, a principal diferença está na produção.

Criativamente, aquilo era estimulante para todos nós. Era um desafio e sentíamos como se estivéssemos impulsionando a nós mesmos. Eu gostava do fato de *I've Been Losing You* ser tão diferente de *Take on Me*. Servia como alívio da turnê — no meio das calamidades dos shows — sermos capazes de voltar ao estúdio e lembrarmos aonde queríamos chegar. E, com o prosseguimento da turnê e a conclusão do álbum, partimos da Austrália para o Japão e pudemos incorporar cada vez mais novas canções em nossa *setlist*.

Curiosamente, *I've Been Losing You* foi o primeiro single a ficar pronto para o álbum, e *The Sun Always Shines on TV* foi a última canção a ser adicionada a ele. Começamos a trabalhar nela em Sydney e continuamos depois, em Londres, com John Hudson e Alan Tarney. Talvez haja uma sensação maior do ao vivo nessa canção. Foi uma tentativa nossa, durante a produção, de captar a sensação que tínhamos no palco. Porém, éramos muito crus para isso. Somente anos depois sentimos que éramos uma banda ao vivo de verdade.

♪

As reações ao álbum *Scoundrel Days* foram bastante discordantes. Sem dúvida, algumas pessoas da gravadora desaprovaram. Como *Take on Me* alcançara imenso sucesso, queriam exatamente a mesma coisa de novo. No entanto, essa não era uma prioridade para o A-ha e logo isso começou a gerar tensão. Nós nos mantivemos firmes, assim como Terry. Aquilo era um problema, pois o pessoal da gravadora percebia que não queríamos ser *popstars*, certamente não na acepção que se conferia ao termo. O pessoal parecia acreditar que o caminho óbvio para o sucesso era a estrada do superficial. Porém, no fim de nosso primeiro ano de sucesso, já tínhamos visto o suficiente para saber o que não queríamos.

De seu ponto de vista, a gravadora tinha razão. Naquela época, não se ouvia *Scoundrel Days* tocar muito nas rádios. O nosso próximo álbum, *Stay on These Roads*, tocou muito mais. *Scoundrel Days* não alcançou as massas. Ou seja, não obteve a resposta que alguns de nossos outros álbuns e canções tiveram. Porém, ao mesmo tempo, *Scoundrel Days* talvez seja o álbum do A-ha que perdurou da melhor maneira. É aquele que os seguidores fiéis do A-ha, aqueles que "entram mais fundo na caverna", realmente amam, e tornou-se o preferido dos fãs. Isso é algo que as estatísticas de vendas e a frequência de execuções não conseguem medir: o apreço pelo álbum, a paixão que as pessoas sentem por ele, a intensidade das respostas dos ouvintes. Em relação a *Scoundrel Days*, ao contrário de muitas canções de *Hunting High and Low*, o produto final se manteve fiel às gravações demo originais. Não acho que foi uma coincidência o fato de ter havido uma ligação maior com os fãs. Além do mais, se desde o início tivéssemos sido vistos verdadeiramente como aquilo que éramos, todo o marketing teria sido diferente. Para além de parecer uma mera especulação, podemos respaldar isso afirmando que o A-ha jamais teria alcançado o nível de respeito em música se fosse só por suas qualidades comerciais. *Scoundrel Days* tornou-se a maneira de demonstrarmos, em parte, quem éramos e, em parte, o que aconteceu conosco em *Hunting High and Low*.

Scoundrel Days proporcionou uma importante noção do que era a banda. Por isso se tornou um dos álbuns dos quais mais me orgulho e acho que Paul e Magne hão de concordar. Em nossa turnê de 2010, tocamos seis das dez canções do álbum. Considero que isso prova como o disco permaneceu vivo.

CAPÍTULO 23

Encontro com a imprensa

DESFERI UM soco num fotógrafo uma única vez — mas, devo confessar, em muitas ocasiões fiquei tentado a repetir o gesto. Aconteceu em Londres. Eu saía de um hotel com Camilla — que veio a se tornar a mãe de três de meus filhos. Àquela altura, tínhamos acabado de nos conhecer e nada estava rolando, mas nos mantínhamos romanticamente alertas. Naquela ocasião, havia uma pessoa que achava que Camilla tinha uma queda por mim e eu temia muito que sua reação à invasão de privacidade não fosse racional e sensata. Assim, se alguém encontrasse a foto dela na imprensa ao meu lado, as repercussões poderiam ser sombrias, até mesmo perigosas.

De qualquer maneira, era tarde da noite e nós dois caminhávamos pela rua. Então, do nada, um carro freou de repente e parou. De dentro dele, bem na nossa frente, saltou um fotógrafo musculoso e agressivo, tentando criar uma comoção. Em termos práticos, foi como um ataque. Tudo aconteceu de maneira incrivelmente rápida. Mal o flash disparou, eu reagi. Meu punho cerrado acertou em cheio o rosto do rapaz, cortando seu lábio. O fotógrafo desabou na calçada, nocauteado. Não foi um golpe consciente, e sim um reflexo. Em minha vida, jamais tinha esmurrado alguém. A mesma mão que usei ainda segurava uma sacola plástica cujo conteúdo não me lembro.

Confesso que não estava preparado para aquela sensação maravilhosa de arremessá-lo ao chão. Mas foi divino! Ao longo dos anos, fui vítima de muita besteira veiculada pela imprensa. Assim, aquele soco significou um grande alívio para mim. Quando o cara voltou a ficar de pé, apalpando o lábio, ele rosnou entre cuspes: "Como você cortou minha boca, vou cortar a sua!". Eu estava rezando para que ele me atacasse. O sujeito era grande, com certeza mais pesado do que eu, mas eu estava morrendo de vontade de entrar numa briga. O paparazzo queria revidar, socar o garoto famoso, mas a expressão em meus olhos fazia com que ele hesitasse. "Venha!", pensei. "É só se aproximar!".

Então, antes que algo mais pudesse acontecer, o cara foi esmurrado por Jerry, meu segurança. Alguns fãs, do lado de fora do hotel, tinham visto a confusão e voltaram correndo para avisar Jerry. Lívido, de cara amarrada, ele estava furioso e nocauteou o paparazzo quando o viu prestes a me atacar. Jerry gritou para Camilla e eu sairmos imediatamente da cena, pois os paparazzi nunca deixavam ninguém em paz. Camilla correu para dentro do hotel, enquanto eu respondi que não sairia dali sem o filme da câmera. Enquanto discutíamos, um colega do fotógrafo apareceu, esperando pegar as sobras. Ao encontrar o colega no chão, arrastou-o pela calçada e o encostou contra uma parede. Ali, ele tirou algumas fotos do rosto inchado do cara, dizendo com um sorriso: "Jerry, isso não se faz!".

De algum modo, em meio aos acontecimentos, ele também foi deixado inconsciente. Porém, àquela altura, eu e Camilla tínhamos nos refugiado no hotel, com a promessa de Jerry de pegar os filmes. Quando os paparazzi se ergueram, cinco ou seis garotas do grupo de fãs que testemunhou tudo aquilo correram até eles, lançaram-se sobre os dois e conseguiram pegar os filmes. Adorei aquilo! Fiquei muito impressionado, assim como Jerry.

De repente, os paparazzi não tinham nada para apoiar sua história, pois os filmes não existiam mais.

♪

    Quando se é parte de uma banda, tem-se uma relação de amor e ódio com a imprensa. Bem, essa afirmação é cinquenta por cento verdadeira. A imprensa é um meio para um fim: uma maneira de divulgar sua música e fazer com que elas sejam ouvidas. Contudo, as tolices e indecências que você tem de suportar são inacreditáveis. As entrevistas que dávamos acabavam sendo deformadas e reformuladas de acordo com o ponto de vista desejado pelos jornalistas. Nesse sentido, sempre preferi a TV ou o rádio, pois esse filtro deixa de existir. As pessoas podem ver ou ouvir o que você está falando, saber quem você é.

    Assim que o A-ha alcançou o sucesso, parei de ler jornais. Recomendo isso. Se você estiver exposto ao público, quanto antes parar de ler sobre si mesmo na imprensa, melhor para você. Tudo ali irá frustrá-lo. Você não irá se reconhecer nas entrevistas e isso o enfurecerá ou lhe causará tédio. Melhor gastar tempo e energia com o que realmente importa: compor canções, entrar no estúdio ou se apresentar no palco. O resto, deixa para lá.

    A mídia deve ser imparcial e percebida como tal espontaneamente. Ela é a guardiã das tradições. Numa civilização regida pela lei, todo homem nasce igual ao outro, com o direito de expressar sua opinião livremente. O que acontece, porém, é que o oportunismo se oculta em cada canto da atividade humana. Nosso tipo de sociedade deveria ser monitorada por meio de um sistema imparcial. Que outro órgão da sociedade além da imprensa livre é adequado para essa tarefa? Uma imprensa livre, que nos faça responder aos valores idealistas — que são as únicas coisas sagradas de nossa sociedade —, é algo que não podemos nos permitir perder.

    Mas nossa mídia está longe de ser livre. Ela é regida por mecanismos comerciais e está sempre respondendo a ondas populistas. A mídia é o oposto do idealismo. É oportunista num grau insuperável. Isso não ocorre porque carecemos de jornalistas. Conheço muitos que começaram com altos ideais. No entanto, foram capturados por ela. Sendo assim, quem devemos culpar? Você e eu. Pare e comece aí. Ou nós decidimos que sociedade queremos ou isso será decidido por nós quando não estivermos olhando.

No fim de 1986, a turnê mundial alcançou, primeiro, o continente europeu e depois o Reino Unido. Sob diversos aspectos, a volta à Grã-Bretanha foi um feliz retorno ao lar. *Scoundrel Days*, que acabara de sair, recebera resenhas bastante satisfatórias. No Reino Unido, apenas *Graceland*, de Paul Simon, impedira o álbum de chegar à primeira posição. No fim do ano, tínhamos dois singles entre os dez mais ouvidos: *I've Been Losing You* e *Cry Wolf*. Além disso, o A-ha arrasou na pesquisa anual com os leitores da revista *Smash Hits*, ganhando o prêmio de melhor banda. Eu fui escolhido o melhor cantor e — por que não mencionar? — homem mais sexy. Na lista de melhores álbuns, ficamos em segundo e terceiro lugares. E conseguimos colocar três singles na lista dos dez melhores do ano.

Fomos agendados para encerrar 1986 tocando três noites no Royal Albert Hall, incluindo 31 de dezembro, véspera de ano-novo. Aquilo teve muito significado para nós. Há uma famosa canção folk dos anos 1970, na Noruega, de autoria de Åge Aleksandersen, intitulada *Langt Igjen Til Royal Albert Hall* [um longo caminho até o Royal Albert Hall]. A canção é sobre o motivo pelo qual uma banda norueguesa jamais alcançaria sucesso internacional. Mas ali estávamos nós, agendados para uma série de apresentações com lotação esgotada. Era a forma perfeita de encerrar um ano que tinha sido incrível.

Mas nem tudo eram flores. Ao longo da etapa britânica da turnê mundial, o popular tabloide dominical *News of the World*, durante três semanas, expôs de forma escandalosa e vulgar minha suposta vida privada, baseando-se em depoimentos de Patrice, minha ex-namorada. Ela fizera parte do séquito de Steve Strange, de quem me aproximei quando chegamos a Londres. Pouco depois do término do nosso namoro, Patrice se mudou para os Estados

Unidos e, quando a turnê fez escala em Los Angeles, no fim do verão de 1986, eu a procurei. Encontrei-a trabalhando num restaurante e, de início, mal a reconheci. Ela perdera peso e parecia muito abatida. Estava muito diferente da garota que eu conhecera. Quis que ela melhorasse, que recuperasse a saúde. Esse cuidado com ela, porém, logo descambou para uma tentativa de relacionamento, mas foi a pior hora possível para aquilo acontecer, em virtude da agenda de nossa turnê e do estado em que ela se encontrava. Patrice se juntou à turnê pelos Estados Unidos por um tempo e, em seguida, voltou para Londres e ficou em meu apartamento, antes da etapa britânica começar.

Porém, a vida de Patrice estava bastante complicada, cheia de problemas. Fui um tanto ingênuo por achar que o fato de cuidar dela e hospedá-la ajudaria em sua recuperação.

A certa altura, Patrice começou a expor para minha família seus hábitos menos agradáveis. Ao constatar o rumo que as coisas estavam tomando, eu soube que o relacionamento não poderia continuar. Foi um período difícil para mim, pois me sentia responsável pelo bem-estar de Patrice, mas não dava para assumir seus problemas. Só ela mesma poderia consertar o que tinha de ser consertado. Quando enfim cortei os laços, foi bem desagradável. A reação de Patrice foi procurar a redação do *News of the World*. Eu soube disso quando vi uma foto minha e dela na primeira página do tabloide, sob a manchete: "Minhas travessuras usando uma bíblia para surrar uma estrela". E na matéria, páginas e mais páginas sobre "jogos de sexo sacanas" e "noites safadas".

Nas três semanas seguintes, as acusações fantasiosas se sucederam em grande quantidade — eram poucos os artigos que sugeriam que aquelas coisas não tinham realmente acontecido. Entre as habituais escapadas para sexo, pelo que fiquei sabendo, eu dormi com homens, participei de sexo a três com um casal de marido e mulher, gostava de usar vestido e apreciava untar o corpo de Patrice com mousse de chocolate. Bem, eu não teria nenhum problema em usar uma peça feminina numa noite, devo dizer. Pode ficar incrível. Mas isso não me tornaria gay.

    Então, quando aquela série de notícias escandalosas fabricadas se exauriu, as acusações assumiram um tom diferente — o oposto. Eu não era mais um amante selvagem e insaciável. Naquele instante, virei alguém enfadonho, era o garotinho da mamãe, casto e banal. Nunca dava ouvidos, estava sempre doente, tinha vergonha de meu corpo e das minhas pernas, além de ter passado a infância trancado numa jaula. Faça a sua escolha; todo tipo de acusação ocorria.

    A última afirmação foi talvez a mais grotesca de todas. E foi o foco do artigo da terceira semana, quando eu começava a me perguntar o que o tabloide iria inventar a seguir. A manchete era: "Mãe manteve estrela do A-ha em uma jaula". "Morten Harket, *popstar* destruidor de corações, passou a maior parte de sua infância preso numa jaula de madeira", o artigo dizia. "O vocalista do A-ha era tão selvagem quando criança, que seus pais tiveram de construí-la para ele e o deixavam lá dentro durante horas quando ele se mostrava muito perturbado." E minha conclusão foi: "Ah, então eis por que meu amor pelos meus pais é incondicional e meu respeito, o mais profundo".

CAPÍTULO 24

DE VOLTA À NATUREZA

NO MEIO da primeira turnê mundial, após cerca de seis meses, eu me sentia completamente exausto. No início do outono, a turnê fora retomada no centro-oeste dos Estados Unidos e seguiu seu curso, e eu comecei a ter aquela sensação curiosa de que tudo estava dando errado. Tive a impressão de estar sendo aspirado de um recinto, em vez de estar entrando nele. Ter de lidar com multidões todas as noites — as sucessões de gritos, onda após onda de barulho, de não ser capaz de encontrar um diálogo real — começava a cobrar seu preço. Depois de um tempo, isso exauriu minhas energias. Senti que estava meio ausente.

    Estive em mais quartos de hotel que eu poderia imaginar. Passei por diversos lugares em todo o mundo, mas vira pouquíssimo dele. Era irônico ter muito dinheiro, mas não poder gastá-lo naquilo que eu queria: tempo e liberdade. Mesmo falar com minha mãe ou meu pai pelo telefone era impossível — meus pais tentavam me ligar, mas não conseguiam, pois a linha vivia ocupada com alguém tentando contato comigo através deles. Eu me sentia mal com aquilo. E eles aceitavam o fato de que a situação não mudaria tão cedo, como se fosse algo que teriam de suportar. Tudo isso também contribuía para eu me sentir encurralado.

A turnê terminou onde tudo começou: na Noruega. Por mais estranho que possa parecer, só em 1987 nos apresentamos em nosso país. Os shows em Kristiansand, Stavanger, Bergen, Tromso, Trondheim e as quatro noites em Drammenshallen foram inesquecíveis. Foi maravilhoso voltar para casa, e os fãs se mostraram incríveis — que legal tocar para eles! Ao mesmo tempo, a turnê era um circo, embalado com todo o lado midiático da coisa. Do ponto de vista da imprensa musical, enquanto muitos jornalistas se empolgaram conosco, outros apelaram para uma forma de atrito subjacente. Havia outra banda norueguesa, o Monroes, que tinha um som parecido com o do Madness, um grupo inglês de ska. O Monroes era de Oslo e alcançara grande sucesso na Noruega. Houve muita badalação para cima deles na mídia norueguesa, que afirmava que o Monroes iria estourar internacionalmente. Mas, embora os dois membros da banda fossem muito gente fina, nunca tiveram o êxito que a imprensa musical norueguesa previra. Eles apostaram duplamente no cavalo errado.

Esse atrito prosseguiu mesmo depois de *Take on Me* ter alcançado o primeiro lugar nas paradas. Embora a maior parte da mídia considerasse nosso sucesso motivo contínuo de celebração, uma parte parecia querer perturbar: certos jornalistas tinham suas próprias opiniões sobre como a música deveria funcionar e como as bandas norueguesas deveriam parecer ao mundo. E ali estávamos nós, vindos de fora da tradição e fazendo algo que nenhuma outra banda norueguesa fizera. Aqueles jornalistas continuavam procurando maneiras de explicar nosso sucesso "acidental". No entanto, nunca acharam uma resposta.

O que complicou a situação geral foi uma discussão que tivemos a respeito do direito de tirar fotos em nossos shows. O que estava acontecendo era que as pessoas fotografavam o A-ha e, em seguida, produziam pôsteres a partir disso e os comercializavam. Não era a questão de estarem ganhando dinheiro com aquilo, mas sim o fato de que não tínhamos controle do que estava sendo vendido. Podia ser um material de péssima qualidade e os consumidores achariam que era algo oficial. Assim, precisávamos de algum tipo de controle em relação a quem tirava fotos e para o que seriam usadas. Automaticamente, a mídia começou a prestar atenção àquilo. Não comentaram nada sobre o uso que as pessoas poderiam fazer, ganhando um dinheiro fácil, mas enfatizaram a questão de que ninguém iria dizer a elas o que fazer. Naquele momento, começaram a criar polêmicas e a inventar atitudes grosseiras que nós estaríamos tomando. Era o fim do diálogo inteligente!

O que foi uma pena, porque nos sentíamos felizes de estar de volta e queríamos muito celebrar aquilo. E celebramos, apesar de todo o alvoroço da mídia. Também gosto de achar que mostramos a todos que era possível para noruegueses ter aquele tipo de sucesso num cenário internacional, em campos onde não havia precedentes e, portanto, a autoestima era baixa. Sem dúvida, nos anos seguintes, houve diversas histórias de êxito de noruegueses em diferentes áreas com repercussão internacional. Talvez isso tenha sido estimulado por uma sensação renovada de confiança no país. Ou seja uma transformação nas atitudes a partir da segurança financeira trazida pela descoberta do petróleo do Mar do Norte. Mas penso que histórias como a do A-ha não prejudicam — na verdade, cumprem sua parte na mudança da mentalidade nacional e mostram para as pessoas que é possível.

♫

Eu tinha vinte e sete anos e passara os últimos dez numa jornada divina e árdua na música e numa subsequente atenção mundial. Tínhamos acabado de concluir uma turnê de nove meses por todo o mundo, algo que perturbara e confundira minha mente. Eu sabia que precisava escapar, e com urgência. Dave Cooper, um dos caras da equipe de segurança, conhecia muito bem o Quênia. Assim, decidi convidar Gunvald, meu irmão mais velho, para me acompanhar num safári fotográfico, e pedi para Cooper vir conosco.

Meu irmão era um fotógrafo talentoso e também estava quase concluindo seu ano de residência para se qualificar plenamente como médico. Após doze segundos de consideração, decidimos convidar Yngvar Vestjord, seu supervisor médico, para se juntar a nós. Yngvar era atlético e carismático, especializado em medicina de emergência, talentoso e experiente, e atendia uma vasta região no norte da Noruega. Depois, é claro, também tínhamos de levar Tor conosco, naquela viagem única na vida. Tor, nosso amigo desde a infância, estudara física nuclear. Ele era dono de uma mente maravilhosa, um cérebro afiado e um controle dos impulsos bastante insatisfatório. Tor se tornou o mascote de nossa expedição.

Para os preparativos da viagem, deixei que os médicos pensassem na parte médica. Enquanto isso, visitei os escritórios do VG, maior jornal norueguês, que dispunha de muitos recursos, informei-lhes sobre meus planos e perguntei se eles queriam participar. A resposta imediata deles foi questionar quanto aquela exclusividade lhes custaria.

— Em dinheiro, nada — respondi. — Mas quero levar equipamentos fotográficos e quatrocentos rolos de filme. Também quero cobertos os custos de revelação.

— Você sabe de que equipamentos vai precisar?

— Sim, de dois corpos da Canon T90 e uma lente Canon 400 mm f/2.8L (uma teleobjetiva fantástica).

— É uma lente muito cara. Você vai ficar com ela depois? Não estou dizendo que você não pode. Só estou perguntando.

— Só quero ficar com os filmes.

— Essa lente não cobrirá todas as suas necessidades relacionadas à viagem.

— Já tenho as outras lentes de que preciso e também um corpo da F1. Quero usá-la manualmente para medição, em relação às funções automáticas da T90, para comparar as leituras de luz.

Em troca, ofereci ao jornal o direito de publicar os relatos e as fotos da viagem. Porém, os direitos autorais permaneceriam conosco.

Tudo acertado.

Aquela foi uma viagem inesquecível: queimaduras graves de sol, desidratação e intoxicação alimentar. Tudo incluído.

Chegamos lá com muitas expectativas. Quatro dias depois, ainda não tínhamos avistado nenhum animal selvagem, exceto duas tartarugas minúsculas. Nossa desforra foi fotografá-las de todos os ângulos, com o motor drive a pleno vapor, tirando seis fotos por segundo.

Eu começava a temer o retorno para casa. Como apresentar esse resultado ao VG após termos ido armados até os dentes para passar uma quinzena no Serengeti? Àquela altura, recordo que me senti um pouco menos "metido".

No entanto, a situação estava prestes a mudar.

Após fazermos uma curva — a estrada de terra batida era margeada por arbustos altos —, o terreno ondulado abriu-se e revelou um bando de avestruzes.

"Vejam! Avestruzes!", Tor gritou.

Aquela visão finalmente representou um alívio para os nossos dias de tensão, fadiga e tédio. Em seguida, com nosso motorista mantendo o furgão em movimento, surgiu um mundo diferente. Vimos umas cinquenta mil zebras, com suas listras pretas e brancas contrapondo-se ao empoeirado solo avermelhado africano, brilhantemente expostas ao sol — todas elas se deslocando em distintas direções.

Tor começou a contá-las. Nossa alegria e bem-estar só aumentaram.

A visão era de tirar o fôlego. Mas como iríamos captar aquilo em fotografia? De repente, nosso safári fotográfico se tornara bastante real.

Na semana seguinte, aprendi a maior parte do que sei acerca de fotografia. Assimilei tudo e não demorou muito para que o ato de fotografar se tornasse intuitivo. Dali em diante, deveu-se à intuição todas as fotos que tirei.

Certo dia, ao nascer do sol, nosso furgão parou a apenas alguns metros de um grupo de leões junto a uma grande lagoa. O bando principal bebia água na nossa frente, todo espalhado. Ao redor da lagoa, havia três pontos de observação naturais, que ofereciam uma visão geral melhor. Em cada um deles, via-se um leão adulto.

    Calmamente, subi no teto do furgão. Estávamos tão perto dos leões mais próximos, que as únicas lentes que eu quis utilizar foram uma grande-angular (uma 14 mm, também de f/2.8L) — na África, eu adorava essa lente — e a teleobjetiva de 400 mm. As duas se tornaram minhas preferidas. É de se compreender que nosso motorista e guia não tenha ficado contente com isso. Ele sabia o quão rapidamente uma leoa podia reagir se, de repente, se sentisse ameaçada. Mas eu me sentia muito bem e nossa presença era muito sossegada, serena. Estava mais preocupado com a possibilidade de o motorista de repente se comportar de modo inconveniente.

    Captei a cena em sua totalidade. Não sei onde a foto foi parar, mas não acho que se perdeu. Creio que está dentro de alguma pasta.

    Foi uma sessão de fotografia maravilhosa. Facilmente, posso convertê-la numa grande ampliação.

    Que viagem incrível!

♪

    Da Tanzânia, fui com Gunvald para as Maldivas. Desde que vi uma foto aérea de uma de suas ilhas, na década de 1970, apaixonei-me pela perspectiva do que iria encontrar se algum dia viajasse para lá — a tranquilidade do país e seus recifes fantásticos. E, ao observar aquela foto aérea, eu sabia que os recifes seriam muito ricos em diversidade marinha.

    Desde aquele dia, experimentei uma sensação intensa de anseio e pertencimento. Não em relação à terra firme, mas aos recifes e à água. Somente emergiria para respirar.

    Quando meu irmão e eu chegamos à nossa primeira ilha, foi impactante. Embarcamos em um *dhoni*, barco de pesca de madeira utilizado nas Maldivas, para a travessia de seis horas entre

Malé e a nossa ilha. Adormecemos profundamente com o ritmo monótono da viagem. Só acordamos quando o motor a diesel mudou para um ritmo diferente.

Levantei-me atordoado e não acreditei no que via. Alertei meu irmão.

Com o *dhoni* deslizando sobre os recifes, com a ilha crescendo à nossa frente, senti-me sem nenhum peso, vendo o mar se elevar em nossa direção em câmera lenta e revelando uma água muito transparente. E imediatamente consegui distinguir diversas espécies de peixes saltando sobre os altos pilares dos recifes de corais, que se projetavam das dunas brancas do fundo do mar.

Depois do amor-perfeito, nunca imaginei que poderia ser levado àquele nível de consciência de novo. Senti-me muito bem, mesmo picado por mosquitos e queimado pelo sol. Em 1987, aquela foi uma das primeiras ilhas da região a hospedar turistas. Tudo era básico e o lugar estava intacto. Foi ali que recebi meu certificado de mergulho após meu curso de três dias.

Às vezes, achamos que as coisas no passado eram melhores do que são hoje. Em relação aos recifes, infelizmente, isso é verdade, por causa do dano ambiental causado ao longo das últimas décadas. Aquela primeira experiência de mergulho, para mim, foi mais exuberante e vibrante, pois, desde então, os recifes perderam muita coisa. A mudança climática tornou o clima mais imprevisível. No passado, sempre nos referíamos ao ciclo de monções e ventos e aos períodos de calmaria no meio. Há correntes marítimas profundas que circulam o necessário para sustentar os processos vitais. Todas as inter-relações complexas estabelecidas ao longo de eras. No entanto, depois que o grande pêndulo ecológico ultrapassa sua tolerância, não se recompõe com facilidade. Pode simplesmente sofrer um colapso primeiro. "Teremos de esperar para ver", como afirma a política da cobiça.

A ânsia de diversidade está no próprio cerne da natureza e se sustenta na maior multiplicidade possível. A monocultura é o oposto disso. Para a natureza, o advento da monocultura é sempre uma má notícia.

Na natureza, não existe nada que seja inútil. Apenas espécies distintas, todas com um papel a desempenhar, numa rede complexa de interdependência, que abarca tudo. Nós nascemos nisso. Não criamos a nós mesmos.

Os seres humanos, porém, enxergam a monocultura de grande escala como o caminho para o sucesso, e qualquer planta que se intrometa é tratada como erva daninha. Inventamos a erva daninha quando quando começamos a cultivar. A monocultura é o cultivo num grau extremo, e também é a inimiga da diversidade. Consideramos qualquer coisa que se intrometa na monocultura como obstáculo ao desenvolvimento. Bem, o arquiteto da natureza — muito superior a nós — acha o oposto. "Quem deve ser a autoridade dessa questão?", eu me pergunto.

Nós nos vemos como diferentes de todas as outras espécies. O que é verdadeiro. Só que a mesma ideia vale em relação a todas as demais espécies. Fundamentalmente, só nos diferenciamos das outras espécies por nossa capacidade de questionar as coisas. Porém, se pararmos de questionar, retrocederemos em relação àquilo que nos faz espíritos humanos. Os fundamentalistas políticos e religiosos são exemplos notáveis dessa mentalidade. Eles vivem apenas de acordo com as respostas já obtidas, com suas crenças. Só que todas as outras criaturas da natureza também vivem de acordo suas próprias crenças. Simplesmente vivem de acordo com sua natureza, enquanto nós, porém, renunciamos à nossa se fizermos o mesmo.

Como nós armamos essa confusão, com toda a capacidade, e o acesso disponível à sabedoria que temos? Do meu ponto de vista, tudo é uma questão de mentalidade. Nós nos consideramos superiores, porque indivíduos brilhantes ao longo da história continuaram realizando prodígios inesperados. Assim, só temos de nos concentrar em coisas. E nos sentimos no direito de fazer qualquer coisa!

Todavia, não está tão claro quem somos. Em quase tudo o que fazemos, agimos como qualquer outro mamífero do planeta. Não utilizamos nossa poderosa capacidade para entender. Nós a usamos para atender a nossa mentalidade mamífera. É raro haver uma mente esclarecida por perto para dar orientação sem uma agenda contaminada. E quando são feitas tentativas de questionar o que fazemos, isso costuma ser visto como algo irritante, que nos desvia de nosso foco. Não questionamos o que está por trás desse foco. Como estamos no topo da cadeia, e também pensamos de forma arrogante, então não há necessidade. Estamos prontos para qualquer situação!

Somos movidos pelos hormônios, pela ansiedade e por segundas intenções. E não pela sabedoria resultante de uma infinidade de experiências. Há pouquíssima mente livre de dogmas por trás da maioria das coisas que fazemos. Infelizmente, para todos nós — e também para a natureza —, por meio de nosso sucesso, nos tornamos uma monocultura agourenta na natureza.

E para a natureza, que cuida de todas as coisas, nós nos transformamos em sua erva daninha.

CAPÍTULO 25

Teste cinematográfico — James Bond

EM 1987, Albert "Cubby" Broccoli, o consagrado produtor dos filmes de 007, procurava alguém para criar a música tema para os próximos filmes da série. Era o primeiro a apresentar um novo ator no papel — Timothy Dalton —, e havia muita pressão para que tudo desse certo. Ser o artista a apresentar a música tema sempre fora algo importante, mas, em meados dos anos 1980, ganhava ainda maior importância. No filme anterior de James Bond, 007 — *Na mira dos assassinos*, a missão ficou a cargo da banda britânica Duran Duran, que desfrutou de imenso sucesso mundial com essa canção. A participação deles coroava uma longa linhagem de artistas ilustres, incluindo Carly Simon, Paul McCartney e Nancy Sinatra. Assim, foi incrível sermos lembrados para tal missão.

O processo, porém, revelou-se bastante problemático. Começou quando o pessoal de Broccoli entrou em contato conosco. Em vez de nos oferecerem o trabalho sem rodeios, fomos solicitados a apresentar uma ideia para a canção. Terry Slater rejeitou a proposta. Disse que o A-ha não participaria desse tipo de teste. Ou queriam que compuséssemos a canção ou não. Era uma questão de confiança. Depois de algum tempo, perguntaram de novo se não tínhamos uma canção para enviar. Terry voltou a dizer ao pessoal que eles teriam de decidir se queriam que o A-ha fizesse a canção ou não. Que não deveriam procurá-lo de novo, a menos que quisessem que compuséssemos a música. Enfim, eles nos ofereceram o trabalho.

    Nosso entusiasmo em compor a música logo viria a desaparecer. Paul e Magne compuseram uma canção e achamos que estava boa, mas então John Barry se envolveu e insistiu em modificá-la. Durante anos, Barry trabalhou nas trilhas dos filmes de James Bond, e ficamos sabendo naquele momento que ele também deveria fazer parte daquele processo. Nunca achei que a música precisasse de mudanças, pois estávamos muito satisfeitos com o resultado. No entanto, o propósito daquilo tinha a ver com os créditos. Assim, o nome de Magne fora removido dos créditos e substituído pelo de John Barry. Tudo virou uma questão de política. Se Magne tivesse mantido sua posição, eu o teria apoiado. Porém, relevamos o fato.

    Eu respeitava muito as músicas de Barry, mas não gostei daquela atitude. Para ser honesto, hoje em dia, não tenho certeza do que dizer sobre ele. Sob vários aspectos, acho que não cheguei a conhecê-lo. A primeira impressão não foi das melhores. Barry começou falando mal do Duran Duran, o que não pareceu promissor. Eu não gostava de ouvir alguém falar de outras bandas daquela maneira e achei que ele estava apenas tentando encontrar uma maneira de se ligar a nós.

    Certa vez Magne disse: nós estávamos trabalhando com John Barry, mas John Barry não estava trabalhando conosco. No fim, tudo ficou um tanto mesquinho: havia um sintetizador de que gostávamos na versão original — John Barry adicionou suas cordas e trocou um tom da melodia por um semitom. Quando voltamos ao estúdio para mixar a música, nós voltamos a usar o tom. Imagino que tenhamos sido um desafio para ele. Nossos métodos de trabalho e nossas opiniões fortes foram uma surpresa para Barry. Previsivelmente, da mesma forma que Barry falou mal do Duran Duran para nós, assim que a canção ficou pronta, nós nos tornamos o alvo de sua língua. Em uma entrevista que foi dada a um jornal belga, Barry nos comparou à Juventude Hitlerista.

Embora os créditos da canção mencionem Paul Waaktaar e Barry, *The Living Daylights* foi o trabalho menos colaborativo que conheço. Infelizmente, a criação da música foi apenas parte do problema que tivemos com o pessoal do filme. O ponto crítico seguinte ocorreu em relação ao lançamento do filme. Eles escolheram uma data que caía bem no meio de nossa turnê japonesa. Ela fora divulgada com muita antecedência e todos os ingressos já haviam sido vendidos. Assim, nossa agenda não era segredo para ninguém. Mas isso não era problema deles, que esperavam que desmarcássemos os shows daquelas datas e voltássemos para a estreia do filme. No entanto, não podíamos fazer isso.

Talvez tenhamos sido ingênuos, mas nossa intuição nos disse que devíamos honrar as datas e os fãs, que já tinham pago para nos ver. O pessoal do filme, porém, considerou aquilo de maneira diferente: quando lhes dissemos que não poderíamos comparecer ao lançamento, os caras não levaram a sério. Em Londres, na grande estreia do filme, o A-ha não compareceu e a imprensa dedicou muita atenção ao fato. O pessoal do filme ficou ofendidíssimo. Nossa atitude foi interpretada como arrogância, o que não era verdade. O resultado foi que tiraram a canção do fim do filme e a substituíram por outra música — dos Pretenders: *If There Was a Man*. Acredito que foi a primeira vez que um filme de James Bond teve canções diferentes nos créditos iniciais e nos finais.

No fim das contas, foi uma pena. Em algum momento, houve falta de comunicação. Para mim, pareceu uma situação que poderia ter sido evitada sem grandes rusgas. O pessoal do filme se sentiu desrespeitado, achando que o trabalho que fizemos foi uma espécie de ocupação secundária, e não foi isso. Porém, nossa ausência na estreia pareceu reforçar a interpretação deles dos acontecimentos e tudo ficou insolucionável a partir dali.

De verdade, sinto orgulho de minha participação. Acho que a música é poderosa. No final das contas, é uma canção de Bond sem tirar nem pôr, se não levarmos em conta toda a política.

CAPÍTULO 26

STAY ON THESE ROADS

CADA CANÇÃO possui sua própria história para contar. Embora algumas levem anos e versões sem fim para vingar, outras conseguem ser criadas com grande facilidade e rapidez. Esse foi o caso de *Stay on These Roads*, faixa título de nosso terceiro álbum.

Estávamos os três no apartamento de Paul, em Kensington, Londres. Magne, sentado ao piano, tocava alguns acordes e me convidou para sentar ao seu lado, estimulando-me a criar uma melodia. "Morten", ele disse, "devem existir muitas melodias em sua cabeça. Venha e cante para mim..."

Aquele tipo de convite para eu colaborar não acontecia com muita frequência. Sempre era algo que rolava entre Magne e Paul. No entanto, recordo-me de me aproximar do piano e logo cantar o que se tornaria a melodia do coro para aqueles acordes. Tudo aconteceu de modo muito rápido e fácil, tanto que Paul se aproximou, batendo palmas lentamente e sorrindo. A partir daquela melodia, Paul criou a letra. Como *Take on Me*, *Stay on These Roads* tornou-se uma das raras canções dos primeiros anos em que nós três contribuímos com alguma coisa da composição. E permaneceu como uma das canções fundamentais da banda.

Até aquele momento da carreira do A-ha, eu não havia contribuído muito para a composição das músicas. Naqueles três primeiros álbuns, eu tinha crédito de coautoria em apenas três canções. A grande maioria delas era de autoria apenas de Paul ou de Paul e Magne. Eu sabia que era capaz de compor e sempre tinha opiniões importantes a oferecer, mas não me ressentia de não estar tão envolvido naquilo. Àquela altura, não achava que era o melhor uso do que eu tinha a dar. Esse era um ambiente muito competitivo, frequentemente não verbal — ou seja, não era propício ter um envolvimento maior. Só quando a banda se consolidou e achei natural contribuir mais foi que a coisa se tornou importante para mim. Esse foi um dos motivos pelos quais resolvemos seguir caminhos distintos em meados da década de 1990. Ainda que isso tivesse vindo à tona naquela ocasião, as sementes haviam sido semeadas muito antes.

Para mim não importa quem compõe a canção. Eu sempre reajo a grandes canções — ponto. Porém, nem todos nós compartilhávamos dessa visão e isso matizaria as opiniões com as impurezas dos nossos objetivos.

♪♪

Naquele momento da história do A-ha, Magne, Paul e eu estávamos em lugares diferentes uns dos outros, algo que ficava cada vez mais claro. Nada era dito, assim como muitas questões relativas ao grupo, mas estava ali, pairando sobre nós. Eu passava por experiências que eles não conseguiam entender de modo algum. O nível de atenção da mídia sobre mim vinha afetando tudo o que fazíamos. Não creio que Magne e Paul se ressentissem do fato de eu estar em evidência, mas isso devia aborrecê-los em termos da música que queriam fazer. Meu sentimento era de como se eu fosse o problema: se eu não estivesse lá, eles poderiam realmente fazer a música que queriam.

Ao mesmo tempo, eu não estava completamente ali: a pressão daquele estilo de vida tinha seus efeitos sobre mim e, inevitavelmente, arrastava-me para dentro. Na turnê, houve ocasiões em que os dois iam para o restaurante jantar sem mim, por causa da atenção que eu atrairia se estivesse presente. Eu entendia, claro, mas isso não ajudava nada em nossa aproximação.

Eu vinha suportando o impacto sozinho. Era assim que as coisas estavam. É a natureza da fama, como ela o separa de todo mundo, mesmo das pessoas mais próximas. Você só consegue ter discussões significativas sobre isso com aqueles que entendem de verdade o fenômeno.

Naqueles tempos, nossas personalidades ainda estavam em formação. Durante esse período de minha vida, uma pessoa significou mais para mim do que qualquer outra: Terry Slater, nosso empresário, uma dádiva dos céus, que nunca se deixou impressionar pelo negócio da música, porém, ele era apaixonado por ela, ao menos quando as coisas davam certo. Terry sempre era equilibrado e muito inspirador. Não havia segredos... e podia ser mágico. Terry é uma das poucas pessoas que conheci que entendem a natureza da fama. O fato de ele ter me acompanhado naqueles tempos — quando a fama nos atingiu como um trem-bala — fez toda a diferença.

Todos os momentos maravilhosos que desfrutei como resultado da aceitação pública de nossa música — as inúmeras interações com as pessoas comuns, algumas levando suas vidas sob circunstâncias bem difíceis, mas ainda expressando gratidão pelo que eu representava para elas — eram muito gratificantes.

No entanto, a fama em si é um animal bem diferente. A percepção do que é ser famoso é muito equivocada. Em qualquer sociedade, uma pessoa famosa é proscrita dessa sociedade — com tudo o que essa sentença significa. Um famoso perde, do dia para a noite, mais ou menos todo o acesso à vida social normal. De repente, você se vê sendo percebido como uma anomalia por todos. Não estou dizendo que as pessoas transmitem uma atitude negativa. Muito pelo contrário. Mas elas não sabem o que fazer de você. Ou elas sabem o que fazer de você a partir do que ouvem da mídia.

Tão rápido quanto uma mudança do tempo, a privacidade quase desapareceu para mim.

Até a fama alcançá-lo, você não sabe o que é realmente a privacidade. Nós a admitimos como algo natural. Porém, uma coisa tão básica pode desaparecer sob seus pés. Como todas as demais espécies, os seres humanos possuem uma necessidade fundamental de abrigo. Todos os dias. Diversas vezes por dia. Um canto privativo, onde você possa recarregar seu sistema e voltar a ser "você". Todos nós asseguramos isso, geralmente sem pensar... pode ser num café, dentro de um ônibus, durante uma corrida de táxi, numa caminhada entre encontros.

Até hoje eu não me recuperei. Mas não lamento por isso. É o que é.

Ao caminhar por qualquer rua, eu sentia as coisas neutras e ninguém se comportava de modo inconveniente. Mas, abaixo da superfície, tudo estava em ebulição. A menos que eu me tirasse do alcance no devido tempo, as chances eram de ser abordado de alguma maneira, o que levava a uma mudança de planos e, possivelmente, a novas abordagens por outros indivíduos, uma vez que o gelo fora quebrado. Ao ser confrontado com um pedido, eu ficava de olho na natureza da abordagem, porque a maioria das pessoas ficava um pouco exaltada e, ao mesmo tempo, se sentia desconfortável pela perturbação que causava. No final, todas se sentiam contentes e eu continuava, anonimamente, rumo ao próximo encontro. Contudo, a novidade se espalhava, porque "algo" estava acontecendo. Assim, era preciso que eu desocupasse aquela área.

Cada alma individual com que você lida, de forma subconsciente, muda para a mentalidade grupal. De maneira intuitiva, eles são eles e você é... algo diferente. Só que você não é algo diferente. Você ainda é simplesmente você.

No entanto, você não está mais por sua própria conta. Agora você pertence a *eles*. Corpo e alma. Essa é a mentalidade da multidão.

E você pertence à mídia. Corpo e alma. Essa é a mentalidade da matilha. Porque quando muita gente "quer aquilo", a mídia tem todo o direito de acessá-lo em nome de todos.

Seja como for, esses são os fatores que constituem a fama. São o que são. Como afetam a minha vida é uma coisa. Como afetam a sociedade é outra inteiramente diferente.

Jamais me envolvi com álcool e drogas, mas posso compreender muito bem de onde vem esse impulso, como uma espécie de estratégia de enfrentamento, para você atravessar o próximo encontro, a próxima apresentação na TV, a próxima etapa da turnê. Mas é claro que isso, de outro ponto de vista, só detona o seu sistema.

Sempre tive a sorte de ser forte mentalmente. Em minha fase de crescimento, lidando com o *bullying* na escola, tive a força interior e a crença que me fizeram superar as dificuldades. Como resultado, o colapso que enfrentei por causa da fama não foi mental, mas físico. Foi como o meu corpo reagiu à pressão que eu vinha sofrendo. Comecei a me sentir mal e abscessos realmente desagradáveis começaram a aparecer em meu corpo. Era uma espécie de estafilococo, e aquilo foi bastante perturbador, porque eu não conseguia entender de onde vinha. E quando fui consultar um médico, ele também não foi capaz de me dar um diagnóstico.

Eu era saudável. Sempre cuidei de mim, o que tornava os abscessos ainda mais preocupantes. Todos começaram a buscar uma razão por trás daquilo. Como eu estivera na África, imaginaram que eu poderia ter contraído lá algum tipo de vírus. Fiz todos os tipos de exames. Lembro-me de ter realizado o teste de HIV, que, em si, não é uma experiência agradável, mesmo se você sabe que o resultado será negativo. Todos os demais resultados também deram negativo, mas, ao mesmo tempo, havia aquela ansiedade de saber o que causava tudo aquilo.

Sentia-me como se tivesse cem anos. Por um tempo, quando fiquei mal de verdade, comecei a perder a percepção das cores. Não passei a enxergar em preto e branco, mas não conseguia mais experimentar as cores. Também perdi o sentido do paladar. Quando comia, a comida era apenas uma substância que eu mastigava, e nada mais. Tornei-me uma espécie de morto-vivo, mas não me sentia deprimido. Não sentia nada. Achava que era um cinzeiro. Perguntava-me se em algum momento eu iria achar o meu caminho de volta, o meu caminho para as riquezas da vida.

Basicamente, era meu corpo protestando, dizendo que, se eu não ajustasse aquilo, ele teria de entrar em greve. Porque era disso que se tratava, em última análise. Eu precisava parar, recarregar as baterias e descansar. No entanto, a agenda da banda não permitia isso. O mundo exterior, como se apresentava para mim, não admitiria tal coisa. Por que é tão difícil? Todos gostam muito de você!

♪♪

Stay on These Roads foi um álbum mais difícil de produzir do que os dois primeiros. Enquanto *Scoundrel Days* tinha mais a cara do A-ha, *Stay on These Roads* pareceu mais uma colaboração entre nós e Alan Tarney, e perdeu algo ao longo do processo. Foi o terceiro álbum no qual Alan se envolveu, e houve a sensação clara de que era o mais longe que podíamos ir com ele. Era o fim de um capítulo, musicalmente falando.

Embora tivéssemos desacordos sobre a direção de Alan, muito daquilo também resultava das tensões entre mim, Magne e Paul. Não me levem a mal, há muito a ser dito sobre a existência de algum atrito numa banda para o combustível criativo continuar fluindo — a história do *rock-and-roll* está cheia de relacionamentos marcados por rivalidades. Se não existissem personalidades em atrito umas contra as outras, não existiria a centelha que torna uma banda o que ela é.

A constituição do A-ha era um pouco diferente disso. Nunca brigamos fisicamente, nem gritamos uns com os outros. A agressividade era mais passiva: três indivíduos obstinados e persistentes, que sabiam o que queriam, que tinham aprendido a não arredar pé de suas posições. Paul nunca aceitava a direção de fora. Não era alguém que se sentia bem compondo num ambiente aberto, onde tudo podia acontecer. Ele tinha uma necessidade patológica de controle e protegia muito suas composições.

Magne sempre foi um cara incrivelmente onipresente na maioria das situações. Sua natureza é muito brincalhona e ele tem a capacidade de interagir com qualquer um muito rápido. No entanto, também pode ser bem durão no que se refere a fazer as coisas do seu jeito e levar isso até o fim. Uma vez que ele pega um caminho, dificilmente muda de direção — Magne tem de chegar aonde quer ir ou pagar para ver.

De vez em quando, algo precisava ser dito para aclarar as coisas e acertar os ponteiros. Como eu disse, nós não fazíamos isso — ficávamos remoendo as questões. No frigir dos ovos, não nos comunicávamos adequadamente. Todos se mantinham presos em seus próprios pensamentos, mundos e amores pela banda. Um dos meus remorsos em relação ao A-ha foi não termos desenvolvido plenamente nosso potencial. Possuíamos aquela via de acesso maravilhosa para a criação de músicas incríveis, mas nossas falhas impediram a banda de se tornar o que ela poderia ter sido.

Alguém como Alan Tarney — e qualquer um dos produtores que trabalharam conosco —, ao considerar a situação, deve ter pensado: "Por que me meti nisso?" Alan foi o que, logo no início, lidou melhor com aquilo. Mas quanto maior o A-ha se tornava, e mais resolutos ficávamos em se tratando de nossas habilidades, mais difíceis ficávamos de controlar. Para um produtor, isso há de ser um pesadelo. E, no nosso caso, significava que, com bastante frequência, as sessões de gravação eram experiências extremamente tensas. Ao ir para casa depois, a sensação era de desânimo, após se ver em outro beco sem saída, após outro silêncio eloquente, após outra falta de discussão. Lembro-me de ter pensado: "Nós somos os únicos com o poder de impedir o A-ha de ser a maior banda de nosso tempo."

♪

No Natal de 1987, Terry deu para cada um de nós um presente: um violão fabricado pelo luthier Robert Steinegger. Eram peças muito bonitas, os mesmos violões que ele havia fabricado para os Everly Brothers, com quem Terry tinha um envolvimento de longa data. A madeira dos três instrumentos veio da mesma árvore. Era um belo presente. Fiquei encantado e comovido.

Aquele violão também se tornou um presente de um modo distinto. Não era apenas um objeto maravilhosamente fabricado, mas também algo que me impeliu a encontrar uma voz musical que poderia usar para compor. Apesar de meu talento musical inato, que, ainda criança, fez com que me interessasse pelas aulas de piano, eu jamais tive afinidade com um instrumento que me estimulasse a compor. Com o violão, aprendi sozinho a tocar e dei início ao processo de compor meu próprio material. Ao longo dos anos, utilizei-o com assiduidade e, hoje em dia, está envelhecido e sábio. É um companheiro bastante viajado e muito amado, e várias das canções que compus para os meus álbuns solo e para o A-ha começaram nesse instrumento.

CAPÍTULO 27

A TODA VELOCIDADE

COMO CONSEQUÊNCIA do fato de ser famoso, desenvolvi o gosto por carros e motocicletas. Foram as últimas, em particular, que me colocaram em algumas situações comprometedoras, sobretudo quando chegamos a um momento de nossa carreira em que as pessoas não diziam "não" para qualquer coisa que pedíamos. Certa vez, numa turnê pela Europa, Magne decidiu solicitar algumas motos para passear sem rumo certo. O produtor, que Deus o abençoe, entregou mais do que o esperado: ele trouxe uma Honda 750 VFR e uma imensa Harley. O produtor nunca perguntou se tínhamos habilitação. Ele supôs que éramos habilitados a conduzir motos ou não se atreveu a perguntar. Se eu pedia uma moto, então recebia uma moto. Ponto final. Lembro que Magne tinha habilitação. Por outro lado, eu nunca montara em uma moto na vida, e muito menos tirara carteira de motorista — e não possuía nenhuma experiência no trânsito.

Felizmente, Magne tinha um pouco mais de conhecimento e já andara de moto antes. Assim, ele me deu algumas dicas e aquilo foi quase tudo o que tive para seguir adiante. O quão difícil poderia ser? Eu estava preso num hotel, como sempre cercado por fãs, e aquela era uma das ocasiões em que eu precisava dar uma escapada. Eis por que pedira uma moto.

Saí pela porta dos fundos, mas, como sempre, não demorou para que eu fosse reconhecido e todos os fãs viessem correndo em minha direção. "Ou vai ou racha", pensei, baixando a viseira do capacete e acionando o acelerador. E aquela coisa deu um coice. Sem certeza de como as marchas funcionavam, senti a moto oscilar. Enfim, consegui escapar e desaparecer, fazendo uma curva na esquina da parte de trás do hotel.

No entanto, meu alívio em fugir rapidamente se transformou numa missão desafiadora. Em primeiro lugar, dei-me conta de que saí sem nada: sem a carteira, sem um mapa e sem nenhuma ideia do endereço ou do nome do hotel em que estávamos. Pode parecer um tanto estúpido dizer isso, mas nem mesmo tinha certeza da cidade em que me encontrava. Quando você salta de show em show, tudo se torna um pouco confuso. Assim, lá estava eu, perdido, costurando no trânsito e lutando para controlar aquela besta embaixo de mim.

Segui o fluxo dos carros na expectativa de detectar um ponto de referência ou alguma dica, mas, quando dei por mim, entrava numa espécie de rodovia de cinco pistas, seguindo direto para o posto militar Checkpoint Charlie em direção a Berlim Oriental. Portanto, era em Berlim Ocidental que eu estava, concluí.

Naquele momento, realmente não sabia o que fazer. Não gostei da ideia de me aproximar de Berlim Oriental e, aflito, passei a procurar por possíveis rotatórias à frente para fazer o retorno. Para meu alívio — o primeiro desde que montei naquela moto —, logo surgiu uma e fiz o retorno para o lado ocidental. Por sorte, alguém notou minha aflição — um rapaz num Porsche percebeu que eu estava meio perdido. Ele emparelhou seu carro com a minha moto e fez um gesto afirmativo com a cabeça como se dissesse: "Eu cuido de você". Então, o cara ficou atrás de mim, para me seguir. Aquilo ajudou a me tranquilizar, enquanto eu calculava o que fazer. Fiz uso da relativa calma para treinar a pilotar a besta enquanto cruzava a cidade.

Enfim, depois do que pareceu uma eternidade, vi uma placa e fui capaz de pegar a direção correta. Acenei para o rapaz do Porsche e ele piscou os faróis para mim, como se desejando boa sorte. Ele foi uma espécie de anjo da guarda — um com um carro esporte! Segui na direção em que achava que ficava o meu hotel, forçando-me a visualizar sua aparência: como era seu formato, projetando-se na direção do céu. Tinha um logotipo? Depois de percorrer praça após praça, enfim o vislumbrei. Porém, voltei a perdê-lo. Lembro-me de ter pego um caminho errado, numa rua de mão única, justamente para não o perder de vista. Por fim, retrocedi e achei o hotel.

Foi uma experiência horrível. Porém, ao mesmo tempo, houve algo em relação à moto de que gostei. Senti um barato incrível com a potência da máquina. Adorei essa parte: a força da aceleração, a capacidade de frenagem, a dinâmica da curva, o equilíbrio. Tempos depois, tirei minha carteira de habilitação para carro e moto. E quanto mais ando de moto, melhor me sinto. Quanto melhor me sinto, mais rápido ando. Cheguei a duzentos e trinta quilômetros por hora certa vez. Tive diversas motos, mas minha preferida era uma Yamaha V-Max de 150 hp. Ela ia de zero a sessenta quilômetros por hora em menos de três segundos — deslocava-se de um lugar para outro tão rápido que não parecia real.

A primeira vez que vi uma em ação foi na Suíça. Havia um rapaz ali com uma dessas máquinas: era maciçamente compacta, como se fosse uma moto cheia de esteroides. Era quase só motor, com um assento em forma de sela. Observei aquele cara montar nela e, antes de eu conseguir piscar, ele já estava a cento e cinquenta quilômetros por hora, a cerca de duzentos metros de distância, subindo uma colina. Era uma ladeira bem íngreme, mas a moto pareceu nem fazer esforço. Depois de ver aquilo, decidi que tinha de ter uma daquelas.

♪

Isso aconteceu antes de eu tirar minha habilitação. No entanto, só me fez desejar ainda mais uma carteira de motorista. Pode parecer banal, mas, quando você está em evidência como eu estava, isso se torna um grande problema. Eu não podia simplesmente ser um aprendiz normal, praticando nas ruas ou realizando meu exame, pois centenas de fotógrafos seguiriam todos os meus movimentos. Entrei em contato com o órgão governamental pertinente e tentei explicar a questão. Na Noruega, a pessoa faz algumas aulas e, depois, realiza o exame prático agendando data e horário. No meu caso, aquilo não funcionaria. Aquela informação iria vazar de qualquer jeito.

Expliquei tudo isso da melhor forma possível para a autoescola. Disse que, se soubessem que eu estava estudando ali, a autoescola seria invadida. Eu não conseguiria fazer minhas aulas, nem nenhum outro aluno, mesmo nas semanas subsequentes. Toda a imprensa acamparia ali pelos próximos meses. Também falei sobre isso para o órgão governamental: normalmente, você agenda o exame e o seu nome fica nos arquivos, com acesso a muita gente. Embora meu nome tivesse de ficar registrado por razões legais, também era preciso que ficasse fora dos arquivos, para que ninguém soubesse o que estava acontecendo.

Àquela altura, minha vida estava muito distante de qualquer situação que pudesse ser considerada normal, mas pouca gente parecia entender. E quase sempre duvidavam dos meus pedidos, como o diretor da escola católica para garotas nos Estados Unidos, onde realizamos aquele show. Nesse caso, de novo, por mais que eu tentasse convencer as pessoas, percebia, pelas respostas, que não estavam considerando seriamente as minhas preocupações. Achavam que eu estava exibindo uma autoestima exagerada, talvez alguém mimado, e consideravam meus pedidos um tanto embaraçosos. Tentei dizer-lhes que sabia do que estava falando. Não poderiam pôr o nome de outro até que chegasse a hora de eu realizar o exame? Então, quando chegasse, poderiam trocar o nome fictício pelo meu, o que daria tempo suficiente para realizar o exame sob condições normais.

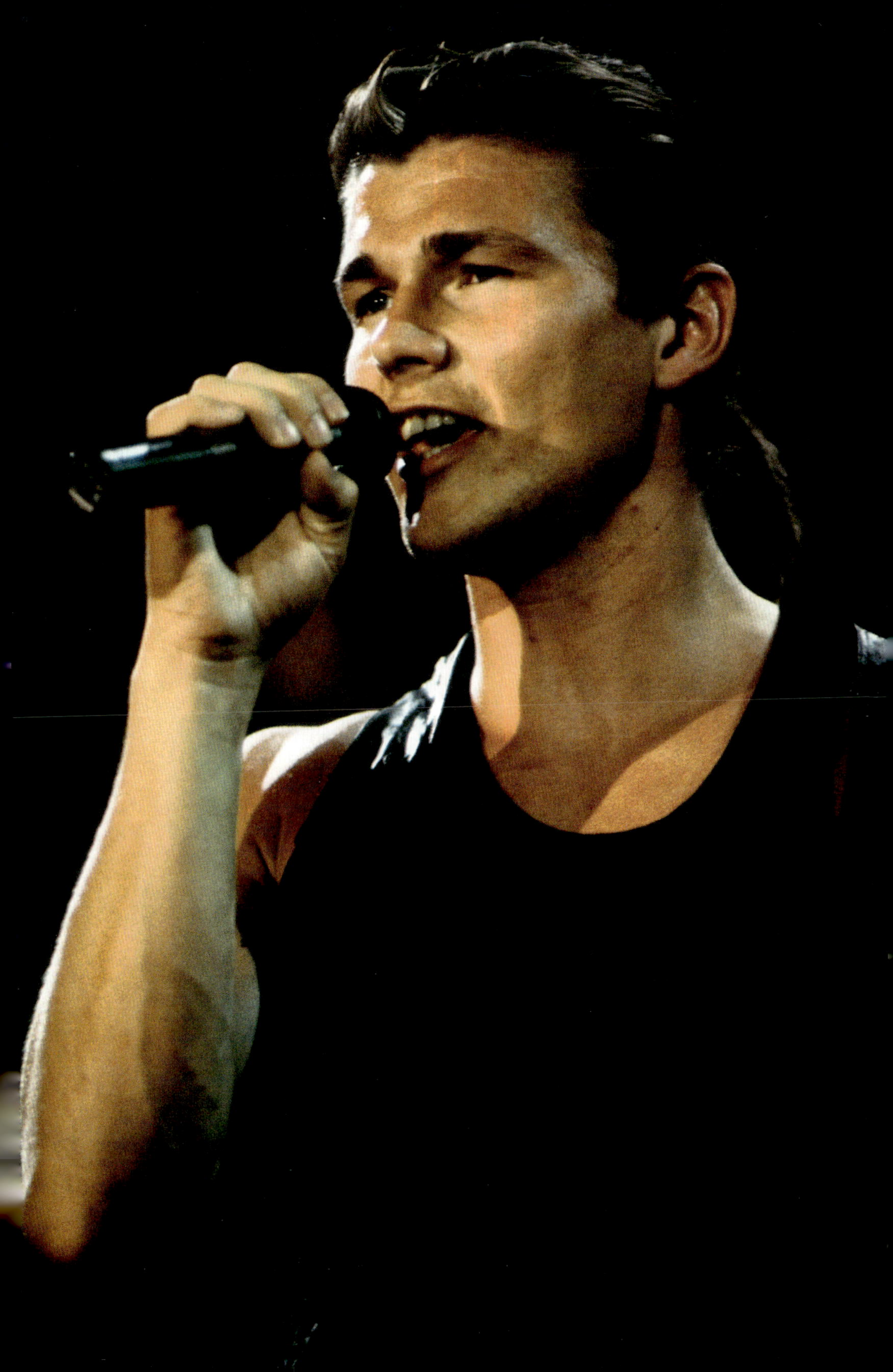

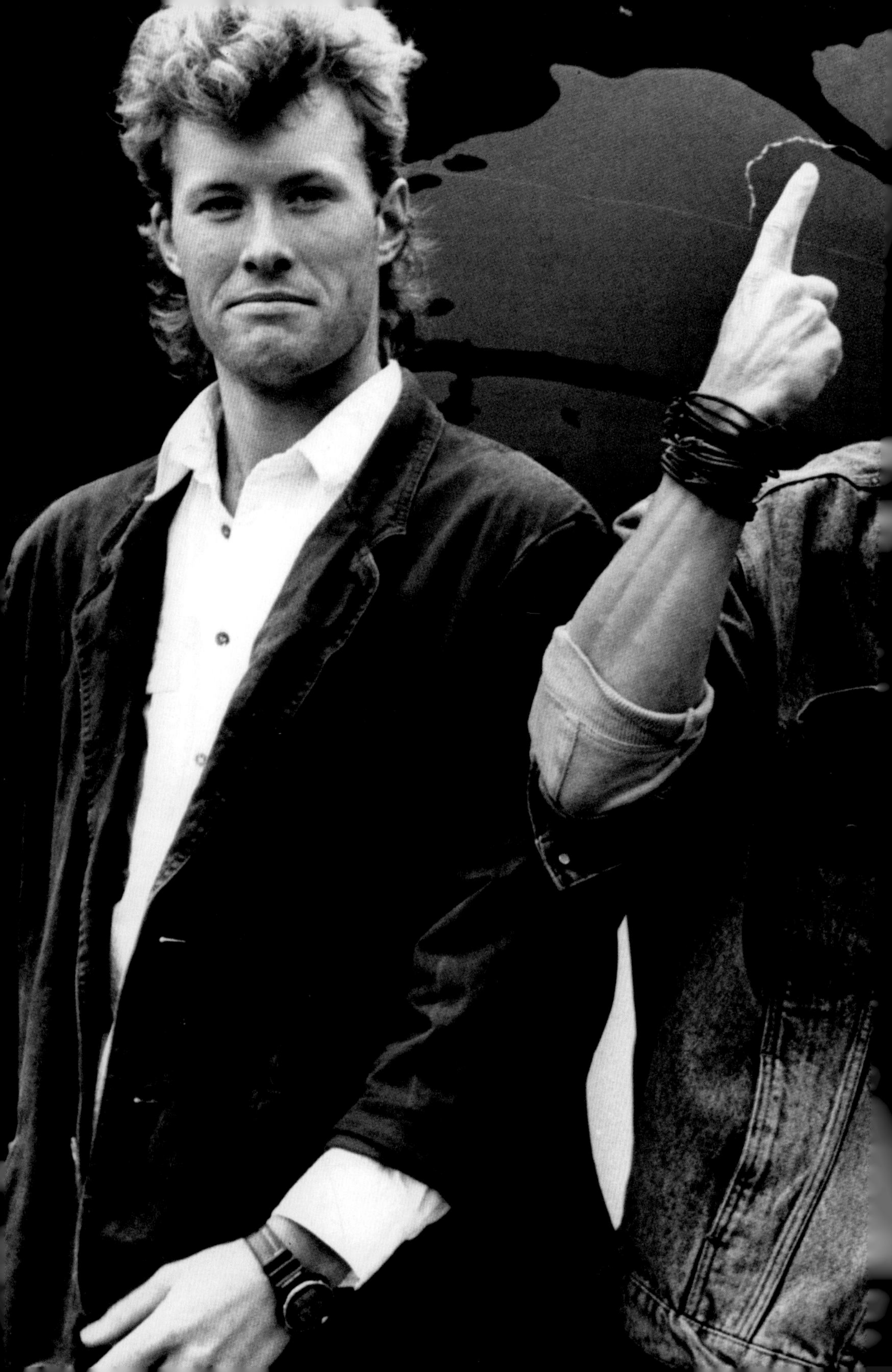

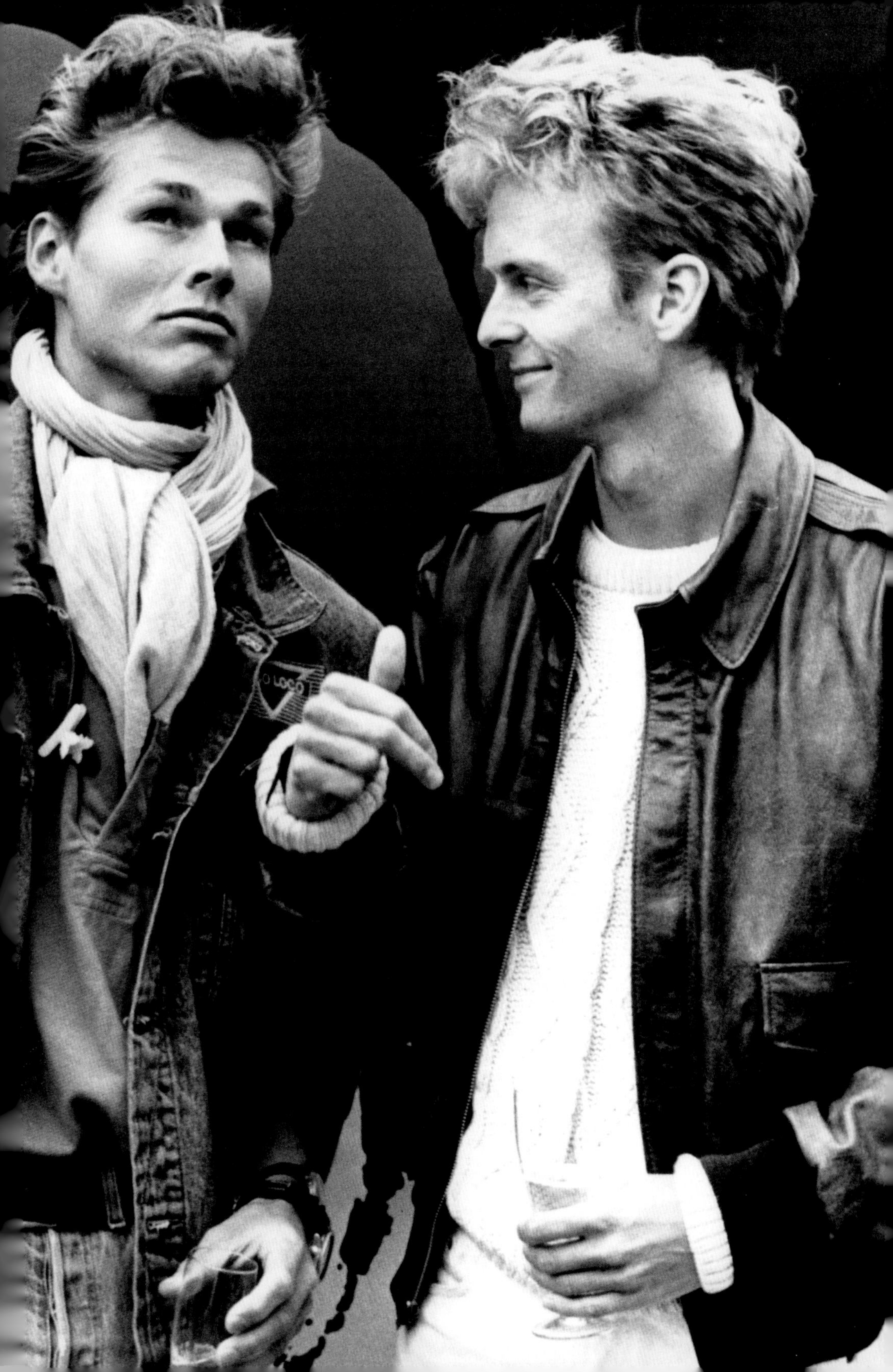

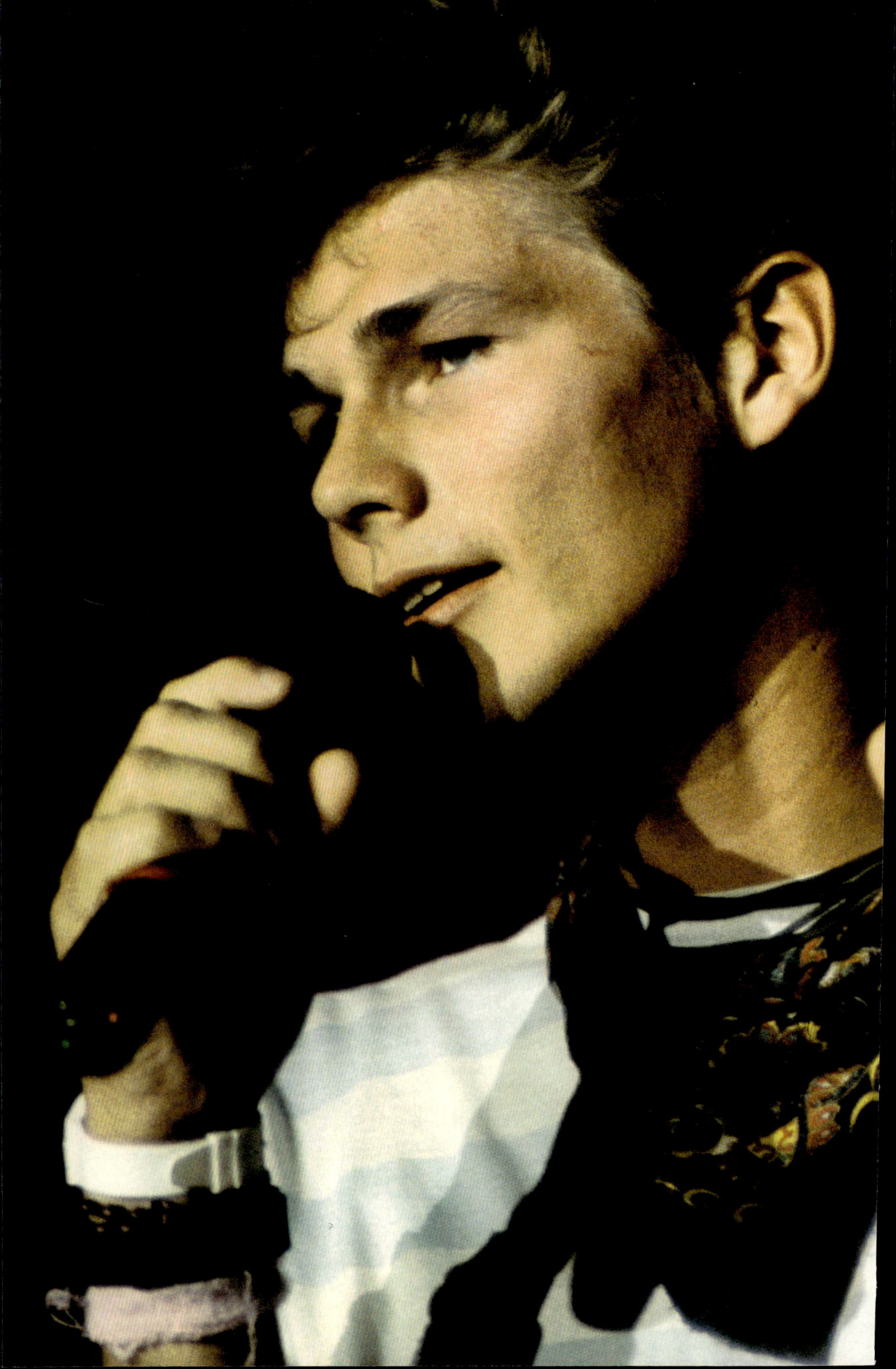

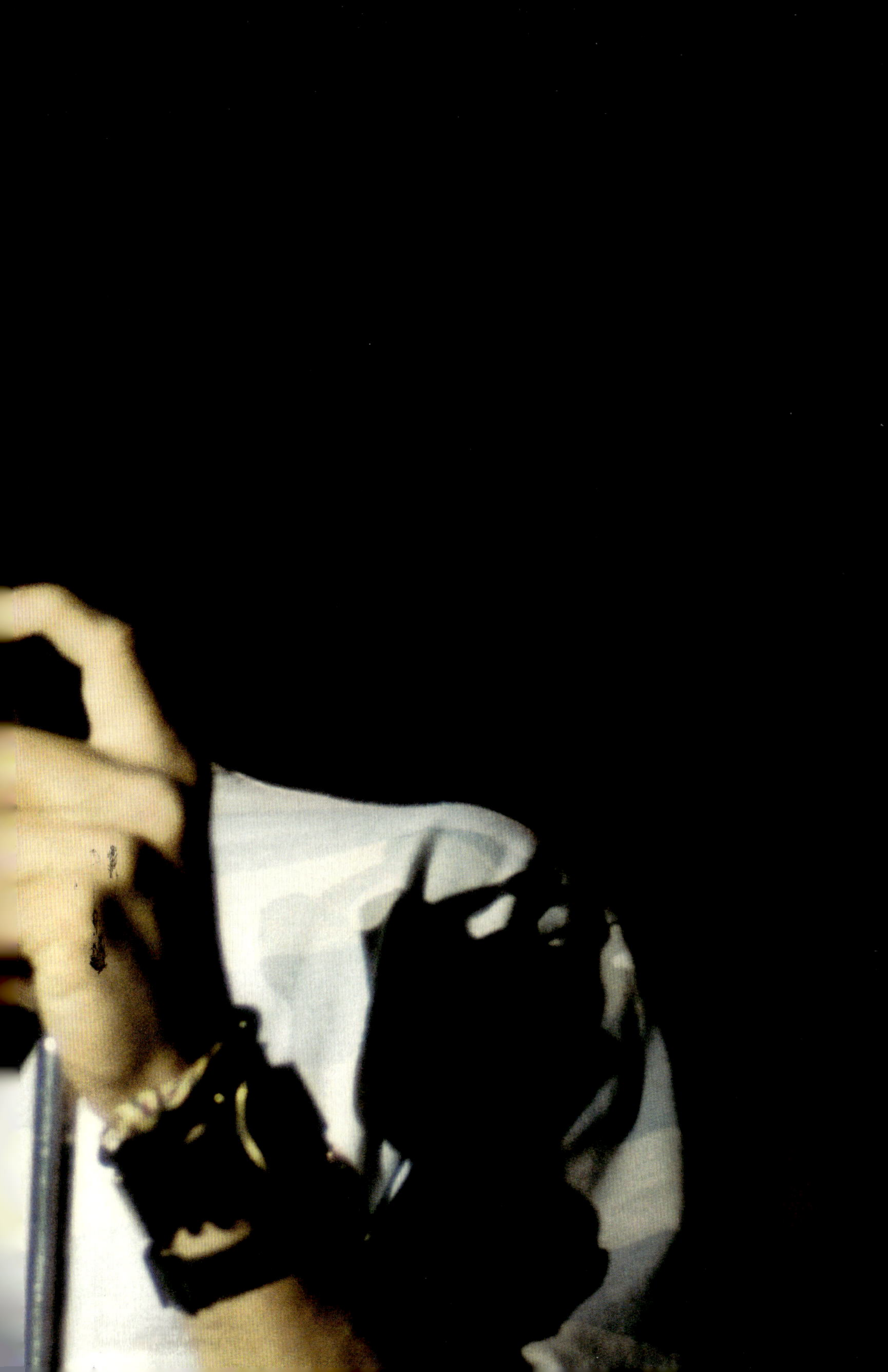

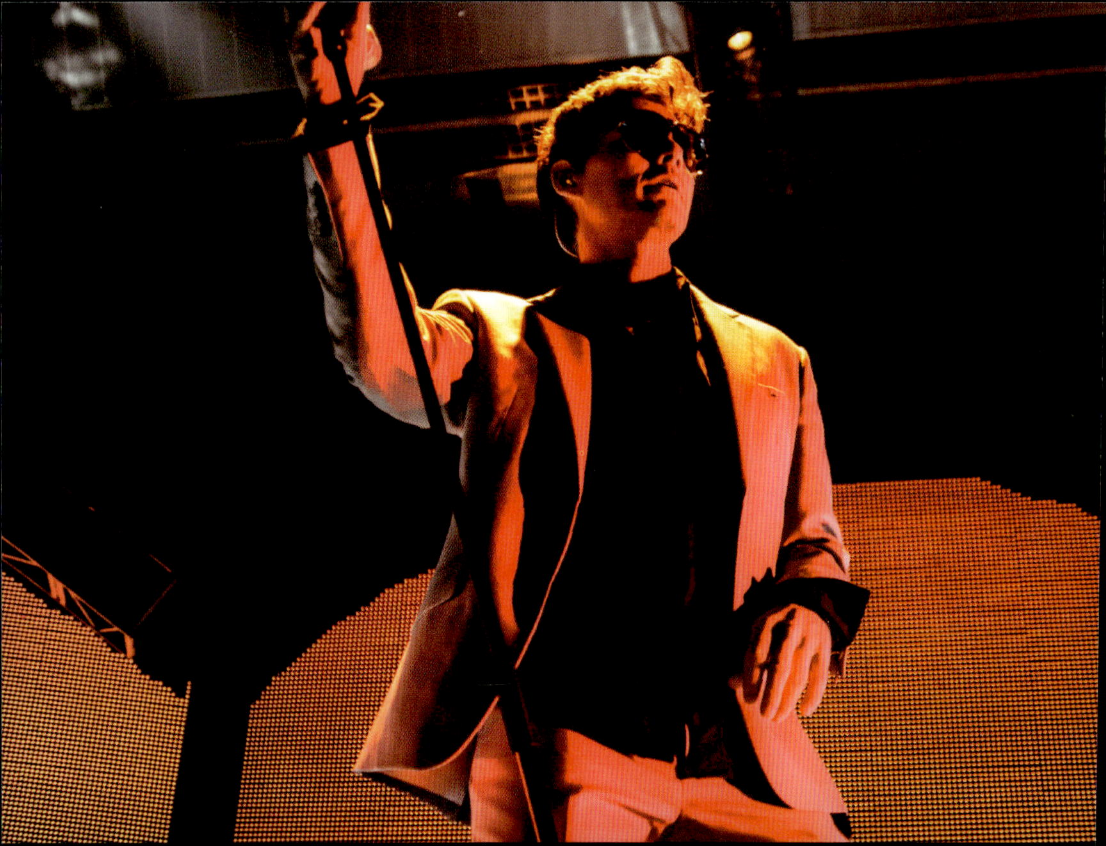

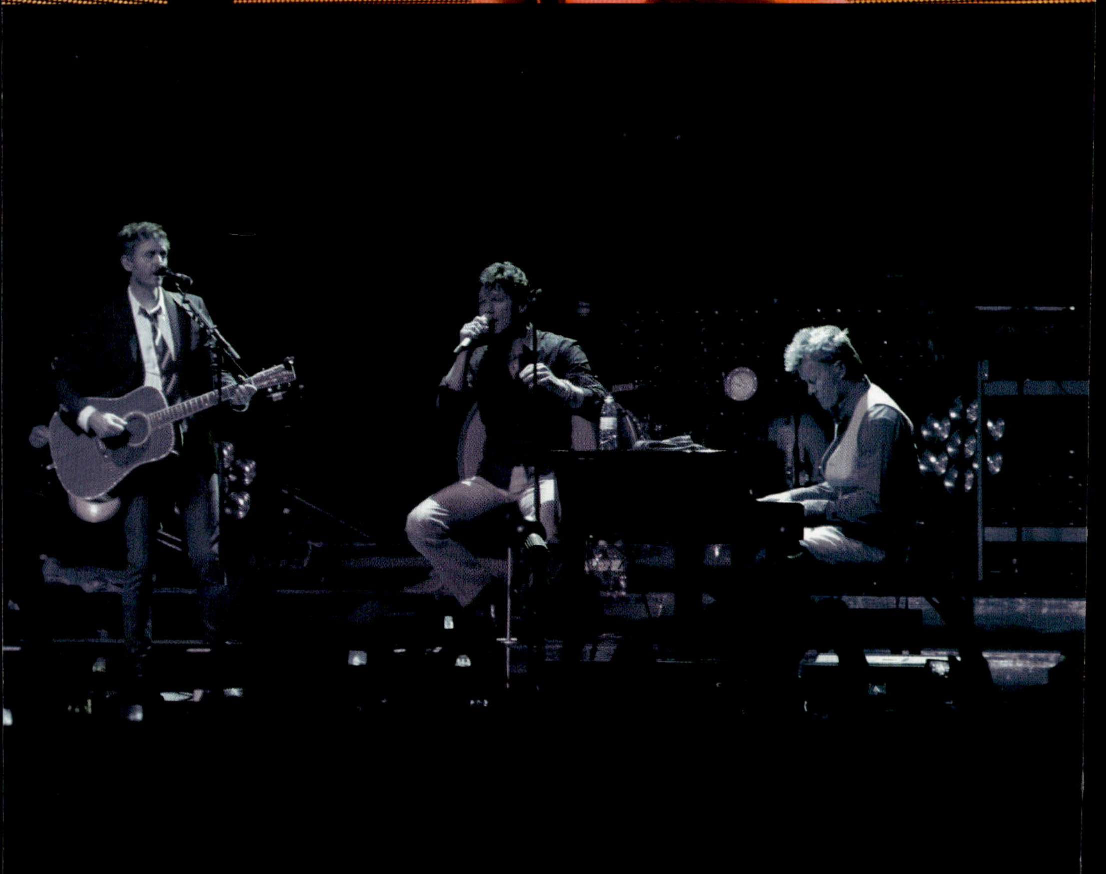

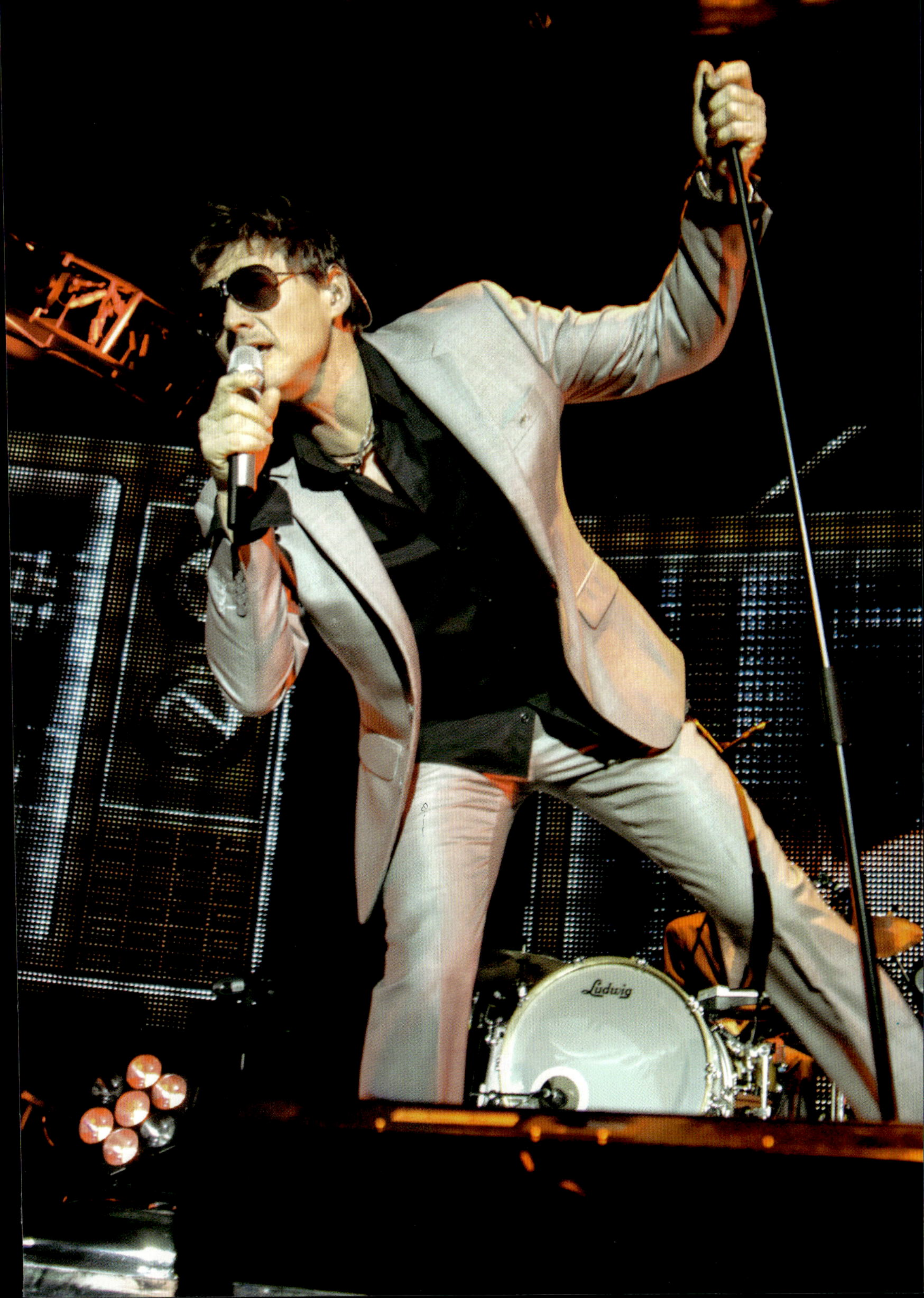
Ludwig

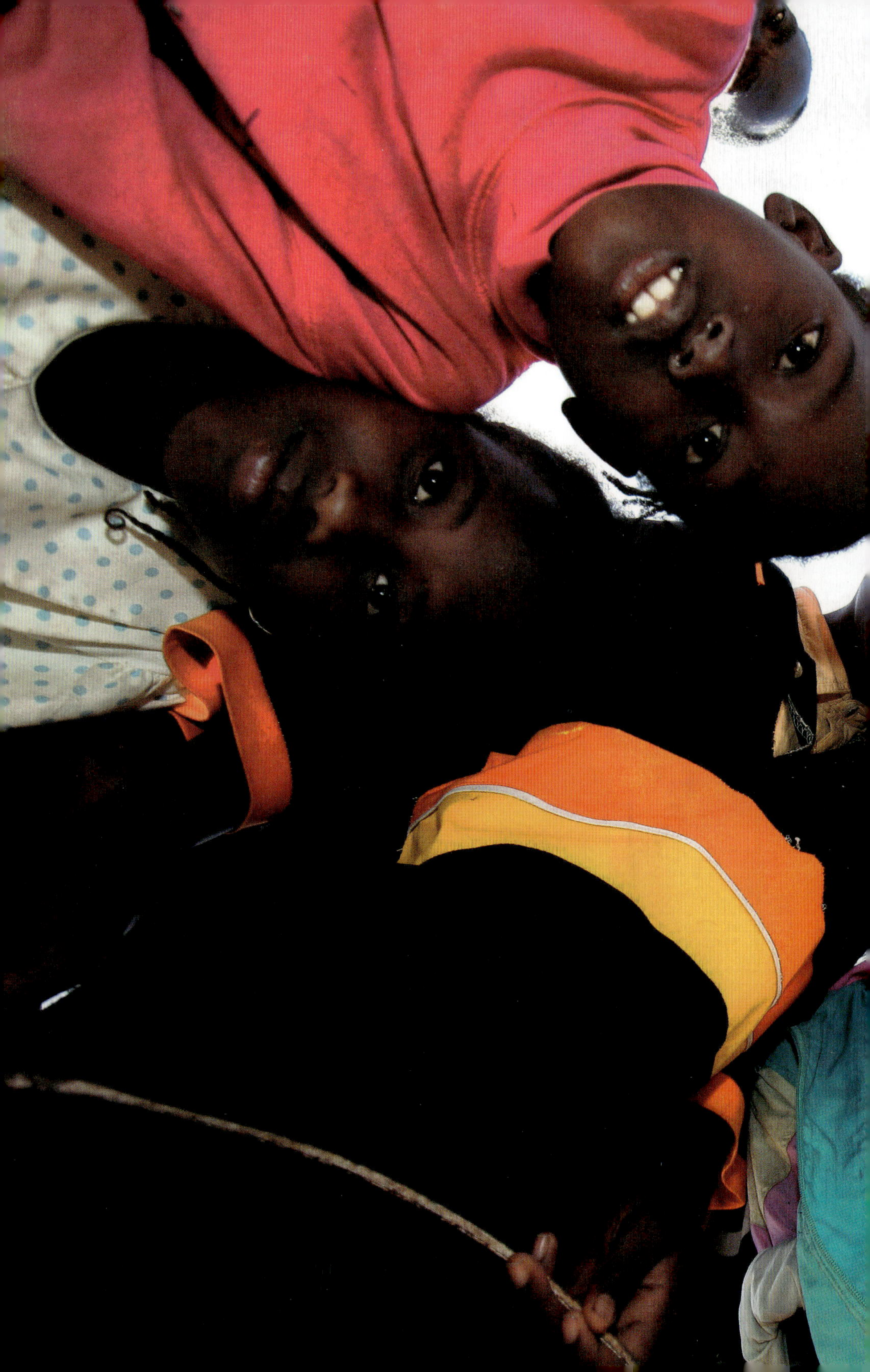

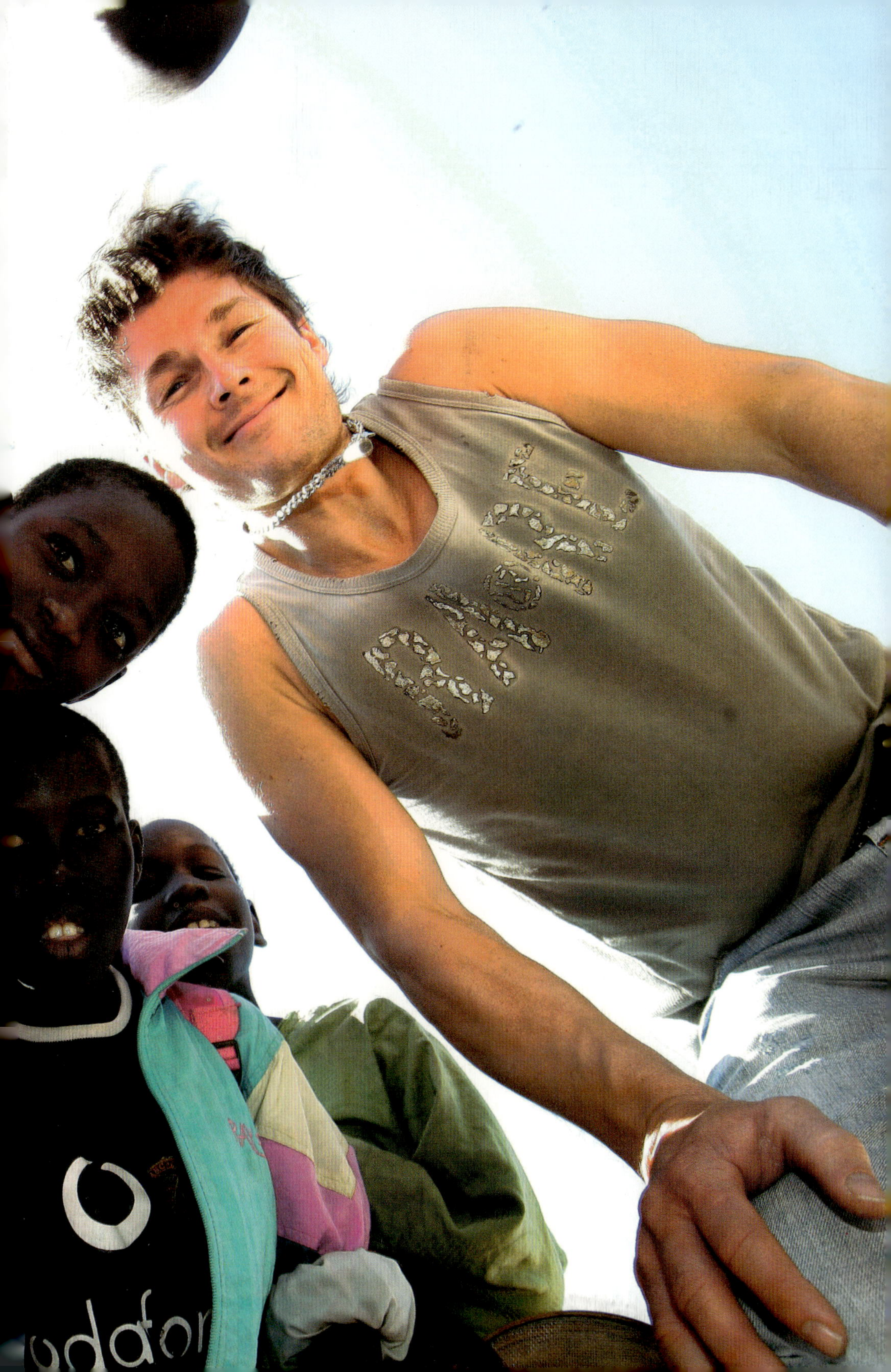

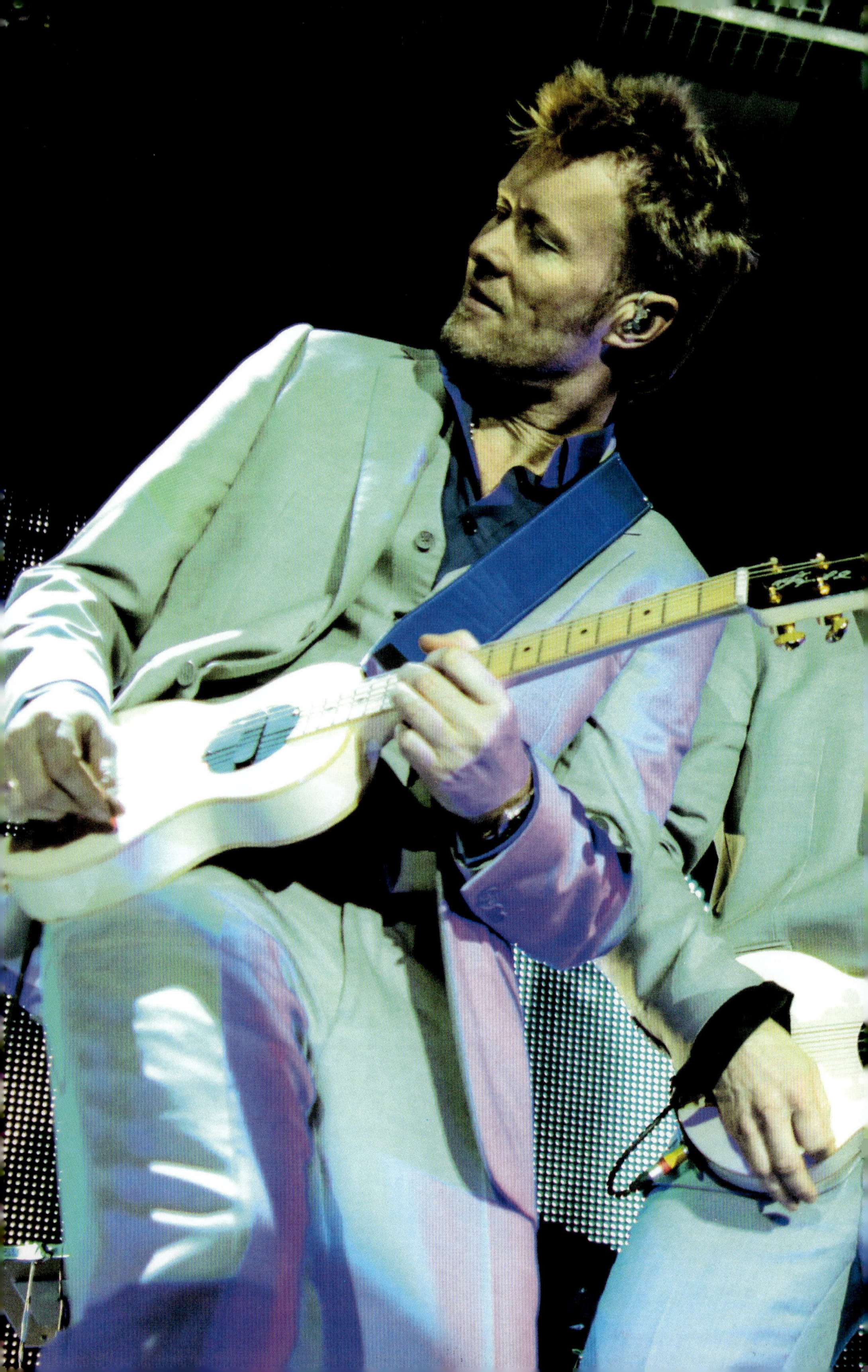

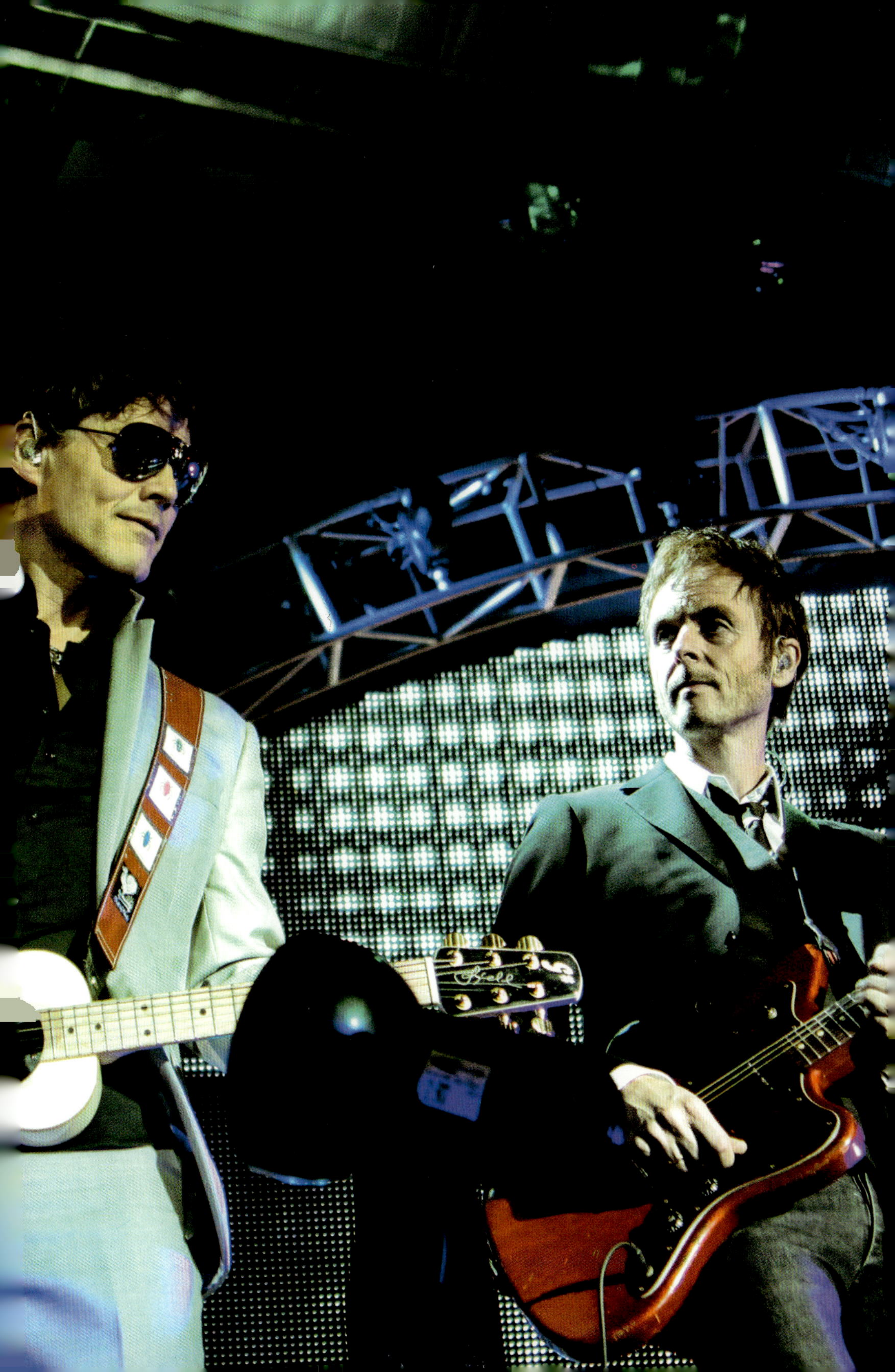

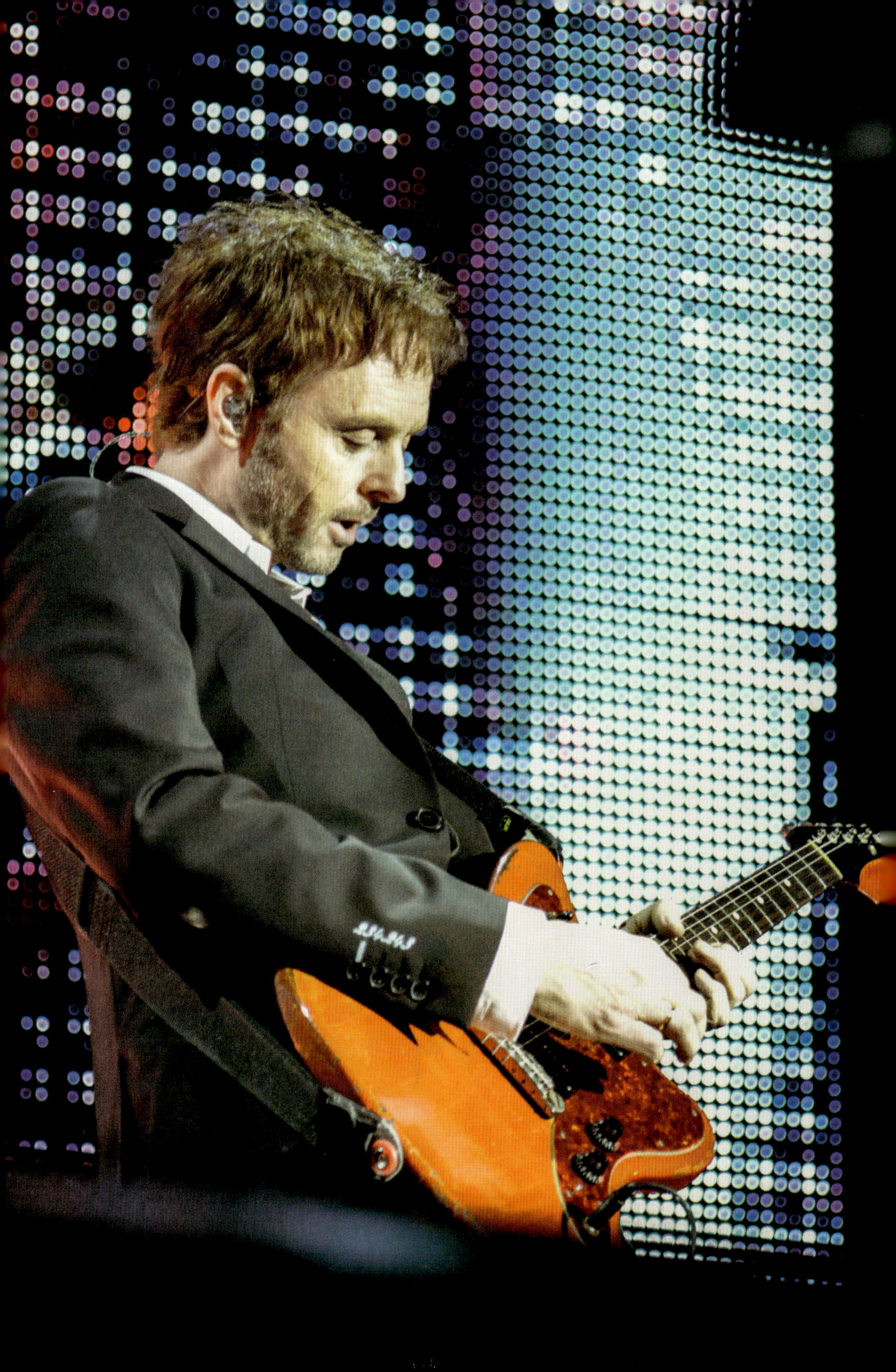

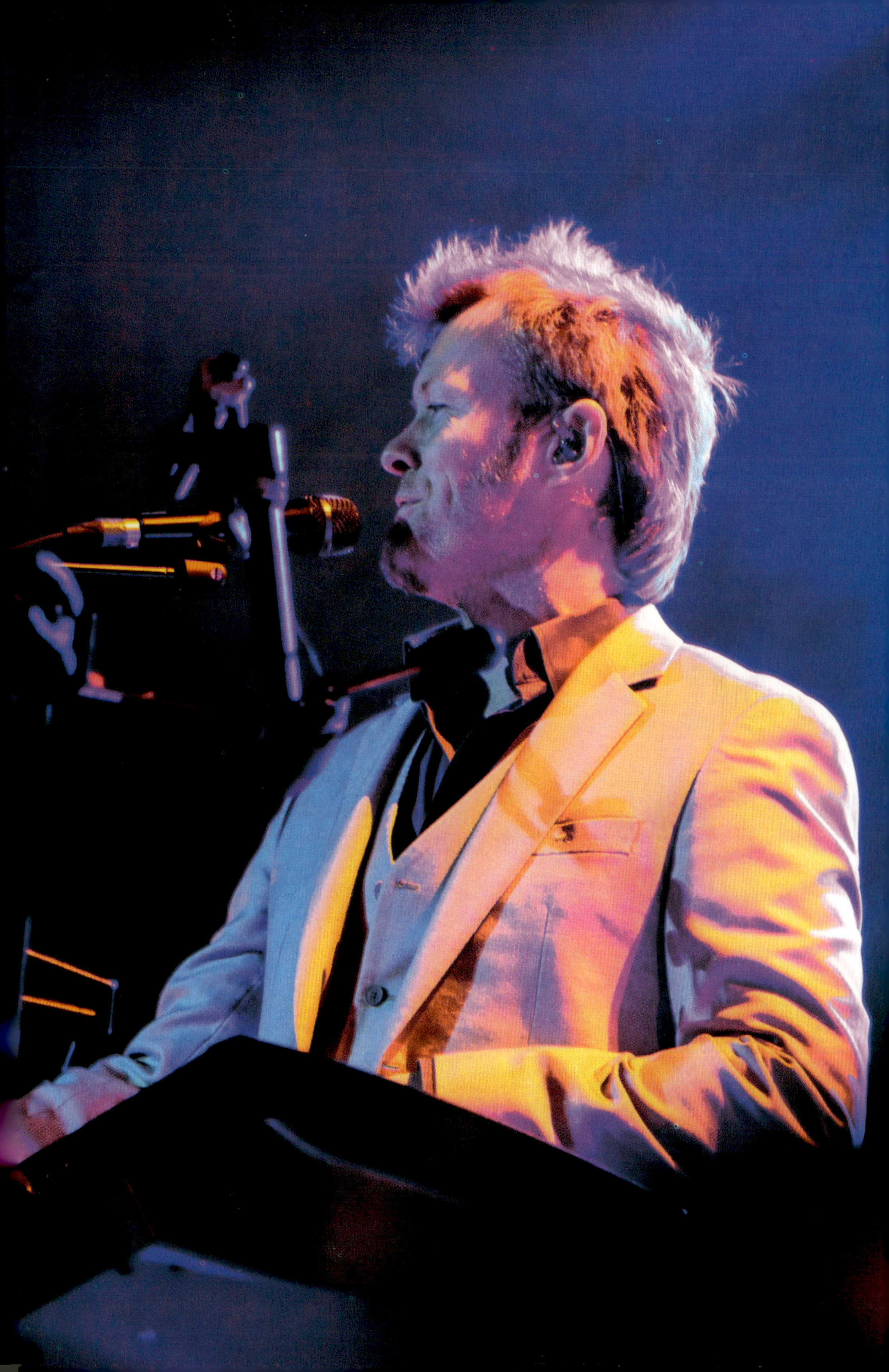

Apresentação da banda, em novembro de 2010, no live concert em Minsk, Belarus.

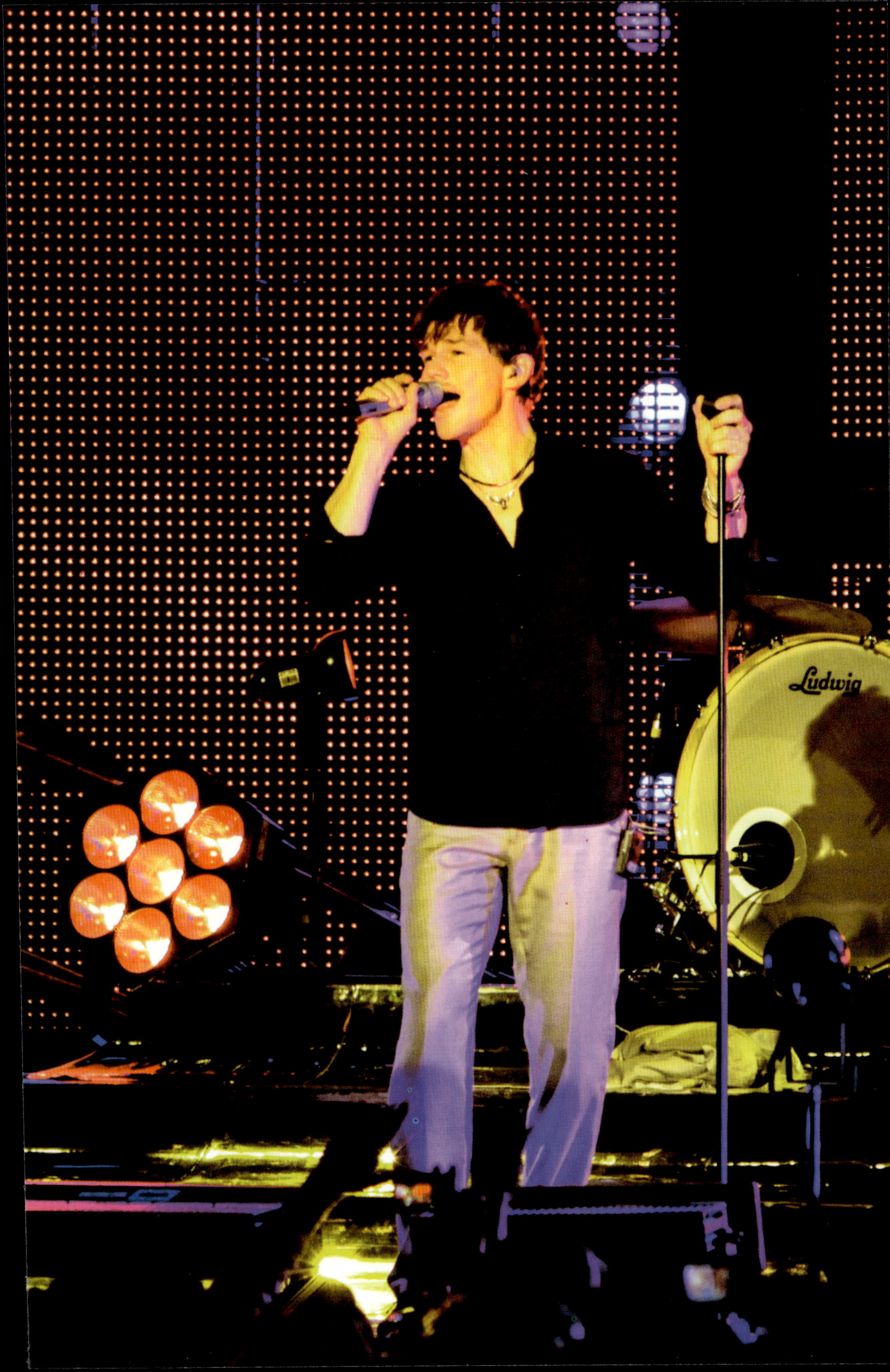
Ludwig

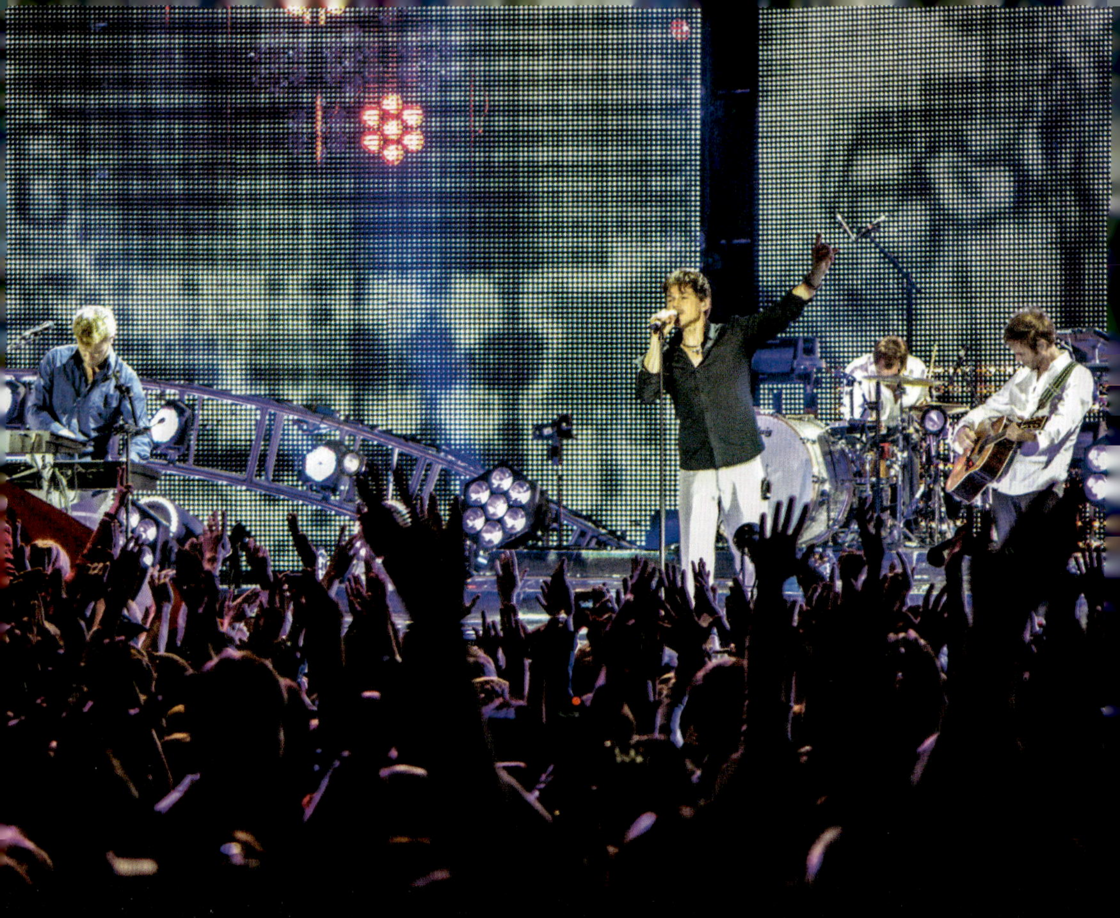

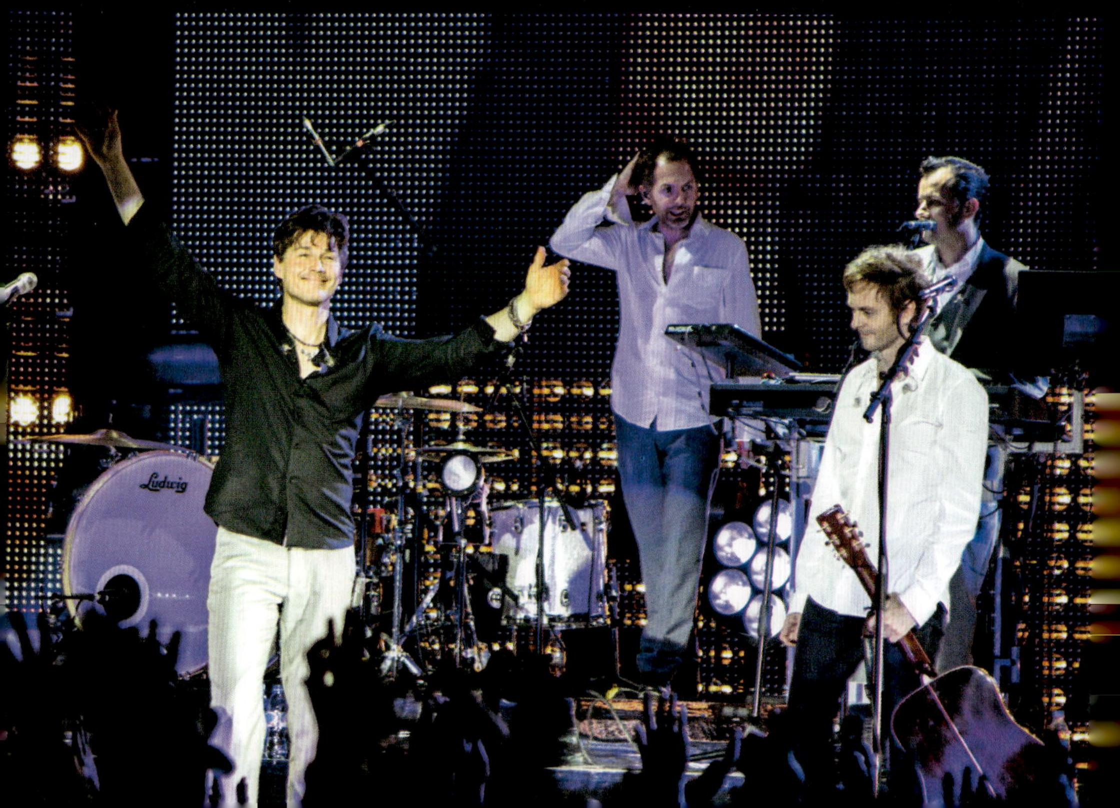
Ludwig

Contudo, todos os meus pedidos foram ignorados. E assim que meu nome apareceu nos arquivos, a imprensa descobriu. Em Oslo, apareci num local predeterminado, num hotel, para encontrar o instrutor. Dali iríamos para a autoescola. Lógico que a imprensa me esperava. Entrei no hotel e me encaminhei até o instrutor para encontrá-lo. Enquanto explicava a situação, um fotógrafo e um repórter surgiram. O fotógrafo perguntou se podia tirar uma foto minha. Pedi para eles me darem um instante. Sabia que tinha que despistá-los e desaparecer dali.

Aproximei-me do instrutor e pedi-lhe para entrar no carro e ligar o motor. Ele deveria ficar pronto para partir e eu estaria ali num segundo. Voltei para o jornalista e o fotógrafo e os enrolei, dando ao instrutor tempo suficiente. Na sequência, corri em busca do carro, embarquei nele e partimos. Naquele momento, uma expressão de espanto tomara conta do instrutor. Ele teve um vislumbre do que era a minha vida e entendeu, tardiamente, o motivo pelo qual deveriam ter me ouvido.

Assim que chegamos à autoescola, a informação já se espalhara: jornalistas e fãs nos esperavam. Todavia, eu estava pronto para eles. Tinha me trocado no carro, colocando meu traje de motoqueiro: casaco de couro e capacete com viseira preta. Assim, eu poderia fugir dali bem rápido. Pedi para o instrutor dirigir o carro até a multidão, depois alcançar a moto, montar nela e ficar pronto para partir.

No instante em que o instrutor parou, o automóvel foi cercado pelos fãs. Logo que baixei a janela e eles me viram, a gritaria irrompeu, como sempre. Esforcei-me para acalmar os fãs e pedi para escutarem o que eu tinha a dizer. Perguntei se me fariam um grande favor. Expliquei que havia todo um bando de fotógrafos na minha cola e que eu não queria que tirassem fotos de mim. Pedi para os fãs me cercarem enquanto eu percorria a distância entre o carro e a moto, impedindo os fotógrafos de conseguirem uma boa foto.

Terminei de vestir o capacete e baixei a viseira. Não havia nenhuma marca em meu traje. Eu estava completamente anônimo, podia ser qualquer um. Saí pela porta traseira do carro e, imediatamente, todos os fãs me cercaram. Nessa massa estranha de corpos, com muitas risadas e gritos, nós nos arrastamos até a moto. Montei nela, agradeci aos fãs gritando um "muito obrigado", e partimos. Os fotógrafos, já irritados com o fato de não conseguirem me fotografar, embarcaram em seus carros e tentaram nos seguir, mas o instrutor pegou um caminho exclusivo para bicicletas, passando entre dois mourões e impedindo a perseguição da imprensa. Finalmente, estávamos longe.

Em todo o processo, foi a única vez que o pessoal da imprensa conseguiu chegar perto de nós. Não que não continuassem tentando — caçavam-me por toda a parte. Eram muitos em busca de uma foto. Escutavam as frequências de rádio para obter uma pista de onde eu estava. Havia um lugar específico, que era bem conhecido para aulas e exames de motorista, uma pista escorregadia, onde novos motoristas e motociclistas deviam obrigatoriamente realizar uma prova. Lembro-me de que, ao nos aproximarmos da pista, pudemos ver diversos paparazzi postados ao redor, como caçadores à espreita, com teleobjetivas, aguardando a minha chegada. Assim, não fomos até lá. Decidimos arranjar as coisas de um jeito diferente. Reconhecendo agora qual era a minha situação, todos os envolvidos se dispuseram a ajudar. A comunicação foi rápida e disciplinada. Todos se sentiram pegos de surpresa pelo nível de loucura e comportamento irregular que afetara aquele processo. Todas as minhas previsões sobre o que poderia acontecer se tornaram realidade diante dos olhos deles.

No que diz respeito ao próprio exame, pareceu uma operação militar. O chefe dos examinadores foi quem aplicou o teste (veja se isso não é pressão!). Ele concordou em me telefonar de uma cabine telefônica às cinco e meia da manhã, para me dizer onde e quando deveria encontrá-lo. Apenas ele e eu saberíamos onde os exames aconteceriam. Foi como fizemos. Realizei meus exames, tanto para carro como para moto. E fui aprovado em ambos, para minha alegria.

CAPÍTULO 28

Constituindo família

CONHECI CAMILLA — que tempos depois tornou-se minha mulher e mãe de Jakob, Jonathan e Tomine — em novembro de 1986, no Aeroporto de Amsterdã. Eu esperava um voo para Copenhague e estava ali à toa com o A-ha e Jerry Judge, chefe de nossa segurança. Sempre tive um bom relacionamento com Jerry. Um cara legal, divertido e amoroso, e era comum fazermos piadas sobre qualquer coisa para ajudar a aliviar o estresse.

Naquela ocasião específica, eu estava brincando com ele sobre seus "deveres adicionais", como ele assim os chamava. Jerry sempre me dizia: "Você só precisa me dar um toque, Morten, e eu arrumo tudo." Ele se referia a garotas. Isso virara uma espécie de brincadeira recorrente entre nós, pois, embora ele falasse sério, eu jamais aceitara sua oferta.

Naquele dia no aeroporto, porém, decidi apelar para Jerry. A cerca de cinquenta metros de distância, nas janelas do terminal, pude ver a silhueta de uma mulher que parecia interessante. Assim, apontei para ela e disse:

— Então, tudo bem, Jerry, que tal ela?

Jerry pareceu confuso.

— Acho que não entendi direito, Morten.

Assim, voltei a apontar a mulher.

— Que tal ela, Jerry? — Dei risada. — Há quase três anos você vem falando de arrumar um encontro para mim. Então, anda! — Dei um tapinha nas costas dele. — Mostre-me do que é capaz. A não ser que me diga agora que não pode...

— Mas você... você nunca fez isso. Não é o seu jeito.

— Bem, Jerry, agora eu quero. Anda. Estou falando sério.

— Tudo bem, então — Jerry bufou e começou a se afastar de mim.

Fiquei sentado ali, observando-o se aproximar da mulher. Eu os vi conversar e Jerry apontou em minha direção. Naquele momento, afundei na cadeira. Então, a mulher virou-se e passou a olhar para a janela. Jerry voltou até mim.

— E? — perguntei.

— E o quê? — Jerry sorria.

Foi a minha vez de ficar na defensiva.

— Como foi?

— Ah, tudo bem, Morten.

Tudo bem... Jerry estava falando daquela maneira evasiva para me causar desconforto. No entanto, ele não conseguiu se conter:

— Ela me falou: "Se o seu chefe quer falar comigo, deve fazer isso por si mesmo."

Achei graça naquela afirmação. Ponto para ela, pensei. A princípio, jamais faria Jerry passar por aquilo, mas a hesitação e resistência dele me perturbaram e cedi à tentação. E ele continuou:

— Aí eu disse que ela não tinha ideia de quem meu chefe era, e...

Naquele ponto, parei de sorrir e comecei a me encolher. Tudo aquilo tinha sido para brincar com Jerry, mas eu estava sendo percebido como o pior tipo de *rockstar*. Eu precisava urgentemente pedir desculpas para a mulher, mas, quando levantei os olhos, ela não estava mais ali. Praguejei para mim mesmo: a garota devia achar que eu era um verdadeiro babaca.

Para piorar a situação, não havia mais tempo de encontrá-la, pois nosso voo estava sendo chamado. Com relutância, segui Jerry até o portão. E quem estava ali na fila de embarque? Pois é! Aproximei-me dela, apresentei-me e pedi desculpas. Que engraçado, estávamos no mesmo voo. Ficamos conversando e acabei convidando Camilla para assistir ao nosso show em Copenhague. Foi onde tudo começou entre nós. Eu só conseguia pensar em como ela era agradável e atraente. Porém, eu estava atolado nos desafios relativos à minha situação com Patrice. Naquele momento, achava que seria responsável por sua vida. Eu me via ingressando na fase mais tenebrosa de minha existência, e conhecer Camilla tornou o contraste ainda mais nítido. Porém, um grande alívio iria acontecer cerca de um mês depois. Eu não imaginara que seria possível. Parecia uma nova perspectiva de vida.

♪♪

Camilla e eu nos casamos no início de 1989, em uma cerimônia simples, numa igreja na Suécia, na cidade de Falun. Pouco depois, nos mudamos para o que se tornaria nossa casa de família: um solar no vilarejo de Bramshott, bem na divisa entre Hampshire e Surrey, na zona rural inglesa.

Foi um longo caminho desde o apartamento alugado que dividi com Paul e Magne, em Sydenham. Mais tarde, todos nos mudamos para o oeste de Londres. Eu tinha uma residência em Holland Park. Assim, com a banda, fomos de viver juntos a viver separados, mas ainda perto uns dos outros. Já no fim dos anos 1980, refletindo a maneira como a banda estava indo, os laços se afrouxavam de novo. Magne decidiu voltar para a Noruega, para viver com a namorada. Paul mudou-se para os Estados Unidos, para começar uma nova vida com Lauren. E eu saí do centro de Londres para um lugar mais rural.

O fato de morarmos em países distintos não afetou a música: podíamos ainda trabalhar, nos encontrar, fazer nossas coisas em algum lugar. Contudo, a falta de proximidade fazia diferença, nos deixava emocionalmente distantes uns dos outros, sem dúvida. Porém, aquela era a fase da vida em que estávamos: as visitas frequentes eram coisa do passado.

Em 1989, acho que na primavera, Camilla e eu nos mudamos para Bramshott. Era um lugar belíssimo. A casa ficava num terreno incrível, sobre uma encosta, com diversos morros descendo até o rio Wey. Do outro lado do rio, havia uma floresta densa, que, além de bela, também proporcionava total privacidade e espaço para nós. Até existia uma ilhota no rio, que o dividia em dois. A ilhota também fazia parte da propriedade.

O local continha diversas espécies de pássaros e borboletas. Atrás da residência, mais para cima, tínhamos um jardim com diferentes níveis e pastagens. Era uma propriedade inglesa incomum, com um relevo com bastantes ondulações, mas pouco íngreme. Realmente gostei dele. Podia viver satisfeito na cidade, mas, verdadeiramente, sou um homem do campo. Nunca conhecera um lugar mais belo do que aquele até achar meu lar atual, na Noruega.

A casa em si era muito antiga. Quando comprei, disseram que era de 1420, mas, quando fiz uma reforma, descobriu-se que, na realidade, era de 1290. Acreditava-se que fora a casa de um proprietário rural muito rico, mas que não era sua residência principal, e sim sua casa de campo. Uma das suas principais características era a construção com vigas de carvalho retiradas de navios que operavam naquela época. Havia a certeza sobre a origem naval das vigas por causa do seu arqueamento. O local não era próximo do mar e as vigas eram pesadas e enormes. Pelo visto, o pessoal responsável pela construção não se preocupou com aquilo.

Certo dia, lembro-me de um carro que surgiu na estrada, de início com hesitação e, depois, parando na rotatória na parte lateral do caminho. No veículo, uma senhora de idade vinha sozinha. Ela não desembarcou, só ficou sentada ali dentro. Aproximei-me. Ela baixou o vidro e pediu desculpas por ter vindo daquela maneira, mas explicou que havia morado ali, muito tempo atrás. Eu afirmei que ela era muito bem-vinda e a convidei para entrar. Mas ela fez um gesto negativo com a cabeça: "Eu queria apenas dar uma olhada", disse-me. A senhora, que morara ali por vinte anos, disse que aquela era uma casa muito afortunada.

Bramshott era um lugar apaixonante e meus três filhos mais velhos nasceram ali. Jakob e Jonathan se lembram muito bem de lá; Tomine, porém, era muito pequena quando fomos embora. Parte-me o coração pensar que hoje em dia eles não têm mais acesso à propriedade. Eu a vendi para voltar para a Noruega e levei um bom tempo para superar isso; até, talvez, encontrar minha casa atual. Quando levei Jakob para conhecê-la — ele tinha uns quinze anos —, o garoto olhou em volta e disse: "Bem, até que enfim posso perdoá-lo por Bramshott."

♪♪

Porém, por trás da isolada vida campestre, o relacionamento entre Camilla e eu estava sempre sendo testado. Na realidade, chegamos a terminar e cada um seguia por caminhos distintos, mas, três meses depois, ela me telefonou para dizer que eu iria ser pai. Não acho que Camilla estivesse esperando que as coisas mudassem entre nós. Era mais para me deixar a par da situação, pois ela acabara de descobrir a gravidez. No entanto, para mim, foi uma grata surpresa. Era algo bastante positivo e nos abriu a possibilidade de pensarmos em uma segunda chance para nós. Assim, reatamos e acabamos nos casando pouco tempo depois disso.

Naquele momento, acreditei que conseguiríamos fazer a relação funcionar e que a discordância anterior ficaria para trás.

No que se refere aos meus filhos, um dos desafios era mantê-los longe da exposição pública. Eu procurava preservar minha privacidade e, sobretudo, a de minha família. Não a queria exposta às pressões e aos interesses da mídia, como eu. Minha maneira de lidar com isso era me manter em total estado de alerta, sempre consciente de onde se situava a rota de fuga em cada situação. Contudo, num espaço público com uma criança pequena, você precisa dar sua inteira atenção a ela. Você não pode ficar de vigia para ver quem o reconheceu. Tudo isso significa que seu tempo com sua família se torna restrito, pois mantê-la longe do circo da mídia também quer dizer mantê-la longe de você. Isso é algo que lamento.

Naqueles primeiros anos de casamento com Camilla, foi muito difícil distinguir meus sentimentos por ela de meus sentimentos por nossos filhos. Até certo ponto, supõe-se que o amor incondicional pelos filhos está ligado ao relacionamento com a mãe deles. No entanto, com o passar do tempo, comecei a compreender que aqueles sentimentos também eram distintos. Conforme os relacionamentos se desenvolviam, ficou claro para mim que a incompatibilidade entre Camilla e eu, que nos provocou nossa separação antes do casamento, não iria mudar.

Acabei pisando em ovos para manter um clima satisfatório e não expor meus filhos a tensão negativa . Era frequente surgir uma tensão cuja natureza eu não entendia. Mas eu estava prestes a encontrar a mim mesmo. Vinha abafando meus próprios desejos e vontades havia muito tempo — e não estou me referindo a mulheres. Também vinha desperdiçando muita energia, assegurando que as coisas dessem certo em casa e em todos os outros lugares. Estava me dirigindo para uma conversa difícil comigo mesmo, pois todos os meus esforços desmoronavam. E, nesse ponto, eu estava prestes a rebentar.

CAPÍTULO 29

East of the Sun, West of the Moon

A CAPA do álbum diz tudo. Estampando uma foto em preto e branco — era uma forma abreviada de dizer: "Somos sérios" — com Paul e Magne, de pé, lado a lado, olhando para a câmera, e eu, mais atrás, separado deles e agachado. De diversas maneiras, aquela foto resumia o álbum e também como estávamos enquanto banda. De bom grado, coloquei-me no fundo, como se aquilo tornasse as coisas diferentes. Mas sabia que estávamos numa situação infeliz. Éramos um grupo com um imenso potencial — e sabíamos disso —, capaz de algo muito maior do que tínhamos conseguido até ali. No entanto, o efeito do grande sucesso pop mundial nos ferira profundamente. E os remendos estavam por toda parte.

East of the Sun, West of the Moon foi gravado naquela atmosfera. Tínhamos consciência de que algo precisava mudar, mas não sabíamos muito o que e como fazer.

Em vez de gravarmos com Alan Tarney, tomamos a decisão de trabalhar com outros produtores: Ian Stanley e Chris Neil — pessoas de caráter. Ian começara como tecladista do Tears for Fears e, assim, unia o pop e o rock; Chris, por sua vez, gravara com artistas como Mike and the Mechanics, Marillion e o Moody Blues. Ian tinha uma opinião cristalizada de que nunca se deve gastar muito dinheiro na produção de um álbum. Não sei se isso veio do fato de o Tears for Fears ter gasto tanto e trabalhado por cinco anos na produção de seu terceiro álbum, num período em que estava no auge, mas, com o A-ha, eu não estava completamente convencido de que era esse o caminho a seguir.

Gravamos nossas canções com ambos. Isso não deve ter ajudado na criação de um álbum com identidade. Porém, o mais importante para mim foi que não me senti plenamente conectado com a música. Há partes do álbum com que me identifico e realmente gosto, mas jamais consegui perder aquela sensação torturante de que o que estávamos produzindo não tinha a ver conosco. Tornou-se mais uma coisa da cabeça do que do coração. Queríamos que ele se tornasse um ser, e não uma produção. Com muita frequência, essa é uma linha tênue.

Além disso, havia o fato de que as músicas que Paul e Magne tinham criado vieram com um arranjo distinto, para que eu cantasse de maneira diferente. Parte essencial do som do A-ha envolvia a natureza da minha voz. Paul achou que um estilo diferente de canto funcionaria com o material e tive de me adaptar àquilo. É difícil pôr seu coração no que não brota do coração.

♫

Durante a gravação do clipe de *Crying in the Rain*, o primeiro single do álbum que levava seu nome, ocorreu uma das situações mais loucas que envolveu a produção de vídeos. Foi numa cidade chamada Big Timber, em Montana, EUA.

Big Timber é uma daquelas cidades "no meio do nada", onde o tempo realmente dá a impressão de que parou. Na rua principal, todos os carros eram das décadas de 1940 e 1950; não se tratavam de colecionadores, mas eram os carros que os moradores dirigiam. Os moradores da região pareciam adorar motores, pois, quando não estavam dirigindo carros, estavam pilotando pequenos aviões Cessna.

Fomos informados de que a cidade tinha pouca agitação e que a economia era enxuta. Havia uma rua comercial e um número pequeno de lojas, que vendiam desde armas e gêneros alimentícios a pequenas bugigangas. Se você incluísse xampu e um Colt 45 em sua lista de compras, naquela rua você encontraria tudo. Os moradores eram muito desconfiados quanto a forasteiros. Não era o tipo de cidade muito visitada. Os nativos tinham o hábito incomum de caminhar mais devagar quando passavam por você, para olhá-lo diretamente nos olhos.

Desde o início, tudo que envolveu a gravação do clipe se deu em más condições. Decidimos ir de carro para Big Timber e fizemos isso num comboio, que incluiu dois antigos e imensos sedãs norte-americanos. Éramos Paul, Magne, eu e Just Loomis, o fotógrafo, se bem me recordo. Paul ficou responsável pela leitura do mapa e cometeu um grave erro de avaliação sobre a duração da viagem. Ele calculou que levaríamos quatro horas no total, o que foi uma grata surpresa para nós. No fim, levamos dois dias e meio. Uma dessas viagens que certamente nos revelam como é grande a paisagem norte-americana... e que a leitura correta de um mapa também é uma habilidade.

Ao chegarmos a Big Timber, tudo começou a ficar mais estranho. No fim do primeiro dia de gravação, fui jantar no único hotel da cidade — um ambiente agradável — e pedi um bolo de chocolate de sobremesa. Uma senhora gentil trouxe-me uma fatia num prato e naquele momento tomei um susto — diante de mim estava uma fatia do bolo de chocolate da minha mãe. Não era o tipo de bolo que se consegue num restaurante da Noruega, da Suécia, de qualquer outro lugar. Sua cor era de um castanho médio e o recheio e a cobertura eram bege. Continha cacau, café, manteiga e açúcar de confeiteiro.

Eu só vira algo igual na casa de meus pais. Mesmo minhas tias faziam o bolo de modo diferente. No entanto, ali, até mesmo a decoração típica de minha mãe sobre a cobertura se encontrava presente. Como se a mão dela tivesse feito aquilo! Realmente, eu nunca pensara no bolo como único até aquele momento, mas ali estava ele, sobre o meu prato. Um pouco apreensivo, eu o provei. Era idêntico, exatamente o mesmo bolo. Mais tarde, descobri que a cidade tinha alguns moradores originários não só da Noruega, mas de Telemark, o mesmo condado da família de minha mãe. Eles trouxeram a receita tradicional e eis o motivo pelo qual o bolo era o mesmo. Então, a saudade de casa tomou conta de mim, e aquilo soou como uma emboscada.

Fizemos as gravações durante dois dias, sentindo aquele estresse depois de um longo trabalho. De certa forma foi importante no que diz respeito ao vídeo. A locação era fantástica e tinha todo o astral e a atmosfera que precisávamos. A verdade é que, quando Steve Barron gritou "Corta!", o astral e a atmosfera continuaram ali. Não eram parte da gravação. Tinham muito mais a ver com o lugar. Eu estava me sentindo bastante tenso a respeito de tudo, mas mais ainda angustiado com a preocupação de Steve. Ele era um cara alerta; de certo modo, um menino de rua. Steve tinha uma boa intuição e eu confiava em sua capacidade de captar as situações. O fato de que ele não estava se sentido à vontade me deixou com uma pulga atrás da orelha.

Após a gravação, Magne e eu resolvemos sair para relaxar. Havia um lugar próximo chamado Roadkill Café e nós fomos até lá para comer e beber. Ali, conhecemos uma mulher loira na casa dos trinta anos. Ela usava um vestido justo, com as costas de fora, botas de caubói e chapéu. Aparência rústica, mas bonita. Ela começou a conversar conosco, enquanto bebíamos cervejas. Estávamos nos dando bem e, então, ela nos convidou para dar uma saída. A mulher estava hospedada no campo com um amigo e disse que tínhamos de acompanhá-la para ver o céu. As estrelas eram incríveis, ela nos contou.

A mulher tinha toda a razão. Acho que eu nunca vira um céu noturno como aquele. Era uma demonstração fantástica de amplidão, cascatas após cascatas de estrelas. Incríveis, muito bonitas. Ficamos simplesmente de queixo caído. Após todas as tensões em Big Timber, pareceu o fim perfeito para a viagem: fogueira, boa companhia, comida decente e o descampado.

O amigo dela, porém...

Ele era alguém que ela conhecera em Los Angeles e tinha se mudado para aquele lugar. Em certo momento, ele começou a nos mostrar sua coleção de cocôs — diferentes tipos de fezes que ele coletara de corujas, camundongos e outros tipos de pássaros e roedores. O sujeito possuía uma pilha de caixas que desejava muito nos mostrar. Ele não gostou de mim de cara. "Lindinho", ele repetia, dirigindo-se a mim com um sorriso desdenhoso. Quanto mais ele bebia, mais animado e volátil ficava.

Sem dúvida, o cara era possessivo e começou a descarregar sua raiva em mim, porque cismou que eu estava dando em cima de sua amiga. Assim, passou a me rodear e, ao mesmo tempo, a proferir comentários desagradáveis a respeito dela. Pelo visto, achou que a culpa fosse dela, que ela estivesse me paquerando. Percebi que a garota começava a ficar perturbada e começamos a ficar preocupados. Havia armas e ele estava ficando cada vez mais bêbado e imprevisível. Não tínhamos certeza do que aconteceria.

Chamei Magne de lado e tivemos uma rápida conversa. Precisávamos detê-lo, decidimos, antes que algo pior acontecesse. Assim, resolvemos nocauteá-lo. Magne iria segurá-lo e eu lhe daria um soco. Ele era um cara grande e, assim, teríamos de nos mover de modo decisivo e eficaz. Senti-me bastante desconfortável com aquilo, mas achamos que a situação estava se tornando perigosa bem rápido. Assim, tive de me preparar psicologicamente para agir. Não era como quando eu acertei aquele fotógrafo, que foi um gesto instintivo. Naquele momento, era algo premeditado.

Quando Magne e eu estávamos prestes a entrar em ação, a garota interveio — ela deu um soco no cara. Em seguida, nos disse para irmos embora. O rapaz gemia no chão, murmurando que ela era uma mulher durona. Estávamos preocupados com ela, relutantes em partir. No entanto, a garota insistiu, dizendo que estava tudo bem e que precisávamos mesmo ir embora naquele momento. Assim, nós a deixamos em seu mundo. Mas não me senti bem por deixá-la ali.

♪♪

No final dos anos 1980, a cena musical estava mudando. Aquele rico filão de música pop que dominou as paradas de sucessos e as listas iniciais da MTV se esgotara. A *dance music* chegara, ou, no mínimo, se reinventara com força total: a cena da *house music*, que havia surgido em Chicago, cruzou o Atlântico e, na Grã-Bretanha e no resto da Europa, tornou-se tanto um movimento como um estilo musical. Naquele momento, era o *acid house* e tinha aquele componente do uso do ecstasy e da natureza ilegal de muitas das aglomerações. No Reino Unido, a cena das festas se mudou para depósitos abandonados e campos afastados das metrópoles, para evitar a polícia.

O rock também passara por uma transformação. De repente, o som de "rock de estádio" de meados dos anos 1980 — aquela imensa e expansiva atmosfera que converteu bandas como o U2 em nomes familiares — parecia necessitar de uma reformulação. Enquanto antes a música era capaz de ocupar grandes espaços, naquele momento ela os deixava um tanto vazios. Algumas bandas pegaram mais pesado: no fim da década, a maior banda de rock comercial do mundo era, provavelmente, o Guns n' Roses. O álbum do grupo, *Appetite For Destruction*, estava por toda parte. Porém, o advento de bandas como The Stone Roses e Happy Mondays adicionara um elemento dançante na fórmula básica do rock. Algo que o pessoal do U2 adaptou quando trabalhou em seu álbum *Achtung Baby*.

O álbum do U2 foi gravado em Berlim numa época em que o mundo, e a Europa em particular, passava por uma grande transformação. A queda do Muro de Berlim foi o auge de um ano incrível, e que, regime após regime do Leste Europeu, caiu com o consequente derretimento da Guerra Fria. Tudo se iniciara com a política de *Glasnost*, de Mikhail Gorbachev, que alcançou sua conclusão natural. Por trás da Cortina de Ferro — Berlim Oriental e tantos outros lugares —, a música ocidental se difundira ao longo dos anos e teve seu efeito próprio na mudança de atitudes. Sempre que o A-ha se apresentava naqueles países, eu me impressionava com o esforço de alguns fãs para conseguir os nossos álbuns. No entanto, eu mesmo agi assim um dia, em minha busca por pedras preciosas.

Se você observar as paradas de sucessos de singles no fim dos anos 1980, perceberá que a vitalidade que existira alguns anos antes havia desaparecido. O sucesso de produtores como Stock, Aitken e Waterman criou aquilo que se descreveu como "fábrica de hits". Aquele som fabricado parecia muito distante do que escutávamos quando chegamos pela primeira vez a Londres. Enquanto a cena musical outrora parecera uma mistura de estilos, naquele momento era um pouco mais tribal: você era pop ou rock, dance ou straight, single ou álbum. O espírito abandonara o edifício, que estava sendo preenchido com tendências.

♪

Nós três do A-ha tínhamos um desejo absoluto de sermos levados mais a sério, sobretudo Paul e Magne. Eles achavam que não estávamos obtendo o respeito que merecíamos porque éramos vistos como uma banda focada nas paradas de sucessos. De certo modo, era uma reflexão similar à que fizemos por ocasião do lançamento de nosso segundo álbum, dizendo ao mundo que *Scoundrel Days*, e não *Hunting High and Low*, era quem nós éramos. Porém, naquele momento, sentíamos estar fingindo ser algo diferente. Talvez não estivéssemos satisfeitos com nossa identidade musical e o modo como éramos percebidos, mas a resposta a isso deveria ser nos redescobrir.

No entanto, em vez de buscarmos essa descoberta, parecia-me que havíamos escolhido o que éramos, o tipo de banda que gostaríamos de ser, e tentávamos nos enquadrar nessa imagem.

Em música, a honestidade é essencial. *Hunting High and Low* é uma canção honesta. Assim como *Take on Me, Stay on These Roads* e *Scoundrel Days*. Eu sentia que precisávamos tocar mais juntos, experimentar mais e ver o que vinha à tona.

Àquela altura, em alguns países, nossas vendas começavam a cair, mas, em outros, começávamos a alçar voo. Era o que acontecia na América do Sul. Só começamos a tocar lá em 1989 e, naquele momento, fazíamos imenso sucesso naquela parte do continente — o que nos levou ao Rock in Rio e ao recorde de público. Pareciam mensagens ambíguas: em algumas partes do mundo, nós nos apresentávamos em estádios; em outros, os espaços reservados eram menores do que aqueles em que já havíamos tocado.

CAPÍTULO 30
Rio (parte 2)

NAQUELA NOITE quente e úmida do Rio, em janeiro de 1991, a visão era impressionante. No palco, observávamos aquela plateia entusiasmada, intensa e bela de cento e noventa e oito mil pessoas. Havia aquela sensação de igualdade e reunião que sempre experimentei no Brasil. Por exemplo, a área VIP não é igual à dos outros países — de algum modo ela é aberta a todos. Independente do trabalho que estão desempenhando, os brasileiros se tornam parte do povo num piscar de olhos — os funcionários da imigração ou os policiais se livram rapidamente de suas cabines e seus uniformes para se juntar ao momento. Em comparação aos outros, eles pouco se reprimem em momentos como esses, movidos pelo desejo imediato e impulsivo de celebrar a música que estiver rolando.

Ali no palco, senti-me pequeno. No Maracanã, a multidão passou onze horas esperando a nossa entrada. Embora fosse tarde, ainda era uma noite abafada, mas nada comparável ao calor do dia — quando passei do frio de gelar do ar-condicionado do hotel para o do carro e, depois, para o do camarim, entremeado, de lugar para outro, por um calor de cerca de 40 graus. No entanto, a multidão não se queixava nem se mostrava cansada. Estava, sim, animada e afável, como as plateias do Brasil sempre se comportaram. O público queria se divertir e estava determinado a conseguir isso.

Fiquei tomado pelo bom comportamento e pela harmonia da multidão. Não era um público inglês ou norueguês, contido e reservado. Aquelas centenas de milhares de pessoas se moviam como um organismo e era mesmo um espetáculo impressionante, imponente. Pedi para o público se mover para trás, por motivos de segurança, e toda aquela multidão simplesmente ondulou para trás. Você não entende o impacto disso se não vê em movimento. Como era possível? Por algum motivo, isso me fez pensar em algo completamente diferente. Lembrei-me de um mergulho que dei e, em certo momento, vi a maneira com a qual todo um cardume evitou ser atingido por um arpão disparado a curta distância. No mundo natural, há meios de comunicação que realmente ainda não entendemos.

Observando a plateia do palco, quis que algo de sua exuberância e alegria me contagiasse de modo especial. O show foi um dos maiores momentos de minha vida, mas ainda havia aquela sensação opressiva de desconexão. Ou seja, eu enxergava como alguém de fora, ciente de tudo o que estava acontecendo entre nós, olhando para dentro, em vez de estar no centro, conectado com o que era mais importante.

Procurei Paul e Magne no palco. Por causa dos demais shows e da longa sequência de shows de abertura, não tínhamos feito uma passagem de som antes da apresentação. Nosso primeiro gosto real da estrutura do estádio se deu quando subimos ao palco em meio a um estrondo de gritos e aplausos. O palco era tão grande que Magne, Paul e eu ficamos a uma imensa distância uns dos outros. Atrás de nós, o nome da banda fora afixado num andaime: Paul se posicionou no centro de um "A"; Magne, no centro do outro; e eu fiquei debaixo do "H" central. Quando vi Paul tocando guitarra a cinquenta metros de mim, à esquerda, e Magne, nos teclados, também a cinquenta metros de mim, à direita, aquela distância entre nós pareceu tanto literal quanto simbólica. Como era comum nessa fase de nossa carreira, não houve nenhuma discussão ou conversa antes do show. O restante de nossa banda era constituída por: Per, o baterista; Jørun, o baixista; e Sigurd, o saxofonista — que era novo na formação. De fato, simplesmente nos propusemos a continuar fazendo o trabalho.

♫

Em 1986 e 1987, não tocamos na América do Sul em nossa primeira megaturnê mundial. A primeira vez que tocamos ali foi no final da turnê de *Stay on These Roads*, em março de 1989: duas datas na Praça da Apoteose, no Rio de Janeiro, e três no Estádio Palestra Itália, em São Paulo. Os shows foram incríveis. Era muito legal estar em um lugar novo, participar daquela experiência de pessoas que descobriam a banda e fazer parte daquela agitação. Além disso, havia algo empolgante na América do Sul, na reação dos fãs e nas enormes multidões que atraíamos.

O resultado foi que em nossa terceira turnê mundial, em que o show do Rock in Rio foi um dos primeiros, vendemos todos os ingressos para vinte datas, no Brasil, na Argentina e no Chile, com a turnê terminando em uma apresentação imensa no Estádio Obras de Buenos Aires. O show do Rock in Rio foi o recordista de público, mas os locais daquela turnê eram todos muito grandes. Enquanto, na Europa, tocávamos em salas de concertos, na América do Sul era em estádios de futebol. Precisávamos de escolta policial para atravessar a cidade e bloqueio nos semáforos. Era necessário? Creio que não, mas, sem dúvida, nós nos divertimos muito com isso.

♫

Quer estivéssemos reagindo à multidão, quer a multidão estivesse reagindo a nós, a banda deu a impressão de estar em ótima forma naquela terceira turnê mundial. Pela primeira vez, muito mais do que nas duas turnês anteriores, as coisas funcionaram melhor como banda. Tínhamos uma formação poderosa atrás de nós. No palco, conseguíamos obter um som claro e nítido. Talvez por causa disso, a partir do Rock in Rio, passei a me sentir bem e forte no palco. Quanto mais aquela formação tocava junto como banda, mais uníamos as forças. Finalmente, começamos a soar como a banda que queríamos ser. Como uma única voz.

Paul dedilhou os acordes iniciais em seu violão acústico. Quando comecei a cantar, meus vocais acabaram abafados pelo som da plateia. Ali estava ela, cantando em grupo, sem errar a letra nem nenhuma nota. Parei de cantar e comecei a reger a multidão com meu microfone. Escutei e observei aquele público maravilhoso se comportar como um único ser e celebrar nossa presença no palco. Fiquei profundamente comovido. Era muito poderoso. A plateia tinha autoconfiança e autoconhecimento. Eu sabia que iria ter uma grande noite. Era espontânea e eu desfrutava o momento. Percebi tudo o que eu não era com um lampejo trêmulo de reconhecimento.

Senti-me pequeno ante o prazer da multidão. Não me via capaz de relaxar, de me tornar um entre o todo. "O que há?", perguntei a mim mesmo. "Por que você está se contendo? O que está esperando, Morten?". Do nada, algumas memórias começaram a brotar: descobrir que éramos a banda número um nas paradas de sucessos da *Billboard*; ganhar diversos troféus no MTV Awards; causar um congestionamento no centro de Londres quando anunciamos a nossa primeira turnê mundial; fazer shows repletos de gritos e com lotação esgotada no Japão; sermos convidados a compor a música tema do filme de James Bond.

Enquanto minha mente trazia à tona muitos feitos nossos, peguei-me pensando: "E agora? O que mais podemos alcançar? Se os nossos próximos dez singles chegarem ao topo das paradas de sucessos, isso mudará alguma coisa?".

Todavia, eu tinha toda aquela energia criativa, aquele potencial, e nada daquilo estava sendo usado. A banda se cristalizara naqueles papéis distintos: Paul e Magne como compositores, e eu como o vocalista que interagia com o público e dava entrevistas. O sucesso nos empurrara para aquelas posições e, como banda, não fôramos capazes de identificar o perigo. O resultado foi que ninguém escutava o que eu tinha a dizer sobre os assuntos da banda, da sua direção musical e da composição das canções. Simplesmente, eu levava adiante tudo com a melhor das intenções.

De novo, encontrei inspiração no mundo natural. Pensei naquele cardume que vi e na maneira como ele evitou ser atingido por um arpão; num documentário a que assisti sobre um furão que se esquivou para evitar uma bala, que passou onde sua cabeça estivera apenas três milésimos de segundo antes. Eram criaturas vivendo em seu potencial máximo, em contato com certos instintos.

♫

Naquela noite, estávamos num momento decisivo. Como banda, como equipe, como visão. Por um lado, que era o único lado que conseguíamos enxergar naquela ocasião, éramos um fenômeno pop renomado, em grande medida incompreendido, que alcançara coisas com que muitos podiam apenas sonhar. No entanto, não estávamos ali pela fama, e sim para explorar e experimentar as incríveis capacidades que a música tem de nos conectar com nosso eu, de nos conectar uns com os outros, de identificar e demonstrar quem somos.

Assim, eu estava ali, no palco, na frente daquela multidão fantástica, sabendo que as coisas tinham de mudar. O que não consegui enxergar naquela ocasião, por outro lado, foi que a plateia bem diante de mim, já naquela noite, trouxera consigo uma indicação do que estava por vir. Que por trás dos últimos anos de ruído implacável da fama e das luzes brilhantes da fábrica do pop, uma quantidade crescente de pessoas de todo o mundo via passar tudo isso. E eram muitas.

Ao sair do palco, levando no coração aquela noite maravilhosa, eu me sentia pronto para as mudanças. Dei início a um processo lento e completo de soltar todas as coisas de meu sistema. Sim, todas as coisas. Eu precisava me estruturar. Livrar-me de todas as verdades que alimentava. Parei de impedir que algo desse errado. Parei de intervir em qualquer processo dentro de meu domínio natural. Precisava entender o que dirigia minha mão. Também parei de me conter quando os outros queriam me celebrar. Deixe que eles se divirtam! Eles são capazes de lidar com isso! Não é nada demais...

Eu precisava separar tudo o que era genuíno daquilo que não era.

Um período esplêndido da banda chegava ao fim. Mas já existiam tendências ocultas em jogo, que viriam à tona com tal intensidade e insistência, que jogariam o A-ha de volta aos estúdios de gravação e aos palcos por mais vinte e cinco anos. Porém, seria necessário outro livro para contar essa história.

Naquela noite, eu cresci. Tinha trinta e um anos, mas aquele foi o momento em que deixei de viver o conto de aventuras de um menino e iniciei minha jornada rumo a uma percepção mais profunda de mim, mais enraizada no mundo. Sabia que tinha de desafiar tudo o que eu "conhecia", independentemente das consequências. A banda, meu casamento, minha família, todos os meus relacionamentos tinham de ser reduzidos à essência e reiniciados: o começo da separação do A-ha em meados dos anos 1990, a necessidade de expressar minha própria voz por meio da composição de canções, todos esses acontecimentos podem remontar àquele momento no palco do Rio — uma daquelas ocasiões em que a Terra não sai do lugar e, ao mesmo tempo, você sente que ela continua girando em torno de seu próprio eixo.

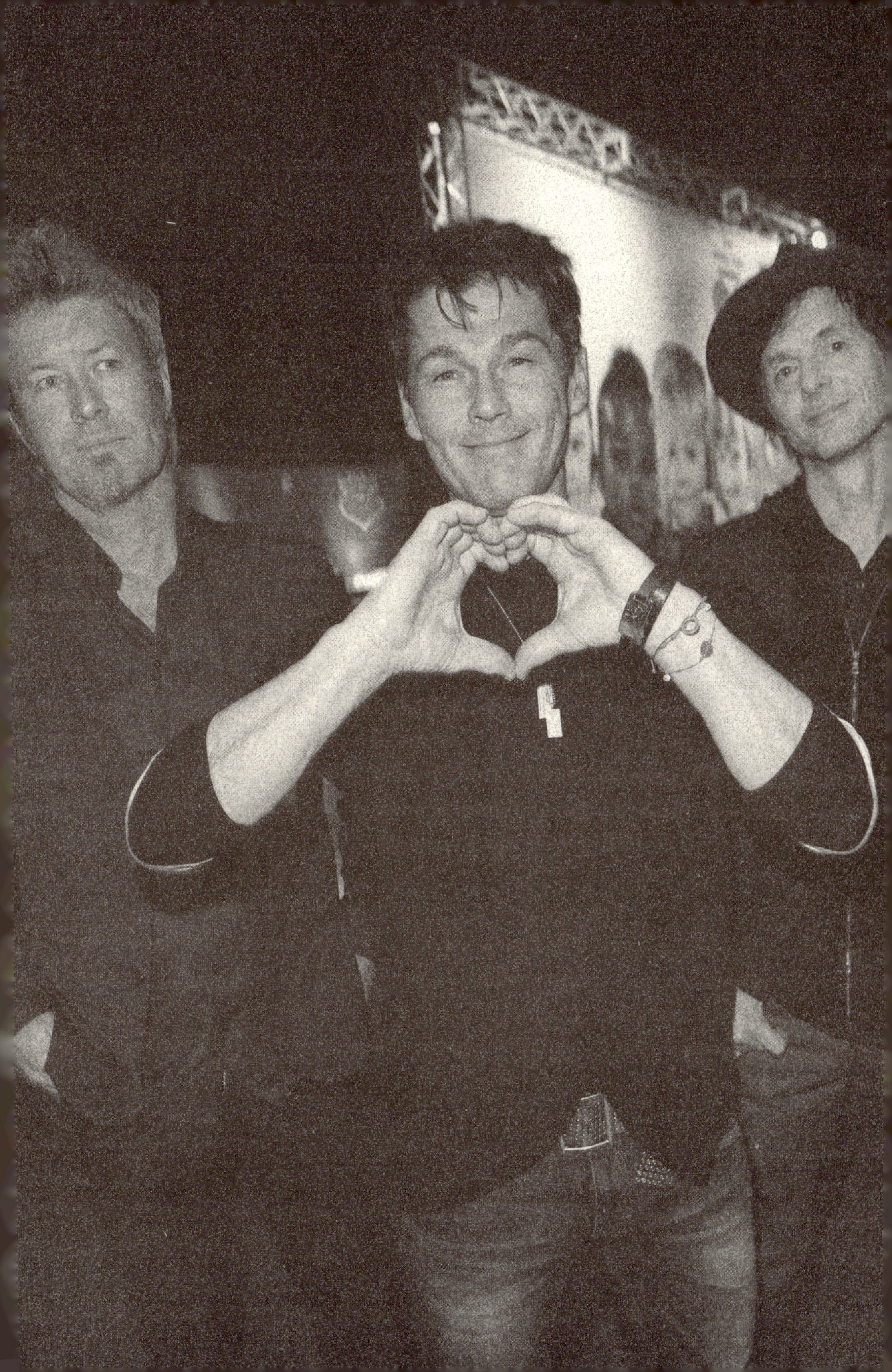

Discografia

Álbuns de estúdio

Hunting High and Low
Lançamento: 31 Maio 1985
Warner Bros. Records

Scoundrel Days
Lançamento: 6 Outubro 1986
Warner Bros. Records

Stay on These Roads
Lançamento: 1 Maio 1988
Warner Bros. Records

East of the Sun, West of the Moon
Lançamento: 22 Outubro 1990
Warner Bros. Records

Memorial Beach
Lançamento: 14 Junho 1993
Warner Bros. Records

Minor Earth Major Sky
Lançamento: 17 Julho 2000
Warner Bros. Records

Lifelines
Lançamento: 2 Abril 2002
Warner Bros. Records

Analogue
Lançamento: 4 Novembro 2005
Universal Music Group

Foot of the Mountain
Lançamento: 19 Junho 2009
Universal Music Group

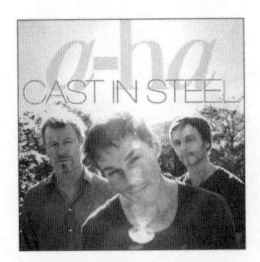

Cast in Steel
Lançamento: 4 Setembro 2015
Universal Music Group

ÁLBUNS AO VIVO

A-ha Live at Vallhall — Homecoming Grimstad Benefit Concert
Lançamento: 10 de junho de 2002
Warner Bros. Records

How Can I Sleep with Your Voice in My Head
Lançamento: 25 Março 2003
Warner Bros. Records

**Ending on a High Note:
The Final Concert**
Lançamento: 1 Abril 2011
Universal Music Group

Compilações

On Tour in Brazil
Lançamento: 1989
WEA

Best in Brazil
Lançamento: 1989
WEA

A-ha en Argentina
Lançamento: 1991
Warner Bros. Records

**Headlines and Deadlines:
The Hits of A-ha**
Lançamento: 1991
Warner Bros. Records

Minor Earth Major Box
Lançamento: 2001
Warner Bros. Records

A-ha Tour Brasil
Lançamento: 2002
Warner Bros. Records

The Singles: 1984–2004
Lançamento: 2004
Warner Bros. Records

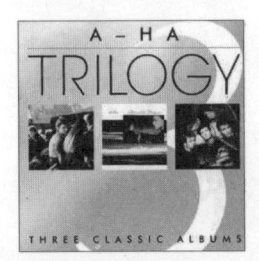

A-ha Trilogy: Three Classic Albums
Lançamento: 2005
Warner Bros. Records

Hunting High and Low (Deluxe Edition)
Lançamento: 2010
Warner Bros. Records

Scoundrel Days (Deluxe Edition)
Lançamento: 2010
Warner Bros. Records

Hunting High and Low 30th Anniversary
Lançamento: 2015
Warner Bros. Records

Stay on These Roads (Deluxe Edition)
Lançamento: 2015
Warner Bros. Records

East of the Sun (Deluxe Edition)
Lançamento: 2015
Warner Bros. Records

Memorial Beach (Deluxe Edition)
Lançamento: 2015
Warner Bros. Records

Time and Again: The Ultimate A-ha
Lançamento: 2016
Warner Bros. Records

CRÉDITOS DAS IMAGENS

IMAGENS INTERNAS
p. 2-3, s.e.t./ullstein bild/Getty Images; p. 4-5, Avis De Miranda/Shutterstock; p. 8, Erica Echenberg/Redferns/Getty Images; p, 10, Brian Rasic/Getty Images; p. 12, Dave Hogan/Hulton Archive/Getty Images; p. 231, Gisela Schober/Getty Images.

CADERNO DE IMAGENS 1
p. 1, Michel Linssen/Redferns/Getty Images; p. 10, divulgação; demais páginas, arquivo pessoal de Morten Harket.

CADERNO DE IMAGENS 2
p. 1, Dave Hogan/Hulton Archivep/Getty Images; p.2-3, Brian Rasic/Getty Images; p. 4, Erica Echenberg/Redferns/Getty Images; 9. 5, Michael Putland/Getty Image; p. 6-7, Dave Hogan/Getty Images; p. 8-9, Tim Roney/Getty Images; p. 10, Derek Hudson/Getty Images; p. 11, Dave Hogan/Getty Image; p. 12, Rick Eglinton/Toronto Star/Getty Images; p. 13, Michael Putland/Getty Images; p. 14-15, Dave Hogan/Getty Images; p. 16, Peter Still/Redferns/Getty Images.

CADERNO DE IMAGENS 3
p. 1, Mick Hutson/Redferns/Getty Images; p.2-3, Dave Hogan/Getty Images, p. 4-5, Suzie Gibbons/Redferns/Getty Images; p. 6-7, 10-16, Avis De Miranda/Shutterstock; p. 8-9, Mick Hutson/Redferns/ Getty Images;.

**ASSINE NOSSA NEWSLETTER E RECEBA
INFORMAÇÕES DE TODOS OS LANÇAMENTOS**

www.faroeditorial.com.br

FARO EDITORIAL

ESTA OBRA FOI IMPRESSA PELA
SERMOGRAF EM MAIO DE 2017